U0493552

有一种力量,叫文学;
有一种美好,叫回忆;
有一种感动,叫青春;
有一种生命,在鲁院!

鲁迅文学院「百草园」书系

凤还巢

楸 立 ◎著

一位诚实用情的写作者，他始终用悲悯、活泼、真挚的文字来叙述每个故事，作品多以社会小人物为中心，对社会以及人性进行一番探索与思考。

江西高校出版社
JIANGXI UNIVERSITIES AND COLLEGES PRESS

图书在版编目（CIP）数据

凤还巢 / 楸立著. -- 南昌：江西高校出版社，2021.1

（鲁迅文学院"百草园"书系）

ISBN 978-7-5493-9852-2

Ⅰ.①凤… Ⅱ.①楸… Ⅲ.①中篇小说—小说集—中国—当代②短篇小说—小说集—中国—当代 Ⅳ.①I247.7

中国版本图书馆CIP数据核字(2020)第042317号

出 版 发 行	江西高校出版社
社　　　址	江西省南昌市洪都北大道96号
总编室电话	（0791）88504319
销 售 电 话	（0791）87919722
网　　　址	www.juacp.com
印　　　刷	北京一鑫印务有限责任公司
经　　　销	全国新华书店
开　　　本	700mm×1000mm　1/16
印　　　张	17.25
字　　　数	220千字
版　　　次	2021年1月第1版 2021年1月第1次印刷
书　　　号	ISBN 978-7-5493-9852-2
定　　　价	45.00元

赣版权登字-07-2020-172

版权所有　侵权必究

目录 Contents

凤还巢……………………………………… 1

十五贯……………………………………… 14

定军山……………………………………… 18

捉放曹……………………………………… 22

103C（向前屈体翻腾半周）…………… 26

城市之痛…………………………………… 41

"毒鼠强"杀人事件………………………… 54

黑社会……………………………………… 88

回　家……………………………………… 100

较　量……………………………………… 109

卢克的幸福………………………………… 118

匿　迹……………………………………… 136

七里香……………………………………… 154

手机变奏曲………………………………… 164

三　婶……………………………………… 179

幸运就在你身边…………………………… 189

寻找岛田纪夫……………………………… 208

黄粱一梦…………………………………… 215

第九件警情………………………………… 224

凤还巢

一

我叫魏天，44岁，舒城市公安局打拐支队民警，三级警督，业内人可能得笑话我：四十多岁一点职务都没有的警察，全国没有几个，我就是其中的一个。

我好动感情，干不了打拐这个活儿，开始接受任务的时候，跟着被拐者的家人们掉泪，完成任务护送解救对象回家的时候，还跟着掉泪。后来经历多了，渐渐变得麻木了，见到什么都波澜不惊了，同事后来就又说："魏子，你咋变成冷轧钢了。"

从大西北回来，我向支队打了年休报告，领导们也觉得某些方面对不住我，就给准了。我想假期可劲儿陪陪孩子和老婆，但一年年地在外面飘着，好不容易到家拥着爱人和孩子，脑子里又浮现出一个又一个被拐人员，心里是一种说不清的滋味。

我和爱人木打算先去沿海几个城市转转，然后到一个僻静的海岛上安静地享受几天。可这甜美旅程进行到一半的时候，我就接到了支队长的电话。支队长说："你得回来。"

我说："我回不来，我正和老婆鹊桥相会呢。"

支队长说："你在蓝桥也得回来，让弟妹多担待，回来我请弟妹吃顿好的。"

我说："支队长，你饶了我行不？我这伤还没好呢，让我养好伤再回去行不行？"年休假前，我和战友押解嫌疑人，刚下火车的时候，就被解救对象的家人给围上了，我以为送给我们鲜花和掌声呢，结果给我们的是一顿拳头巴掌！我们几个就用身体当作盾牌护着，等把人分开，我的脸上、身上被揍得青一块紫一块的，其他人也各有皮外伤。打就打了吧，犯罪分子该打，我们跟着沾点"光"。我们能谅解老百姓的愤恨，三四岁的孩子从自己家里被偷走贩卖掉，十六七的女学生被骗到戈壁滩上给糟老头子当媳妇儿，要多可恨就有多可恨。

支队长说："你算了吧，就你那身子骨，一点事儿没有，废话少说，车票给你订好了，明天九点我办公室见。"

我说："我……"

支队长那边一下就挂了。我向老婆撇了一下嘴表示歉意。

第二天上午九点，我准时推开了支队长办公室的门，支队长坐在椅子上正在整理材料，随手递给我：

> 吴金凤，被拐时23岁，现在31岁，被拐时是中山大学经济系大二学生。2004年9月23号，吴在返程列车途中被拐，列车的车次是536次：秦皇岛—广州。她在郑州站莫名其妙下车，当时有视频显示，吴被两名陌生人带走。

"两个月前，一位笔名叫陌上客的作家到A省凤凰山潭头镇参加采风活动，在封闭的山村里遇到一名吴姓女人，这女人文化程度较高，竟然还会外语。作家还想进一步接触这个女人的时候，被山里人给发现了。这名作家挺敏感，回来后就给省厅报了案。省厅打拐办和作家联系，把吴金凤的照片给作家辨认，作家一眼就认出那就是山里那个女人。总队指定我们局侦办此案，咱们支队当仁不让，你是局长钦定的人选，没办法。你看看资料，想想怎么完成任务。"

假度不成，活都安排好了，我也就不扭捏了，现在说什么也不如把案子办好。我翻了一下资料，说："资料不太详细呀。"

"你可以找那个作家谈谈,手机号是1386754××××。"

"好。"我转身准备走。

"小魏,去作家家中走访一下。"支队长站起来,眼里饱含着期许的目光。

我走进作家家中的时候,是下午三点半。他为我打开门,我一步迈进作家的屋里,通过直观的嗅觉和视觉分析得出结论,这个作家应该还是对得起"作家"的称谓的,他给人的印象就是:屋内各种味道浓郁,家具设备没一件正经玩意,两室一厅的居室用"狗窝"俩字足以概括。

作家给我扒拉个地方,他和我勉强坐下来,我拿出警察证,说:"我是市局打拐……"

"哟,还是穿警服神气。"作家盯着我的证件说。

我没接这找倒霉的话茬儿,说:"我是来向您进一步了解情况的。"

作家在我对面沙发上开始穿袜子,他抖搂了一下袜子,里边味道就出来了。我站起来,说:"哥们儿,咱换个地方吧!"

我在楼下找了个茶室,先付了一百块钱的茶座钱,等作家出来后,普洱也泡得差不多了,作家穿的衣服也和常人不同,他一下子坐到我对面。

作家说:"魏警官,我准备和你一起去解救这个吴金凤。"

我说:"不行,你把你所知道的情况告诉我就可以。"

"我和你说半天,哪及得上带着一起去更方便?我小时候练过武术,一两个人到不了我近前。"作家说完站起来就亮架势。

我扫了周围一眼,赶紧让作家坐下,说:"哥们儿,我信我信,可这是原则问题。"我心想:就你这样儿到那儿非搞砸了不可。

作家见我不买账,重新坐了下来,有些懊恼的意思,他喝了口普洱,说:"魏警官,这几天吴金凤的哥哥和姐姐来过我家几次,说了好多,我知道你们有纪律、讲原则,可是,救出吴金凤也是我这个普通公民的责任。"作家有些激动,他眼睛直视着我,那种倔强让我看到了当年的我,我难以拒绝。

我和新搭档——笔名为陌上客的作家踏上向南的火车，陌上客一反初见时的幼稚，目光如水般对我说："魏——"他没有带警官俩字，"你说当年吴金凤坐在这列火车上，她的心何等悲凉？"

作家是在火把节上遇到的吴金凤。

说起来有些糗，作家是这么描述当时撞到吴金凤的情形的：

半年前，作家参加一次全国某征文大赛颁奖大会——与其说颁奖大会，不如说就是圈子内部搞个年度的聚会，获奖的都是一些沾亲带故的人。大会结束后，作家和几个当地文友跋山涉水，赶当地山寨上一年一度的火把节。火把节的热闹和文友的盛情让作家喝高了。作家嘛，都是超感性的高级生物，遇到这种疯狂的事儿自然也跟着疯狂，非著名作家陌上客也是。陌上客说自己喝得都分不清东西南北，只知道好多人在跳舞、在唱歌、在敬酒，别人敬自己就喝，后来作家肚子实在撑不住了，就钻出帐篷踉踉跄跄地寻找个旮旯排泄排泄。

作家说："山里人不像咱们这么虚伪，那边风俗是拉屎撒尿不对着人就行，我那天就虚伪了，慌里慌张地找了个草堆，躲在草堆后面刚痛痛快快解决完，就听旁边有人说了句：'vulgar（粗俗）。'

"声音虽然不大，但我听到了，虽然我不是外语系毕业的，但这个英语单词还是懂的。我还纳闷，心想这是谁这么说我呢？我提好裤子一看，身后站着一位山里的女人，四十岁左右的样子，左手拉个七八岁大的小女孩，后背上还背着个三四岁的小孩。

"我说：'你怎么说话？'

"这个女人见我懂外语先愣了一下，有些不安的样子，没应我话儿。酒壮英雄胆，当时我浑脾气就上来了，我说：'你以为你会英语别人就听不出来呀，我今儿就和你掰扯掰扯。'

"那个女人显得非常惧怕，想躲开，拉着孩子转身就走，听我说完话，忽然扭过头。

"她放开孩子，一步步走向我，脸上说不清是痛苦还是高兴，她张了张嘴：'你是舒城人？你是舒城人？'

"我说：'我是，你，你？'

"这个女人四下看了看，对面有几人向我们这边跑过来，女人变

得紧张起来：'我是家住舒城上街区的吴金凤，爸爸叫吴祥泰，帮我，回家告诉我的家里人，不要找这里的公安。'

"我当时，我当时都懵了，还算我脑子反应快，我说：'你被拐到哪村？'

"'潭里下巴。'吴金凤说完就转身向对面过来的那几个人走去。她牵着孩子、背对我，走得很慌乱，那伙人冲我这边看了看，有几个人嚷嚷着，像是要过来揍我，吴金凤哇啦哇啦地说了几句，他们又和她对了几句话，然后推搡着吴金凤和孩子走了。"

陌上客讲完，我又递给他一支烟，他接过去，视我为无物，在手指里盘旋了一下就把烟扔到地上用脚踩得粉碎。

二

我和陌上客下火车搭乘一辆农用车，在凤凰山中颠簸了好半天，才到了潭头镇。说是镇其实也就是两三百户人家，依山傍水，分散错落。下车后我们踩着湿漉漉的石子路，七拐八拐地来到了陌上客朋友家。山里人无论什么时候都是热情好客的，陌上客朋友先是和陌上客来了个久违的拥抱，然后过来拥抱我。陌上客对主人介绍说："诗人——大魏。"我一不小心成了诗人，自然也要表现出诗人应有的博大胸怀，迎过去张开双臂和那位朋友的朋友相拥在一起。

陌上客和朋友说这次是来采访民间风俗风情的，朋友就给陌上客说了一个又一个关于本地的民间故事、习俗。

晚上喝着酒，吃着当地特有的腊猪肉，朋友和几位陪客一杯杯地敬我们，还好我和陌上客的酒量都能撑得住场面，喝到尽兴处陌上客和女主人载歌载舞。这个我无法适应，可我只能忍着。陌上客出尽了洋相，让我好气又好笑，但主人对陌上客却是非常欣赏，一个劲儿地给他敬酒。后来陌上客就问："潭里下巴村在什么地方？"

第二天一大早，我以为陌上客喝这么多酒会影响今天的出行，可我洗漱的时候，陌上客已经穿好了衣服。吴金凤说的那个潭里下巴村离潭头镇有六七里远,翻过一座山头就能到达。我也盘算过,吴金凤的活动应该是受限制的,火把节上能够遇到陌上客,她所在的村寨不会距此太远,至于她能够出来的原因也可能是多方面的。

山路果然难走得很,才爬了一段山路,陌上客就有些吃力了,他歇了又歇,脸上汗水滴下来顺着脖子淌入衣襟。我说:"休息会儿吧!"陌上客坐在一块石头上,喘了几口气,对我表示歉意:"昨天喝多了,还闹笑话了呢。"

我笑了笑,说:"你不光喝多了,还闹笑话了呢。"

陌上客露出一口整齐的牙齿:"咱们不能让主人失望。"

我和陌上客登上山头,向远处眺望,潭里下巴村清晰可见,村寨中狗叫的声音都听得非常清楚。我俩踩着崎岖泥泞的小路,向寨子方向前进,到了半山坡上,寨子里响起号角之声。我问陌上客:"寨子里在做什么?"

陌上客一指寨子后面山上飘动的经幡,说:"每个山寨都供着自己信仰的山神,那个经幡下是山寨的守护神像,每月初一,家家户户都要去山神像前祷告,祈求山寨风调雨顺,家人平安吉祥。"

陌上客那位朋友在昨天晚上就和他潭里下巴的亲戚联系好了,提前告诉对方我们今天午饭前赶到。我们进了村寨后,和寨子里的人打听朋友亲戚的住处,这里的人一反山里人应有的淳朴厚道,眼神躲躲闪闪,他们看起来对陌生客人并不欢迎,有几户人家见我们过来,直接把门关上,从暗处盯着我们。后来我们总算遇到个十来岁的孩子,还不错,他直接领着我们找到了朋友亲戚家。

朋友亲戚一家已经做好了饭等着我们,我和陌上客累得够呛,吃了好多米饭和腊肉,朋友亲戚一家看着我们像看两只贪吃的熊。吃完饭,陌上客有些着急,想继续在寨子转转,我拦住了他。做这种活儿要有耐心,心急只会把事情弄砸。看刚才进寨子后的情形,我俩已经引起寨子人的注意。我睡到了下午四五点钟,醒来时陌上客正写着些什么,可能是随警日记什么的吧!不管他,只要他别影响我的行动,足矣。

寨子的习俗很有趣:男人都在家做饭、抽烟,蹲在墙根聊天,女人则是背着孩子上山，挖芋采蘑菇放牛。我和男主人聊了会儿，虽然我的普通话他有些听不懂，但交流着倒是不太费力。

这个时候，陌上客背着尼康单反出了门，我怕他生出是非来，只好跟在他身后。我们爬到寨子北面的山坡上，四处瞭望。岔路、河流、井房、沟壑、山林以及进出村寨的路线我都一一牢记于心。陌上客煞有介事地拍来拍去，拍了好久。天色暗了下来，回村路过经幡下的山神塑像时，陌上客把背包给我，表情肃穆地走过去，在神像前虔诚地磕了三个头，起身示意我也过去表示一下。我想拒绝，看他执拗的样子，只好过去作了两个揖。陌上客对我说："刚才我祈祷山神，让咱们顺利找到吴金凤，你祈求的是什么？"我本想和他抬杠，咱到山神庇护的寨子里抢人来了，神怎么会向着我们？

我说："当然是祈求我们打拐支队没有拐可打、没人可救呀！"

我们返回寨子的时候，陌上客没有感觉到，我感觉到了：从我们出门到回到亲戚家，一直有人暗中跟着我们。从他走路的声音分析，应该腿上有残疾。我和陌上客晚上吃完饭，听到男主人在隔壁和那人对话的声音，我听不懂，用眼瞅着陌上客，陌上客摇摇头，也不清楚说的什么。

等那个人走后，男主人进了屋子，很生气的样子，操着不太流利的普通话问："你们是拍风景的吗？"

陌上客点了四次头。

男主人的眼里充满了疑问："今天好多人来找我，说你们好像是城里的干部，来抓人来了。"

我和陌上客不想再瞒着他，我拿出吴金凤的照片，说："这是我妹妹，我来找我妹妹。"

男主人借着昏暗的电灯仔细看了看，说："真是瘸子的女人，寨子里好几个这样的女人。"

陌上客说："有几个？"

我用手肘碰了一下陌上客，对男主人说："我只找我妹妹。"

男主人没说话，弯着身子默默走了出去。

那一晚，我和陌上客一宿没有合眼，担心被男主人出卖，晚上再被寨子里的人捆起来扔河里。还好，天一亮，男主人请我们出屋，管了我们最后一顿早饭，礼送我们出寨。

我和陌上客收拾好行装，在男主人的监视下出了门，男主人一家默默地注视着我们，目光充满恐惧和担忧。男主人带着我们向村外走，我们随着他在寨子里拐了又拐。快要走出村口的时候，男主人忽然咳嗽起来，拿竹烟筒在旁边的石基上敲了敲，又跺了跺脚。我和陌上客回头望着他，不知所以，他装作若无其事，向一旁啐了口唾沫。

看到这些，我长舒了一口气，笑了。走出村寨的那一刻，我发自真心地拥抱了这位老实仗义的男主人。

返回的路上，我们能感觉得到有人在后面跟踪着我们，直到我们踏进了潭头镇，身后的人才消失。我们回到陌上客的朋友家，短暂地停留了一下，打了两辆摩的，马不停蹄地直奔距此七十公里远的县城。

解救行动正式开始。

我让陌上客在县城租一辆性能良好的越野吉普，然后再备好充足的干粮，睡袋、绳索等工具。一切妥当后，越野车加大马力，趁着夜色，我和陌上客直奔潭里下巴北山方向而去。

翻过潭里下巴北山，天明时分我和陌上客到达了潜伏位置——北山山腰中间的七平方米左右的突出部，前面植被茂密，便于隐蔽观察；即使遇到大雨，山上洪水下来也能从两侧一泻而下，人在上面不受影响。我们从这里向山下俯望，寨子里的情况一览无余。

一开始我非常担心陌上客会妨碍我的行动，还好他以前野营也算有些经验，年轻时候也吃过苦，体质不错，斗志旺盛，我对他还真有些刮目相看了。

在这里观察了一天后，目标终于出现在我的高倍望远镜中。吴金凤走出木屋到院里喂鸡，两个孩子端着碗出来看鸡对掐，瘸子男人呵斥吴金凤。能看到她的身影让我们兴奋不已。

我和陌上客轮流监视吴金凤的动向，第三天凌晨两点，我们俩趁着漆黑的夜溜进了寨子，隐藏在吴金凤所住的木屋东侧。瘸子每天在天刚亮时会将两头奶牛赶到山上放养，吴金凤做完饭后，再上山去换瘸子回家吃饭。当瘸子起来轰赶吆喝着牛上山后，我从窗外将写好字的纸团包着个瓦片投到吴金凤的头上。吴金凤先是吓了一跳，看着脚下的纸团，捡了起来，找个角落打开，几分钟后，她从窗户里探出头，我和陌上客缓缓站起来，我掏出警察证和吴金凤家人的照片。陌上客说："我就是火把节的那个人，我带着舒城警察救你来了。"

我说："吴金凤，你的家人等着你。"

吴金凤眼里顿时迸射出闪烁的火苗，我们和她约好明天上午利用她上山刨山芋的机会脱身。

我和作家陌上客忍耐了最后一个晚上，当清晨的迷雾渐渐散去，寨子的鸡鸣狗叫渐渐平息，牛羊被人们赶上了南山，我和陌上客潜伏到了瘸子家山芋地的坡下，等着吴金凤的到来。

但计划往往赶不上变化。

时间不到十点的时候，望远镜中吴金凤背着竹篓、手拿镢头，走出院子，向我们这块山芋地的方向走来。吴金凤走得有些踌躇。我明白吴金凤脑子里在想什么，心里万分焦急。正当吴金凤走出寨口的时候，后面有人喊她，吴金凤回头一看，是瘸子男人。我的心一紧。

瘸子这个时间本来该去南坡上放牛的，怎么回家来了？难道被他察觉出了什么？我和陌上客急得汗都出来了。

不大会儿，瘸子和吴金凤一起来到了山芋地，瘸子开始用镢头挖山芋，吴金凤蹲下身子往背篓里捡，吴金凤心烦意乱，干活自然不利索，瘸子男人开始叱责她。我和陌上客咬了咬牙，事已至此，只能硬上直接抢人了，我俩刚准备从坡下冲出来，一个人摁倒瘸子，一个人带走吴金凤，可这关键时刻，旁边树林里走出来几个男人，手里拎着斧头，肩上挎着绳索，这几个人来到了瘸子的山芋地竟然停住了，和瘸子东拉西扯说着什么，而且看样子一时半会儿走不开。我和陌上客干着急，没办法。陌上客擦了把汗说："魏，你带吴金凤离开。"我压低声音说："你想干吗？"陌上客脸上呈现出一股悲壮的表情："我引他们离开。"说完陌上客顺着坡滚了下去。

我看到陌上客矮小的身影迅捷无比地向寨子方向飞奔，十几分钟后就到了寨子后面，陌上客站在山坡上鼓起喉咙，先是双手拢起来高喊了一声，紧跟着唱起一段山歌，唱的哪里的山歌我也听不出来，声音响亮，山谷震得嗡嗡作响。最震撼的还不是这些，陌上客唱着唱着又止住歌声，直冲下山坡，跑到经幡下的山神像前，抱起一棵碗口粗的檩木，使足全身力气对准神像狠狠地砸了下去，木造神像直愣愣地从神台上栽倒下来，发出"咔嚓"一声剧烈的断响。

吓死人了！这就是我为什么说陌上客是当今最了不起的作家的原因。

住寨子头的人吹响了号角。寨子的人从四面八方涌过来，去追赶陌上客，整个村寨炸开了锅。

那几个赶山的人全都向寨子方向跑去。瘌子迟疑了一会儿，也拿着镢头跑下山去。

我从坡下跳起来，爬到了坡上，几步就来到吴金凤近前。我说："吴金凤，走！"

吴金凤腿在发颤，站在那里不知所措，迈不动步子，我过去一把攥住她的右手，往前一拽："跑，快点。"

吴金凤"嗯"了一声，鼓足勇气，跟着我就向山上跑。

我和吴金凤才跑出几十米，瘌子竟然出现在我们眼前，吴金凤吓得"啊"的一声，瘌子拿着镢头嗷嗷叫着，一是表达来自心底的愤怒，二则是在呼唤别人。

我快速掏出手枪，对准瘌子喝道："放下，我是警察。"

"不行。"瘌子喘着粗气，高举着镢头胡乱喊着什么，我只听清"不行"俩字。

我向天打了一枪。

"啪！"声音在山谷里传出去老远，把拿着镢头朝我冲过来的瘌子镇在原地。我用枪指着他："你敢以身抗法我就打死你。"瘌子举着家伙愣住了。我扭身拉着吴金凤就向山坡上跑。

吴金凤慌得不得了，我拉着她拼命地狂奔，树枝、荆棘把我的胳膊划得红一道紫一道的。枪一响，山下寨子的人也会听到，陌上客的调虎离山只是暂时的，他们一定会追过来，到那时候，这群愚昧无知的暴民可能把我打成残废，甚至打死，然后他们再把吴金凤抢回寨子去，那我们的功夫就白费了。"

吴金凤被拐八年了，八年辗转了三个地方才到这里，也就是说吴金凤像商品一样被转卖了三次，最后一次落在这穷乡僻壤里，嫁给了一个比她大七岁的瘸子。我和陌上客没有找地方政府，原因就是到这样的地方解救被拐妇女，给极其愚昧的村民讲法律、讲政策都不好使。在这个穷巴巴的山沟子，花上五六千买一个媳妇那是天大的事儿，你来个人，拿着介绍信，用嘴沾沾唾沫就想把人带走？门儿都没有。你只有一个最原始的法子，找时机抢人。

潭里下巴的那个男主人虽然没明着告诉我，但是在送我们出寨子时，刻意在瘸子家旁吐了口痰：人的位置确定下来了，剩下的就靠我们自己了。

吴金凤自己不是没跑过，第一次就被瘸子家里人追回来，用拴土狗的铁链子拴了半年，直到肚子里有了男人的种，这一家人才放松了警惕。

第二次生完孩子，吴金凤利用和妯娌赶圩的机会又跑了一次，这次跑得远，但仍然没有翻过一道道屏障般的大山，就又被捉了回去。这次左腿被男人打折了。半年都下不了床。那段时间，瘸腿男人对吴金凤又是打又是哄的，做饭、种地都不让吴金凤干，吴金凤抱着孩子望着一望无际的大山，心里凉透了。

我拉着吴金凤向山上跑，只要我们翻过这座山头，就可以坐上山下的越野吉普，挂上高速挡，飞一般冲出这个地方。

我们听到身后敲锣的声音，整个寨子的人似乎全出动了。我脑子没空去想陌上客了，哪怕他被逼跳崖或者被寨里人砸成肉酱。我暂时也无法顾及。

我扭头向下望了望，拿着铁锹、斧头、锄头、砍刀的寨里人喊声震天。我咽了口唾沫，咬紧了牙关，瞅了吴金凤一眼，她一头汗水，满脸惊恐。我不得不给她打气："没事，他们追不上来，前面有人等着咱呢。"

吴金凤对我点了点头，我们手足并用，拽着藤条枝杈向上爬，只听后面有人喊叫："把人放下，把人放下！"与此同时，还有人放了几枪鸟铳。

　　我心想，人放下，见你们的鬼去吧！连日来的奔波，我的体能有些下降，此刻有些不给劲儿，而吴金凤，许是在山区生活了几年的缘故，身体状况明显比我要好，她说："魏公安，行不？"

　　"行，他们不敢怎么样。"我拍了拍腰间的手枪。

　　我们又向上跑了一段，后面的声音逐渐弱了下来。我和吴金凤又走了一个小时，找了个平地坐下来歇歇脚、喘口气。我掏出水壶递给吴金凤，她也没客气，拧开盖子喝了几口，然后递到我手里。

　　"俺妈和爸好不？"

　　"好，俩老人都拿退休金了，你哥哥在市政府工作了，小妹在北京上大学，你家里从平房搬进朝阳新区楼房了。"我简要地告诉吴金凤，她家里近几年的情况，但是，我隐瞒了她母亲这几年因为想她而把左眼哭瞎的事儿。

　　提到家，吴金凤心酸了，她擦了把泪水："这些年家里人肯定为俺操碎了心，头几年真想妈，想家里人。"这时，我才发现吴金凤说话都有些带这个地方的口音了。

　　我没有说什么，现在不说话比说要合适。

　　我喝了口水，润了润冒火的喉咙，直起腰身，正想招呼吴金凤起来。脚下又有声音传上来："孩子娘，孩子娘。"是瘸男人的喊声。"娘，娘……"又有几声脆嫩的孩子声。

　　吴金凤顿时像触电一般。这个时候必须要决断，我伸手一把拉起吴金凤，低声喊她："走。"

　　吴金凤的双脚开始打战，跟在我身后，我使劲拽着她，不让她分心，说："家里人苦苦等你八年，都等着你团圆呢，翻过这座山就团圆了，团圆了！"

　　吴金凤发出呜咽的哭声，后面喊声一声紧过一声："孩儿他娘，俺不打嘞不吼嘞，好不好？咱好好过日子好不好？"

　　"娘，娘……"孩子的声音句句直扎人心，我拧紧眉心，最担心的事终于发生了。我铆足力气，推着吴金凤向上走，眼看还有几十米就到山头了，到了山头我和吴金凤就是滚也能滚到吉普车跟前去，到那时什么都好办了。

可是我推不动了。

吴金凤直直地僵着身子，木然地瞅着山下。我说："吴金凤，快些向上走。"

吴金凤身体一栽，瘫倒在地上，说："魏公安，俺不想走了。"

"什么？"

"俺不走了，俺不忍心呢，娃忒小呢，俺走了，两个娃咋办？"

我急得跺脚："可是……"

"你回去和爸妈说吧，俺不回了，瘸子这两年不打俺了，等过些年日子好了，俺带着瘸子和俩娃去看二老去，俺真不走了。"

我说："吴金凤，你这样，我怎么交代？"

"妈想俺，盼俺回去，可俺也是个有娃的娘呀，俺的两个娃也需要娘呀！"吴金凤泪水滂沱。

面前的吴金凤一席话像刀绞油烹一般煎熬着我的心，我再也控制不住自己，泪水夺眶而出。

"吴金凤，家人等你八年了，我们找到你不容易啊！"

吴金凤给我重重地磕了个头，说："魏公安，谢了，给俺家里人带个话说一声，就说俺……挺好的……挺好的……"

我就这样眼巴巴地注视着我的解救对象从我身旁走过去，脑海里顿时一片空白，只记得吴金凤连头都没有回，一个劲儿往回走，往回走……

十五贯

新丰路5号的尤老由死了，遗体告别的那天，苏巧巧没有流几滴泪，不明就里的人就指责苏巧巧，太没有人性。许多街坊邻里回想起老尤的为人品行，都跟着悲伤掉泪，算是合了与老尤的交情。

尤老由是南方人，具体哪年搬到舒城的，好多人已记不清了，老邻居们记得，他搬到新丰路5号的时候是20世纪90年代末。老尤脾气好，见了大人小孩都是满脸笑容，从没和谁发生过争吵，即便是和人们打牌、唠嗑也不多言多语，即使谁对他言差语错的也都能轻易过去。

老尤的尤老由作坊就在我们治安支队的斜对面，舒城人都认他的香油，他的香油好吃不贵。老尤做买卖自有一套生意经，不仅油纯正香浓，而且老尤和他小徒弟娄小五在待人接物上也让顾客爽心。

娄小五生得白净，腼腆得像个小姑娘，但干起事来麻利，店面的事儿老尤都交给了娄小五打理，自己落得个清闲。有好事的人见老尤寡居，经济和性格双佳，就张罗着给老尤物色个伴儿，都让老尤给婉言拒绝了，连续好几次，别人也搞不懂怎么个状况，只是感觉老尤这个人心思挺深的。

我们宫队长没有惦记着老尤，倒是看中了那个娄小五，觉得这个小伙子还不错，是个本分过日子的主，论条件和相貌与自己一个表侄女挺般配的，就想给娄小五介绍介绍。他找了个时间，找到老尤提了提，老尤没说行，也没说不行，只是说回去和小娄商量商量，但随后也没给个回话，见了宫队还总是躲着走，弄得宫队很是纠结。我听说了这事后，嫌宫队办事太扭捏，就自告奋勇地去了尤老由作坊。正好老尤不在店里，我就和娄小五东扯西拉地聊到这个事儿，才清楚老尤根本没有和小娄说过这档子事，我心里深感不解，回去和宫队说，宫队也想不出所以然了。

可我第二次再去油作坊时，正巧碰到老尤，老尤的老脸上写足了不满，见我来了，转身就走，对着娄小五喊了嗓子："小孩子家家少说话多做事。"小五瞅了下我，脸一红转身进里间了，弄得我当时特尴尬。

当我与宫队对老尤和娄小五这两个人又敬又气的时候，一个叫苏巧巧的女孩出现在尤老由作坊。

苏巧巧是老尤的外甥女，也算是老尤唯一的近亲了。她的出现让新丰路所有人的疑问消解了。怪不得老尤死活不撒手小娄呢，原来他早安排好了，这是怕尤老由作坊的手艺和财产让外人得了去，老尤这个老家伙，太精明了。

果然，苏巧巧没过多久就和小娄处上了对象，又过了半年，老尤就找了新丰路职业学校的赵校长还有治安支队的宫队做证婚人，挑了个黄道吉日，给娄小五和苏巧巧办了喜事。宫队那天喝了很多酒，解了气，因为感觉老尤还是拿自己当回事的，再想想确实理解老尤，谁不把好事留给自己人？

新丰路就是新丰路，日子和天气一样每天在重复和刷新。每天新丰路的人都在冗长的人生里无奈而又痛快地活着，他们即使留意别人，也是些细枝末节的事儿。其实很多时候某个特殊事件发生之前都是有征兆的。

新丰路的人对尤老油作坊的存记如下：

清洁工梅嫂：新婚一个半月的娄小五和老尤在店里第一次起了争吵，苏巧巧没有在场，具体原因不详。

烧饼店鲁荣霞：苏巧巧与娄小五结婚半年竟然没有怀孕，值得研究。

赵校长：一次和老尤喝茶聊天的时候，老尤心不在焉，黯然神伤。

岳母：前几天打麻将，老尤神神道道地冒了句，小娄这个没良心的，有了媳妇忘了亲娘。

种种迹象表明，老尤和娄小五、苏巧巧之间出现了嫌隙，可家家都有本难念的经，谁能评判他人的家务事儿呢？

那天宫队和我正在单位值班，老尤打宫队手机，说有事找他，宫队和我说了声就出去了，一会儿老尤和宫队一前一后地走进来，宫队对我说："老尤想把存折交给我放着，这不是闹笑话吗，你给小娄和巧巧不就行了？"

我心里明白，宫队的意思是在我面前，为了有个见证。老尤满脸愁容，说："这十五万存折，我不给那俩人了，我死了就是捐给国家，捐给你们警察，也不给那俩忘恩负义的人。"

我和宫队劝了劝，又给老尤端了杯水，安慰了会儿。老尤喝了口水，打开存折给我和宫队看："你俩证明，证明呀！十五万块钱，我要是死了，或是这钱不见了，就是他俩害的。"我和宫队不知怎么劝他，只好给赵校长打了电话，老赵过来把老尤领到饭店去了。

我清楚看到那个存折的数字是：150000。

宫队是个热心肠，老尤走后的下午，他便去了作坊找苏巧巧，宫队觉得苏巧巧这身份，在两边调和调和应该能把关系处理好，可老宫说了半天，苏巧巧坐在马扎上只是一个劲儿掉泪，好几次欲言又止，宫队也无可奈何，安慰了几句便走了。

那天天还没有发亮，新丰路上只有清洁工梅嫂低着头扫着大街，当扫到尤老头作坊门口的时候，她感觉有些不对劲，抬头看到店门四敞大开的，娄小五佝偻着身子坐在门口，梅嫂问了句："小娄，今天咋了？这么早就开门。"娄小五眼睛直勾勾地看着梅嫂："我把老尤杀了。"

梅嫂以为自己听错了，仔细一看，娄小五的身上、脸上都是血渍，右手还拎着血糊糊的斧头，梅嫂问他："咋啦？"

"我把老尤这个变态杀了。"

"我的亲娘哟,杀人啦!"梅嫂的破锣嗓在初冬的清早格外刺耳,新丰路几十年的沉寂一下子在她喊叫声中被撕扯得粉碎。

苏巧巧至今还在经营着尤老由作坊,我们支队搬走的那天,宫队带着我们几个和老邻居们道个别,路过苏巧巧的店铺,我们本想低着头越过去,苏巧巧却在里面候着我们多时了,她喊了声"宫队",捧着一盒香油迎了出来,说:"捎点东西走吧!这香油最好了,名字是小娄起的,叫'十五贯'。"

定军山

我从城区派出所调入治安支队后，先是做了两个月内勤，后来反扒大队长宫队见我还算机灵，就把我给要了过去。反扒这个活儿有许多讲究，里面好多事儿涉及机密，不好讲出来。都看过《天下无贼》这部影片吧？真还和现实差不多，葛优演的那个叫黎叔的大盗，这样的狠角色我就遇到过，但他不叫黎叔，道上人都喊黄叔。

我到反扒大队不久就接了个活儿，市局统一部署"身边小案集中破案行动"，近期舒城市公交车扒窃案件频发，群众反响强烈，市局领导要求，各治安支队抽调各县分局精干力量，趁着活动的东风把这个影响恶劣的系列案给破了。

做警察我不是新人，但反扒却是名新手，宫队就让我跟着他先练练，我们负责的是15路公交车。15路公交车首发站是地质公园，终点站是舒城一中，途经23个站点，最复杂的一站就是莲湖大厦，这个站的客流量大，在这种时候作案往往不易被察觉，即使被察觉也能借助这种特殊环境逃之夭夭。

我家距离莲湖大厦才两站地，因此我每天直接上15路坐两站去和宫队会合，我俩一个在车头一个在车尾，这样便于观察，也利于行动。

我是在行动开始第三天遇到黄高干的，看年龄黄高干与我家老爷子差不了几岁，得喊他黄叔或者老黄。但黄高干显然不喜欢那种俗称，他说他以前是在西北某省做过厅局书记，换成部队军衔讲那就是少将级别的，我听到有个买菜的妇女喊他黄高干，我也就跟着喊黄高干，他显然对这个称谓比较满意。

我和黄高干这排就两个座儿，他都是雷打不动地坚持坐他那个座儿，如果别人先坐在那里，他就过去和人家商量换座，或者就站几站，等着对方走了，他再坐上去。

这样我俩由开始的点头示意，到后来互相说几句话，再后来就熟悉到可以尽情畅谈了，并主动给对方占座。黄高干有个爱好，就是喜欢听京剧，有戏瘾，每天手里握着个黑色随身听，不戴耳机。

黄高干自我陶醉于京剧的时候，有时也发几句感慨："国粹呀！真是国粹呀！得继承。"言语带着遗憾与责任感。

他见我不搭腔，就有些卖弄地问我："知道刚放的哪段吗？"

我说："空城计？"

"哟，行呀，魏老师。（我跟'黄高干'说自己是数学教师，姓魏。）"

"再听这一段。"黄高干又摁了下播放键，我听完说："赤桑镇。"

"哟，魏老师，不错，现在像你这个年龄知道京剧的不多了，这叫什么？老生，'马谭杨奚'这几个人都有谁？清楚不？"他越说越有兴致，倒给我上起京剧课来了。

我与黄高干都是坐到终点站，下车后，我去一中方向，黄高干则去一中对面的鼓楼戏院听戏。

这样过了一个月，我和宫队这边没有发现什么可疑情况，别的小组也是如此。

是不是这次嫌疑人喜欢流窜作案？或者我们的工作出现了什么纰漏？

大队经过分析判断后，认为犯罪嫌疑人应该还在舒城，他（她）不可能隐藏太久，应该会继续作案，这就看谁能坚持，坚持到最后才能取得胜利。

六月份进入雨季，我连续两天没有在车上遇到黄高干，我没有想太多，谁没有个大事小情，觉得这很正常。不过就在这两天里，10路、12路车相继发生了7起盗窃案，涉案金额达两万多元，其中一名外国人被人撸走手腕上价值不菲的手镯,竟然丝毫都没有察觉,包括跟车的民警都没发现可疑情况。真玄乎了,遇到高手了!

"麻痹往往就在一瞬间,你俩懂不懂,一瞬间!"宫队狠批着跟车的大刘和胖郭,我有点幸灾乐祸地冲他俩笑了笑。在食堂吃饭时,我惬意地哼了几句京剧,胖郭见状,用手摁了下我头:"你再唱空城计我扁死你。"

"你小子也还明白京剧呀?"

"哼,在公交车上那老头没完没了地放。"

我一听,一口米汤喷了出来。

傍晚,我特意坐公交去了鼓楼戏院,此时演出还没有开始,观众寥寥。今天演出的曲目是《定军山》,我找了个离着戏台较远的位子坐下来。戏刚开始,我看到黄高干背着手的身影,他的随身听应该放在休闲裤右侧兜内。戏曲到最高潮的时候,黄高干惬意地仰着头,右手食指轻点着大腿和着锣鼓点儿。演员谢幕后,偌大的剧场就剩下我们俩了,他回过头,说:"魏老师。"

我走过去坐在他身后说:"我是继续称呼您黄高干,还是西北盗王?"

黄高干摇了摇头:"那都过去了,不值得提了,今天怎么就你一个人?"

"我今天是来听戏的,明天才是我们正式见面的日子。"

"小魏,你干这行还浅,一中有几个老师不戴近视眼镜?还有那些自命清高的老师,有几个能对我这样的老头子这么勤谨的?"

"还有呢?"我问。

"你们都有股气,只有我能感受出来的气。"

我只好笑,其实我笑得非常勉强。

黄高干起身,整理下衣服:"今天的戏演得好,这个老黄忠呀!就是不服老呀!呵呵呵……"

黄高干志得意满地从我身边走过去,他出了戏院门,消失在人流里。

第二天,我仍旧上了15路公交车,到了莲湖大厦站,正瞅见黄高干从人群里挤上了车,他上车后先是环顾了周围,然后扭过头来朝我先是笑了笑,继而伸出双手,手掌上托着两串项链和一个红钱夹。车上有人开始大叫:"小偷呀,我的项链……"喊声响作一团,宫队先是愣了一下,随后冲了过去。

黄高干承认了所有的案子,胖郭去他家里提取赃物回来,说:"那简直就是个收藏馆,每件东西都有标注,哪里作的案,时间地点都写得特详细,和报案人说的都能吻合,省老大劲儿了。"宫队乐得合不拢嘴,请功报告写得没边没沿的。

半年后我去监狱探望黄高干的时候,我问他:"当时干吗不跑路?"

黄高干说:"从解放到现在没有人能从我身上拿走任何东西,可最后我输了。"他问我:"还经常听京剧吗?"

我说:"经常听,那个随身听质量非常好,你出来的时候还可以用。"

黄高干说:"没儿没女的不出去了,出去手就痒痒,忍了二十年,最后还是没有忍住。"

说罢,他就开始端详自己的一双手,脸上呈现出的表情特复杂,谁都看不出他在想什么。

捉放曹

开展缉毒行动的第一天,我们支队抓捕组在跟踪毒王马仔曹满的时候,因侦查员位置暴露,被狡诈多疑的曹满察觉,抓捕组民警只好提前动手,将曹满拿下了。

宫队电话里向陈局汇报的时候,陈局当即骂开了,劈头盖脸地问什么人这么蠢蛋。主管刑侦的陈局眼里揉不得沙子,稍有纰漏都是一追到底。宫队电话里迟疑了一会儿,说是刚分来的民警吕奢。

"哪个?"

"吕奢。"

"市政法委吕书记的儿子?"

"嗯。"

"你真能扯!谁让他跟着抓捕组?"

"上面特意指派的,说多锻炼锻炼。"

陈局电话里直嘬牙花子,可事已至此,还能说什么呢。

"你们现在在什么位置?"

"在现场突审那小子。"

"好,我马上过去。"

陈局赶过去的时候,我们几个人轮番对曹满突审了两回,可都没有什么进展。陈局进屋,我们几个人都不敢直视他严厉的目光。曹满反手被铐,坐在椅子上,一双贼眼瞪得溜圆,一副顽抗到底的样子。形势现在非常紧急,天亮之前,如果我们从曹满嘴里掏不出来一点儿线索，那整个计划就会功亏一篑，缉毒战役也就等于宣告失败。

宫队脸上一会儿黄一会儿蓝的，他为陈局搬过来一把椅子，拿出烟盒给陈局递烟，让陈局扒拉到了一边，陈局真生气了，瞥了下在角落里闷着头的吕奢，本就羞愧难当的吕奢身子下意识抽搐了一下。

陈局把椅子向曹满拉了拉，说："你到这步就得争取立功赎罪，不要心存侥幸，你只是个马仔，法律会从轻处理你。"

曹满扬了扬头，说："我进来还能活着出去？你甭说了，我什么都不知道。收拾死我，我也不知道。"

陈局看得出来，这人现在是死猪不怕开水烫了，讲政策、攻心战暂时是出不来什么效果。

他铁青着脸走出房间，挥手把宫队和我们几个侦查员叫到了楼道，房间只留下吕奢和曹满两个人。曹满看着吕奢，龇牙笑了笑："你是新手吧？就你这么个嫩豆芽，还和我玩跟踪！"

吕奢又羞又恼，要换以前，别人和他这样叫板早就开揍了。他去年体院毕业，父亲给他安排到了市公安局，本来让他在内勤里混混，可他文字上根本弄不来，他央求父亲让自己去刑侦岗位，老爹拗不过儿子，只好找局领导把他安排到了一线，让他在最危险的岗位上历练历练。领导也是有苦说不出，这次行动抓捕组根本没有用他，可他偏要跟着来，宫队也是觉得小伙子虽然是"官二代"，但品质不坏，又是散打出身，历练历练或许能带出来，这样就安排他监视马仔，结果吕奢在某个细节上，一眼就被曹满给看出了破绽。

吕奢瞳孔喷火，一字一句地说："姓曹的，等头儿走了，你看我怎么收拾你，今天你不交代，我整死你。"

曹满眉毛向上挑了挑："小子，你想立功赎罪吧！爷我什么都见过，就是把筋给我抽出来，爷也不吐一个字。"

我们就害怕陈局发脾气，火头上来连骂带卷。吕奢和曹满在这屋里打嘴仗，陈局在楼道内也动了气："你个'宫矬子'，谁让你安排吕奢的，行动完了看我怎么处理你。""宫矬子"就是宫队，宫队长的个子矮，局里老人都喊他"宫矬子"。宫队巴巴地嘬着烟，哪还敢说一句话。

陈局越说越上脾气："我们在毒王那里下了多大本钱，十年磨一剑，十年，让一个见习民警给毁了，毒王那头有咱们的人，知道卧底的民警十年怎么过来的吗？你们知道吗……"

在屋子里的吕奢心才平缓些，听到外面陈局的言语，脸上的汗又淌下来，他拿出面巾纸大把大把擦着汗。陈局的话曹满也听了满耳朵，他的脸倏地变了颜色，曹满扭动了几下手腕，手铐解开了，小身子就如装了弹簧似的，跳起老高，对面的吕奢还没反应过来，曹满早一个弹射，双腿踹开楼窗玻璃，从五楼跳了下去，吕奢扑到窗前也想跟着跳，被冲进屋的宫队一把给拽住了。

"陈局，曹满跑了。"

陈局身体晃了晃，一下子就坐在了屋内的大床上。

曹满急速奔跑了三公里后，到了一个荒凉的加油站开始打电话，他要在公安收网之前，把消息传出去。组织里竟然有卧底？曹满太震惊了，他边跑边放电影似的在脑子里想了好多人，都是跟着毒王十多年的人，他想不出哪个更像警方安插的卧底，但转念一想，谁都他妈的有些可疑，都像是条子。

他进了加油站超市，拿起电话就打。服务生还想过来收费，被他恶狠狠地瞪了回去，电话拨通了，曹满说："老大，咱那边有卧底。"

"你在哪里？"那头问。

"不要问我在哪里了，我在加油站。"

"加油站，你怎么了？"

"我被条子抓了，刚跑出来的，咱那边有卧底。"

"你被抓了，怎么还能打电话？"

"我逃出来的，我听到条子们说咱们那边有卧底，卧底十年了。"

"你跑出来了……"那边稍微沉默了会儿，忽然放声大骂："曹满，你去死吧！"

"老大，我是为你……"

"赶快挂了电话，我剥了你皮。"那边人把电话挂了。

曹满拿着电话，脑子发蒙，还没回过味来就被抓捕民警给摁倒了。

缉毒行动胜利结束，所有贩毒团伙成员悉数落网。开庆功会的那天，吕奢在单位宿舍里哭了半天鼻子，他父亲又给他找了新的单位。他提着行李去和我们告别的时候，我们其实心里真有些舍不得这个单纯的小伙子。宫队说陈局在党委会为你说了情，怎么也不能让你背着处分走。吕奢又哭了，又感动又难过。宫队带着他到了陈局办公室，陈局正在给窗台上的那盆葱郁的吊兰洒水，见到吕奢，陈局拍了拍他的肩膀，语重心长地说："孩子，你还年轻，路还长着呢。"

　　年轻的不仅仅有吕奢，当然还有那个马仔曹满。与犯罪分子斗智斗勇的我们，心里都清楚。

103C（向前屈体翻腾半周）

一

太阳从对面的高楼侧面坠下去的时候，河面的阳光呈鱼鳞状地闪烁起来，波光粼粼，天空红红的火烧云也渐渐变成蓝墨色。这时十六岁的苏状焦急地向桥上张望，心脏像被鼓槌敲打着。再过十几分钟，苏桥镇秃头帮的鲁二就要开着他六成新的秃屁股夏利车来到桥上，然后在光天化日之下，任桥上男女老少车来车往，三下五除二，脱去背心和下边裤头，露出由脚踝到肩膀赤紫斑斓的文身，然后象征性抡几下胳膊，左右摇摆着身子活动一下，从由北数第九根桥墩平台上向前一个燕子翻身，然后跳水，直落水中。

"鲁二，你不臭精神会死呀，好，我苏状发誓，一定把你小子给杀了……"

十六岁的苏状抿着嘴唇紧咬牙关，或许是紧张的原因，嘴唇不住地发抖，又或是因为心里产生的恐慌，身体也有些抖动。他的左脸上，被鲁二抽的三个绛紫色指印清晰可见，他蜷缩着身子猫在河滩的一块凹坡上，手里攥着两把沙子。恨由心生，苏状恨鲁二，恨里面还带着许多的害怕。

当所有苏桥镇中学同学都能拐弯抹角、东拉西扯地和鲁二攀上点关系的时候，唯有苏状是无奈而苍白的。在苏桥镇中学，只要你说自己是鲁二的亲戚、邻居、同乡，或者什么什么关系，那都是非常自豪的事情。与鲁二有关系，代表着你自身环境的稳定。苏状不能，虽然和鲁二是一个街的，但姓苏的和姓鲁的从来都分得很清，一丝半缕的关系都不存在。这就让苏状感到惋惜甚至难受。这种难受异常悲怆苍凉，又是难言的隐忧，让你在学校和街面没有底气。

今天事情发生得非常突然，苏状和同学小刀同时喜欢上了女班长，这样就让本来两人和平共处的关系出现了芥蒂，虽然女班长脸上布满了青春痘，但刚刚发育起来的小身条让男生春心荡漾。苏状和小刀已经暗中较量了好长一段时间了，今天在某次对视上产生了一缕火光与对撞，这次视觉事故当然因为都注视同一个目标而产生的，这样就等同于在高速行驶过程中两车相撞，更大的事故出现在两个人挥拳相向后，为情而败的小刀关键时刻打电话请来了鲁二助战，因为小刀的表姐的表姐的表姐，是鲁二的表嫂的什么什么关系。助战的理由当然不能说为了一个初恋的女生，而是小刀对着鲁二说："二哥，我们学校的苏状在学校里白话你，说你：'燕子跳水'那个动作不怎么样，他做得比你好。"

"他敢！"这俩字是不是鲁二说的，苏状无从知晓。

小刀绘声绘色地广而告之的时候，确实是这么说的。

"他敢！"鲁二不允许别人白话他，最重要的不是说他坏话，而是他必须维护自己在小刀一类人面前的魄力与影响力。

在中午放学时候，鲁二开着秃屁股夏利来到校大门西侧操场，他叼着烟卷，戴着墨镜，脖子上挂着一条金灿灿的"拴狗链"，人模狗样地从学生堆里走出来，苏状立马被孤立起来，好多人闪避开来并留出了一片空场。鲁二晃荡着身子走过去，说实话苏状真的内心恐惧得要命，苏状扬了扬头，感到了正午的太阳都不够义气，也躲在云层里，偷着瞅他即将被揍的糗相。鲁二果不其然，上来就抡圆了胳膊，抽了苏状两个耳刮子。不，是三个，第一个苏状躲过了，苏状说："二叔，咱都是西街的。"鲁二正因为第一巴掌没有落实而焦躁恼火，他都没有理会苏状对他讨饶般的尊称，后两巴掌就抽到苏状脸上。然后鲁二又挑着大拇指吹了一大通非常牛逼的话，才开着夏利哄哄而去。

那会儿正是放学的时间，所有当时在场的苏桥镇中学的学生，都看到了苏状丢人不浅的惨状。

苏状低着头向人最少的地方走去，他看到了女班长同情怜悯的眼光，他看到了叉烧老王正娴熟地将一条条鱿鱼须串起来，他看到了收破烂的独眼刘颠来跑去，追逐被风吹得到处乱跑的空矿泉水瓶。苏状憎恨他们，苏状明白这些人心里正偷偷地、肮脏地、龌龊地讥笑嘲讽他，苏状摸了摸发烧肿胀的脸颊，他的眼角余光就看到死对头小刀，正在和一大群同学张牙舞爪、狐假虎威地说着什么，苏状不用想也应该知道，那内容当然离不开他的惨败以及小刀后台够硬而大获全胜，苏状咬牙切齿。"鲁二，我一定杀了你报仇雪恨！"报仇雪恨不是苏状从课本中学来的，而是从某个评书情节中学来的，苏状是在收音机里听过《三国演义》《岳飞传》《水浒传》评书的，凡是失败受伤亡命天涯的英雄个体最后都要报仇雪恨。苏状失魂落魄地走到了西河坡上，每次放学后他几乎都来到这里，扎个猛子游到尽兴，可今天他一丁点下河的兴趣都没有。

他转身看了看身后一公里外的苏桥镇，他不想回家，他知道家里没有人，他母亲总是早早地为他做好了晚饭，然后骑车匆忙地去百家餐厅后厨打小时工，他不想让辛劳的母亲看到他被打的样子。他清楚母亲有多么不容易，苏状父亲在外省某地公路养护站上班，一年回两次家，苏状有时候埋怨没有本事的爸爸让家里清贫如洗，有时也在想如果有父亲在家，像鲁二这样的人会不会对他忌惮些？

可是怎么来说，苏状自认也是在苏桥镇中学有些影响的人，他的数理化在全年级名列前茅，还多次在县里市里数学竞赛得第一名。也是全校唯一几个非农业学生之一，这非农业户籍在农村学生眼里都非常高贵和稀有，苏状自身也颇有些优越感。同桌胡二圈说："苏状，你学习好没多大用，你们非农业不上学都给分工作，我们村里的孩子不考学只能种地当农民。"所以胡二圈学习非常用功，只是可惜依旧脑子愚笨。许多人都这么说，这让苏状也开始动摇了自己求学进取的决心,苏状开始也不懂,这是班主任老蔡说的,也不是苏状亲自听来的,而是女班长白菜花告诉苏状的,因为白菜花正是老蔡的掌上明珠。虽然苏状不懂自己这个优越性究竟有多大,但不请自来的优越感既然来了那就接受吧!

苏状要报仇雪恨,想:"鲁二,我要杀了你,为苏桥镇除暴安良。"

苏状是个正义的少年,苏状在某个日记本里这样为自己定位:某年某月某日,我苏状是个正义的少年。

心怀正义的人一定要有正义的行为,虽然想杀掉鲁二的这件事本身带着狭隘的私心,但杀掉鲁二能够换来苏桥镇的安宁,能够让所谓的秃头帮散伙。

苏状信马由缰地胡思乱想。西河大桥上有几辆大货车鸣着噪音驶过,苏状仿佛看到了鲁二在那个桥墩上一跃而下,那个干净漂亮的跳水动作,苏镇唯有鲁二能够做到完美,简直漂亮无比。那是多么让人赞叹不绝的动作呀,苏状曾经在没人注意的情况下,也从那里试过,可是每次都被水拍得肚皮生疼,苏状曾经多少次想套个近乎,让鲁二教教自己,可是总没有机会,现在鲁二公然抽了自己,以后更不能了,现在鲁二公开也把他当作敌对一方,他只能不情愿地站在了鲁二的对立面。

苏状又开始恨小刀,小刀屁本事没有,和自己单挑不行,就找帮手,算什么好汉?一想到小刀,以及小刀面对鲁二时那奴颜婢膝的模样,苏状就气不打一处来。他活动了一下身子,河坡南面就是独眼刘的废品站,那里堆满了世间万物,应有尽有,堆积如山,苏状看到了几道铁栅栏上方天画戟的铁栏杆,这个方天画戟的栏杆肯定是镇大院门口上的,不知道怎么让独眼刘弄到这里来了。苏状知道独眼刘虽然眼睛有些障碍,但绝不影响他毛手毛脚,只要有什么东西今天入了他那看似失去视觉作用的法眼,明天的早晨它们就会出现在他废品站的某个角落。苏状和小刀子做好朋友的时候,两个人总是弄些建筑钢筋头子、电线根子卖给独眼刘,然后独眼刘小算盘打得噼里啪啦乱响,经过一阵盘算后,才从脏兮兮的怀里拿出一沓子钞票来,拣出最脏最小额的几张付给两人。

苏状喜欢方天画戟状的栏杆，因为那总是让他想起三国演义中的吕布，或者是水泊梁山中的小温侯吕方，这两个人的兵器就是方天画戟，苏状每次听评书都喜欢听那句："小温侯吕方的方天画戟使将起来，上下翻飞……"可见人手里多杆像样的兵器是多潇洒威风的事情。

苏状想，拿起一杆方天画戟，一戟就插鲁二个"透心凉"，就如同叉烧王老王，那铁签子插着鱿鱼或知了，把鲁二也从脑袋插到腚眼子，再拿到叉烧王那里烤成个糊雀，才解气。

苏状想着想着，如果把这些方天画戟插在水里，如果鲁二从高处向下一跳，苏状心里一亮，妙呀！

苏状胆子不大，自己原来在屋里睡的时候，常常外面有声猫叫都让他心惊肉跳，他们家祖上没有杀人杀猪杀狗的历史。苏状的爷爷是地地道道的县木器厂木匠，本分得可以说有些窝囊。苏状的爸爸，在公路十三局原先是个技术员，因为脾气执拗，和上边关系不是多么顺畅，被下放到某个养护站，档案上也是丁点劣迹都找不到的。苏状呢，苏状也不想杀人，杀了秃子鲁二是逼上梁山，对，我苏状就是被逼上梁山，苏状只有走这条路了，苏状想想自己就是水浒里的鲁提辖、少年版的林冲林教头。苏状开始暗下决心了，他的愤懑、他的委屈，只能迫使自己杀掉鲁二，对，杀掉鲁二。

苏状连扎了几个猛子，都没能将方天画戟插进河泥里，泥太软了，钢筋棍站不住，苏状连续试了几次，在水下憋气憋得眼睛发干。他还想再试试，但时间不允许了。

他爬上岸，穿上裤衩背心，然后躲在土堆后面注视前方的桥，几辆拉着岩棉的大车咣当咣当驶过去后，一辆六成新的红色夏利开了过来。车子开到桥中间就停了下来，任凭后面几辆拖拉机干鸣着车喇叭，鲁二光着膀子晃悠着身子走出来，瞥了一下后面那几辆车，那几个拖拉机车手，一看鲁二歪脖瞪眼的德行，就知道不是好惹的主，把方向盘向外打了几把，离着人远远地开了过去。鲁二开始脱裤衩，甩掉拖鞋，苏状看到他的小三角泳裤中间鼓鼓囊囊的，苏状心里又暗骂一句：臭流氓。在苏状的骂声中，鲁二已经登上桥栏，手指向上并拢，脚尖踮起，一个纵身，躯干笔直地跳入西河。

二

七婶家的狗死了。苏状刚拐进弄巷就听到了七婶扯着个破锣嗓子骂着街。"哪个死孩子干的事儿？！你们家吃鱼让鱼刺卡死，吃窝头噎死，你一辈子不得善终，你们全家都得痔疮……"

七婶是个卖鱼婆，苏状家与七婶家走动得比较频繁，七婶在市场里卖鱼，时不时地会将刚刚死掉无法卖掉的鱼送给苏状家，这样苏状家既饱了口福又免了食物浪费。七婶家的狗叫七斤，是个狼狗串儿，狼性没了，狗的特性倒风格明显，温和忠实，对主家忠心耿耿，七婶拿着当儿子养。苏状妈有时候爱和七婶玩笑，说："是不是睡觉都得让七斤上床呀？"七婶典型的买卖人，什么人都能打点，各类话自然是听得进去的："别扯骚了，以为和你似的，老苏十天不回来，你就往被窝塞擀面杖。"两个人互相扯着乌七八糟的话，苏状有时候在屋里写作业会听到外面的话，有的话听得明白，有的最多明白个大概。两女人拉呱着的时候，那只温良恭顺的七斤就会来到苏状的屋里，身子在苏状的大腿上摩挲示好，苏状也把七斤当作好朋友，周五放学回来得早，就在巷子里带着七斤玩耍，直到他妈喊他："苏状吃饭，吃完饭快点做作业。"七婶随后也跟着夸张叫："七斤，七斤，回家了回家。"

顺着声音，苏状快步走进弄堂，看到七婶系着围裙蹲在地上，七斤则侧仰在地上，眼珠翻白，嘴角吐着黏糊糊的白沫，七婶边骂边啜泣着，声音嘶哑。这情景让周围邻里看着伤心。苏状妈跑过来，惊讶一声："呀，老七家你哭号啥，赶紧灌胰子水呀！""灌了，晚了，来不及了。"七婶擦了把泪回道。苏状眼里的泪水打着圈，他俯下身子，伸出手来抚摸着七斤尚有余温的躯体，心里万分悲凉，感慨今天怎么这么灰暗，从这卑微可怜的小动物联想到自己，如此任人荼毒伤害。苏状忽然倍感自己在天地间的渺小和悲哀,他的眼泪止不住了,扑嗒扑嗒地掉下来,七婶抬头看到苏状这么难过,擤了把鼻涕,嘴里念叨:"七斤,七斤,睁开眼睛看,你的伙伴状状看你来了,看你来了,你俩再不能在一起了,状状是个好孩子,懂得友情呀,懂得情哟。"苏状妈在一旁听着有些不乐意,就用手拽苏状起来,可苏状心里闷得压抑,蹲在那里不动弹,让七婶这一唠叨,眼泪更多了,有几滴顺着鼻尖掉落在狗身上。

"不就是一条狗吗?瞎叨叨什么。"平日多在工地不轻易回家的七叔骑着辆摩托到了门口。

"怎么就是一条狗?这狗我可是带出了感情的。不知道是天杀的哪个王八鳖孙给下的老鼠药。"七婶仰头回答他,"你也不回来,那个王八蛋就是欺负咱。"

"行了,行了,老鼠满街窜,狗吃了药也正常,我弄西沟埋了去吧。"七叔边说着边把摩托支好。

"不能这么简单埋了,得给它弄口棺材。"七婶说得非常正式,让周围人想笑都笑不出来。

"别扯淡了。一条狗还弄什么棺材。"

"狗都比你强。"七婶嘴里蹦出这么一句,脸上腾地红了一下,号啕大哭起来。

三

苏状回到家以后,就开始跑到厢房的犄角旮旯满处踅摸,他娘不解地问他:"你找什么?"

苏状没有理会,向他妈扬了扬手,表示不要干扰他。

他娘说:"你别给我翻个乱七八糟,你瞎折腾什么?"

"老鼠药,咱家的老鼠药呢?"

"你找那个干吗?"苏状的妈拧着眉毛,带着训斥的口气说苏状,看苏状还在那里折腾,忽然想起什么:"你个小崽子想哪里去啦,她家的狗能是咱药死的吗?"

苏状妈过来就去拧苏状的耳朵,苏状手一扒拉就跑到院子里了。"快洗洗手,吃饭。"苏状妈喊着。

苏状边向嘴里塞着饭,脑子里边快速地运转着。"那个河南卖老鼠药的什么时候来?"他侧脸问他妈。

她妈正在一旁擦着灶台。"逢集就来,你别算计了,七斤那狗肯定是在什么地方吃了死老鼠,谁还故意害死一条破狗呀?"苏妈说完这话想想刚才苏状的情景,怕他伤心,说:"哪天让你爸给你找条好狗,他们公路站养两只藏獒呢,那才是真正的狗,看家防贼特灵,哪像七斤像个呆瓜一样,见人都不汪汪几声。"苏妈自说自话,再一回头,苏状已经关紧了自己房间的门。

苏家集在合乡并镇前叫苏家集公社、苏家集乡,后来合并到广家营镇,原乡政府驻地只有计生办还在这里办公,别的股室还有派出所、司法所、民政所等都一块合并过去。政府迁了,但集市没有变化,每到农历一三六,就是苏家营大集,也就是这几天,苏家集还是蛮繁华兴隆的。

苏状在集市的南口处找到了那个河南老侉,苏状看到摊上摆着粉红色的针剂老鼠药,河南老侉坐在马扎上,脚下一个高音喇叭,循环播放着:"老鼠药耗子药,老鼠吃了活不了,耗子吃了无处逃,老鼠药耗子药……"

苏状忍着刺耳的广播声,凑过去,蹲下身子问:"老鼠耗子不是一样的啊?"

"老鼠和耗子咋不是一样的呢,是一样的啊。"河南老侉正在收一个赶集人的钱。

苏状不想和他抬杠,拿起一管针剂状的鼠药:"怎么用这个?"

"回家把针管敲碎,把药水涂抹在馒头上,放在老鼠经常过的地方。"

"多少钱?"

河南老侉把屁股刚抬了起来,就听耳轮中晴天霹雳:"你个死河南侉子,你还我家的七斤……"

苏状扭头一看，七婶拿着鱼骨刀，穿着胶鞋，系着皮围裙，围裙湿淋淋的，上面沾着些许鱼鳞，两眼凶巴巴的，瞪个溜圆，直奔河南老侉。河南老侉不明究竟，一看那鱼骨刀明晃晃的，不像是开玩笑，嗷了一嗓子，就舍了摊跑出好远，七婶后面拔腿就追，周围几个摆摊的也跟过去拉着七婶。七婶嘴里骂着喊着，拿刀向停在远处的河南侉子比画着，河南侉子吓得脸色发紫，在那里六神无主，又不明所以。

苏状趁机在摊上抓了几管老鼠药塞进自己的裤子口袋，掉头跑了个无影无踪。

苏状一溜烟儿跑到了一道引水渠内，找个背风背影的地方，从裤子口袋掏出来粉晶晶的老鼠药，玻璃管在太阳映射下闪出魔幻般的光。就这么几滴液体就能把七斤毒死，就算不能把痞子鲁二药得七窍流血，也会让他肚子疼上几天，苏状对自己的念头钦佩得五体投地了。不达目的不罢休，可怎么才能把这老鼠药滴在鲁二吃的东西上呢？苏状陷入了沉思。这时，耳边传来独眼刘的叫卖声："煎饼果子，好吃的煎饼果子。"天助我也，苏状顿时计上心来。

独眼刘在西河镇是个闲不住的人，只要是挣钱的事儿他都干，白天骑着个电三轮到处收破烂、捡塑料瓶子，晚上还在西河桥那里给水利局守着西河水闸。到了集市上他就在电三轮上架上煎饼锅，摊煎饼卖，还甭说，他一副邋里邋遢的面相，居然摊得煎饼金黄、酥脆、筋道，色香味俱佳。独眼刘在没有散队的时候是出了名的红白喜事的白案，一手面食绝活，发面蒸馍相当拿手，村里婚丧嫁娶都得请他。就是因为一次给队里的骡子打蹄，队里让他把公社的兽医叫来，他看着以为这个活没什么了不得，就自己动手给牲口动铲子，结果捣鼓面的毕竟手艺生些，技术方面也不对路，骡不胜怒，踢之，正巧把独眼刘的左眼给踢瞎了，害他到现在连个媳妇儿都没有混上。他倒也是能够看开，虽然绝户，但对钱非常敏感，一天不弄点钞票进账，他就感觉像虚度了一天一样。

苏状走到独眼刘面前的时候，独眼刘正一张张清点着手里的钱，看到苏状拿着两块钱递过来："两块，要两个鸡蛋的。"

独眼刘连忙把钱掖进裤子口袋，又在黑围裙上擦了两把手，对苏状友好地笑了笑。苏状故意带着天真般的笑靥,这种微笑饱含着亲近和歉意,毕竟把人家的方天画戟扔到了西河,让他蒙受了微不足道的损失。独眼刘更不清楚苏状稚嫩善意的表情中还饱含着另外的内容,他三下五除二就将煎饼摊熟了,热乎乎的煎饼果子用塑料袋包好,递到了苏状手里,依然一副示好亲近的表情:"好小子,以后有东西还去刘伯那里买啊!给你多加了根火腿肠。"苏状点了点头,眨了眨明亮的眼睛,没有说什么话,算是表示回谢了他的刘伯。苏状走得非常麻利,他要趁着热乎将老鼠药洒在煎饼上面,当然还需要找到那位传递的使者——小刀,他知道小刀在哪里。只有借助这个愚笨的小刀,他的计划才存在实现的可能。

也就是苏状走进了苏家集东街南边第三条胡同的时候,胡二圈正从自家门口溜达出来,他一眼看到苏状,同时也看到了苏状手里塑料袋里金黄的煎饼。胡二圈眼皮都不动,瞅着苏状,盯着苏状手里的热煎饼,他咽了口口水说:"苏状,昨天我本来想过去拦的,不知道谁拉住我了,我当时真想和你一起揍鲁二,他有什么了不起的,就知道欺负咱们。"胡二圈边说着脚步也就边凑到了苏状跟前,他嘴里叨咕着,眼睛却直瞄苏状的手,苏状知道胡二圈轻易吃不到零食,他的爹妈日子细,在苏家集非常出名。苏状故意把手背到身后:"你能喊小刀出来吗?""能。"胡二圈立马答应下来,但又马上醒过味来:"你想打他?"苏状不能轻易让别人看出自己的目的:"嗯,我想和他单挑。"胡二圈的身子就开始往后缩:"苏状,其实吧,小刀挺老实的,鲁二打完你后,他也后悔了,想和你谈判。""想和我谈判?""是。"胡二圈大肉眼眨了眨:"小刀不想和你结仇,他想和你谈判。""那鲁二打了我就白打了吗?不行!"胡二圈一听苏状这语气依旧很硬,就有些为难:"不白打,不白打。"嘴里敷衍着,但又没有好办法,苏状马上跟了一句:"那你带我找他去。"胡二圈点了下头:"行,走,走。"他和苏状一前一后地向西街走去。

俩人在街上拐了几个弯,就看到集上的人都纷纷地向东南跑。"有热闹事儿。"胡二圈说。

村南的沟坡上。

鲁二拿着条皮腰带啪啪地抽河南老佟，河南老佟双手抱着头，嘴里喊着："打我干甚，打我干甚，不就是想讹钱吗？"鲁二下手愈狠，嘴里骂着："你这个老王八，毒死我家的狗，还不赔钱，我揍死你。"皮带抽在河南老佟的头上胳膊上，河南老佟被打得让人觉得可怜，有人开始想过去拦，但鲁二见有人过来就更加嚣张地说："你们谁拦，我和谁没完啊。"人家就赶紧缩回去了，鲁二越揍越狠，苏状和胡二圈在一旁看得清楚，其中有一下就抽在了河南老佟的脸上，这一下把河南老佟给打激了。河南老佟本来是抱着脑袋蹲在地上的，"噌"地蹿了起来，"嗷"了一声："我操你祖宗，你就欺负人，你不就是在家门口子上欺负人吗？我操你娘！"说完伸出手一下子就把鲁二的两只胳膊给掐住了，大家都没看清怎么弄的，鲁二就被摔在地上，鲁二挣扎起身，这河南老佟动作无比迅捷，两条胳膊一抡，脚底下使绊子，一个大背跨就又把鲁二重重地扔在地上，鲁二的两只手两条腿还乱折腾，被人家几下给窝拨住。旁边几个秃头小混混一开始被镇住了，这才醒过味来，有两个想往前凑，河南老佟小个子跳起老高，一脚一个把那俩人给踹出老远去。鲁二嘴角和鼻子里蹿血，跟跄地爬起来，擦了一下嘴角的血迹，"我操——"还没全骂出来，河南老佟以"迅雷不及掩耳之势"又给他来了个过背摔，这下子摔得鲁二惨叫了一声，蜷缩在地上起不来了。河南老佟扑打了一下身上的尘土，说："你们太欺负人了，我在少林寺待过八年，收拾你们几个绰绰有余，不来几下子你还反了天了？"河南老佟眼睛冒火，单手叉腰，右手指着周围那些看热闹的，还有那几个被踹倒的小痞子："你们苏家集有一个算一个，今天我豁出去了。"河南老佟怒发冲冠，苏状在一旁看得心怦怦直跳，河南人真牛逼呀！

河南老佟转身就向集上走，在苏状的视线里河南老佟变得无比高大，他简直就是水泊梁山的英雄，你看人家这几招，尤其几个大背跨，绝了。苏状想自己要是会武术该有多好，河南老佟原来就是隐藏在江湖里的武林高手呀，苏状窃喜，他想这件事一定会传遍整个苏家集的各个角落，河南老佟这个卖老鼠药的高大形象将会出现在苏家集人的各种议论场合，当然还有鲁二一伙人如何被修理降服的逸事。这回鲁二再也甭想在苏家集张狂了。

苏家集的人就这么眼瞅着一个外地人把自家人给收拾了,这个显然是丢面子的,毕竟苏家集也是个大镇,这鲁二再怎么为人不济,他也是本地人,本地人让一个外地人,还是这么一个没什么背景的卖老鼠药的给修理了,这让苏家集的人颜面何存?

七婶哆里哆嗦地在河南人后面跟了几步:"你把人打坏了就想走吗,就想走吗?"

河南人止住脚步,回过头狠狠地盯了七婶一眼,七婶顿时止住了话,身子恐慌得瑟瑟发抖。

河南人就这么在几百号人的注视中,回到了集上,他开始蹲下身子收拾自己的东西,然后骑上那辆加重横梁的飞鸽车子一去不回,苏状想,如果河南人是苏家集的人该有多好,他一定去投奔河南人,让他做自己的老大,把胡二圈他们几个人拉进来,成立一个帮会或者门派,和鲁二他们一伙分庭抗礼,那将是多么兴奋的事情呀!

正当河南人打好行囊推车子准备上车扬长而去的时候,过来一个人拦住了他,河南人顿时气不打一处来,嘴里说:"都说好汉打不出村去,今天我这命不要了,我就看看怎么着。"说完他把车子斜倚在道边的老树上,冲着拦他的人去了,苏状在这头看到又有新情况发生,连颠带跑过去了,他回头看到胡二圈正在扶着鲁二的胳膊,殷勤地给鲁二拍打着身上的尘土。

苏状暗骂胡二圈奴颜婢膝,不理他们自个儿跑到近前,眼前一亮,"爸爸"。

拦着河南人的是苏状的爸爸,苏状的爸爸瞅了苏状一眼,眼睛向他眨了眨,好像在告诉苏状:"等会。"或者说:"瞧好吧!"

苏状感觉今天的爸爸和离家走时候的爸爸不一样了,或者说和以前回家的爸爸不一样了,不一样的地方在于今天的苏状爸穿了一身绿色大衣,四个口袋,衣领上绣着两只红领章,肩膀上也有硬牌牌,苏状看不出来爸爸怎么成了军人了,他疑惑又兴奋地瞅着爸爸和那个河南老侉理论。

苏爸说:"你打了人不能就这么走了。"

放好车子的河南老侉杀气腾腾，跨了几大步到了苏爸近前，但被苏爸的正气凛然和服装给震慑了，气势上先输了几分。

"苏家集的先欺负人。"

"欺负人，你可以找社里和村委会干部说明情况。"

说明情况，这个词鲜有人用，苏爸说出来有质有量，和苏家集的其他百姓立马就分出高低来。

河南老侉不清楚面前身着制服的这人是什么身份，觉得他像是上边的大干部或者是路见不平的哪位首长，河南老侉的身子就开始逐渐往下塌。

苏爸果然气度非凡，对两旁的看热闹的乡亲们说："大家去把那个小伙子给弄过来，看有什么问题没有。"这一有人出头发话，苏家集的老百姓也开始打起劲头来，那边几个人架着鲁二的胳膊扶到这边，苏爸问："你是苏家集的吗？"

"是，是咱集上的鲁二。"苏状终于可以插了一句嘴，苏状想这时候踊跃而出显得最好不过了。

苏爸上下打量了下鲁二："你没事吧？"

鲁二灰头土脸，嘴角淌血，抬了下头，说："胳膊好像脱臼了。"

"鲁中德家的老二呀！"也不知苏爸是猜出来的还是看出来的，他说出了鲁二父亲的名讳，旁边有人跟着喏喏地说是，说他被揍得不轻，挨了死揍了。苏爸扬了扬手，然后双手倒背过去，十足的大干部派头，对河南老侉说："你们外地人到苏家集来做生意，我们当地人不是不欢迎，你们也算是促进本地区经济发展，但现在是法制社会，打了人不能一走了之，他真要是欺负你外来人，我们苏家集人也不会支持，你打了苏家集人，我们也不能等闲视之。"

苏爸说的"经济发展，法制社会，一走了之，等闲视之"这些词全是只有广播电台里才能听到的词，苏状听得真真的，苏状开始还有些为父亲担心，现在看到河南老侉在爸爸威武的绿色制服前低头哈腰，像战败的俘虏，周围人听着叫好的也有，乱嚷嚷的也有，多数是给苏爸叫好捧场子的。

后来的事情当然一边倒地顺利，河南老侉带着鲁二去了乡卫生院，鲁家来了四五十个人把河南老侉的车子和老鼠药箱子给扣了，苏爸用一通法律条例政策方针挨个批评他们，不能有过激行为。苏状妈给苏爸晚上做了四个菜，七婶从家里用围衫给兜来了十五个柴鸡蛋、一条鲜活的花白鲢，第二天中午鲁二的老叔又请苏爸到乡里新开的小饭馆举办了一场答谢午宴。

　　后来，苏状才弄清楚爸爸那身制服是交通路政的服装，现在的爸爸在公路工程处负责道口疏导，这个工作就是在道路施工过程中，对道路来往车辆挥动旗子进行疏导。从事这样工作的一共四个人，都是体力活干不了，领导又摆弄不了的职工。苏状和他母亲根本不了解，苏家集的也不理会这个工作怎么样，反正苏爸这身行头以及智斗河南老侉的事迹足能让当地人的谈资变得更加丰富而又多彩。

　　十五天后，鲁二开着夏利车到苏家集中学学校大门口来接苏状，苏状在小刀、胡二圈、身条匀称的女班长白菜花等众人面前，大摇大摆地上了鲁二的车，鲁二先是没话找话。

　　"那个女班长真那么好吗？"

　　"谁……哦！"苏状脸一红，"鬼才看得上她。"

　　鲁二龇牙笑了笑，加大马力，夏利车嘟嘟地向苏家河的方向跑去。

　　车子到了桥中央，苏状和鲁二同时下了车，鲁二关了车门，车子被拍得直摇晃。他站在桥上开始撒尿，苏状有些难为情，先看了看桥上两边来往的行人，桥上的行人皆无视他们的存在，苏状脖子一仰，褪下短裤，将尿液排到河里，俩人放干了身体上的水，随后将衣服脱得一干二净。

　　鲁二向前跨了一步，问苏状："怎么样？"

　　苏状点了点头，没问题。

　　"以后有我罩着，在苏家集你就横着走。"

　　苏状斜瞅了眼身旁鲁二赤裸裸的肉体，苏状想笑。鲁二咧开大嘴哈哈笑了起来，他的笑带着霸道和憨厚，让苏状平添拨云见日后的爽朗。他感觉鲁二并非平常那般让人憎恶，相反还有些幼稚。

　　两个正在成长的身体俯对着流淌的苏河，他们是在眺望东去之水，还是瞭望自己未来未知的人生？

苏状和鲁二踮起脚尖，双臂齐扬，收腹提臀，身体纵身向前翻腾而下，河面上翻起两朵小小的水花。他们可能不知道，这个跳水动作并不是叫什么"燕子抄水"，它的专业术语叫作103C，也就是向前屈体翻腾半周。

城市之痛

一

"我要告诉你,我一会儿就去和老魏喝酒。"

"咋,你不信?"

"真的,就我们两个,看出来我和老魏关系不一般了吧!说过多少次你总是怀疑,这次信了吧!借你的皮鞋我穿穿,我穿穿,给不给,不给是不是?真操蛋!"

不要误会,我是在和我们村四邦子说话呢,四邦子和我一样,是这个城市的盲流,我俩从几百公里外的山村到这个神往已久的城市来打拼,着实不易。我俩做过好多事,但因为种种因素都没有坚持下来,所以我俩现在就是靠捡破烂为生,我始终觉得我们从事的这个职业,也是非同小可的,我们用自己辛勤肮脏的手,给城市抓虱子。垃圾就是一星一簇的虱子。注意,不要笑,可以说为了这个城市向更深层次的文明发展,我们也尽了一份绵薄之力。

我之所以向四邦子借鞋,是因为我要和我很铁的朋友老魏——市城管某中队的副队长一起吃饭,老魏是我最相信的人,是这个城市里我唯一的朋友。

这个城市的人,其实我并不喜欢,但对他们也谈不上愤慨,我仍然很赞赏城市人更新着自己的同时，还将这个城市一天天更新。他们更新得越频繁，我的生意就越好做。当然，走在城市宽敞却熙攘的街道上，一成不变的，可以说只有两个人，一位是外来的我，另一位就是城管老魏。

说起老魏，我不知道以什么人的模样来参照和比喻他，他身上永远是一套工作制服，高大魁伟，目光炯炯，行如风，坐如钟，论外貌是相当男人的。我和老魏的初识纯属意外。那是新买三轮后的头一天，我去一个花园小区收破烂，我初来乍到不懂规矩，大中午就吆喝上了。我在鳞次栉比的楼群中只喊了一嗓子，一嗓子，我就觉得有不计其数的目光，从上至下如同流弹般向我倾泻而来。有人就喊："午休呢，你喊什么喊？叫魂哪！"

然后我就听到许多人，发出带有怨气的啪啪关窗户的声音。有个孩子竟然从五楼向我投下一只还存着点水的矿泉水瓶，正好打在我的肩上。这小兔崽子，丢得还挺准。有个光着膀子的男人关了窗户，不知为何却又打开了："捡破烂的，叫什么叫，赶紧滚，老子还睡觉呢！"哦，我恍然大悟，原来城里人中午都要睡一觉，真会享受。人家躺在有空调的楼里舒服睡觉，而我，却在烈日下汗流浃背拉车，货比货得扔，人和人比得死，真命苦啊！我万分沮丧地推着三轮车离开了那幢高楼。

走了不远，就看到了城管正在清理机动车。我还以为是警察抓盲流了呢，骑上三轮车就跑。那伙人发现我就开始在后面喊我、撵我。这群笨蛋，他们不知道我们山里出来的，体力和耐力比较好，在这平坦的马路上跑起来就更不在话下了。

正当我暗自得意之际，有个大个子从他们中间如一只黑马般冲上来，健步如飞。不好，我估计遇到劲敌了，脚下铆足了劲儿，后边的大个子也咬紧我不放，竟然在追出了几千米后，仍然狂奔不止。我猜大个子一定是体育运动员，或者是曾参加过马拉松的选手，或者是对生活和工作感到郁闷的人——他不是在奔跑，不是在追我、缴我的三轮，他是在发泄，这种人最难对付，一般都有神经质。我猜他追上我会不会对我进行体罚和谩骂，甚至施以暴力？想到这里，我更加恐慌，玩命似的提速，累得我口干舌燥，感觉胸口有热乎乎的血腥味往上涌。我把三轮一脚踹进路边的沟里，"扑通"一声，倒在树荫下的草地里，呼呼喘粗气，脸都喘绿了。那个大个子也紧跟着跑到我跟前，也喘得上气不接下气。我心说爱咋咋的，老子是走不动了，是杀是剐由他吧！大个子的脸色也发绿，一屁股坐在地上，和我一样靠着同一棵树。我俩粗重的呼吸声此起彼伏，大个子比我喘得还邪乎，我甚至听到一两声吱吱的尖叫，那是从他肺部发出来的。由此猜测，这家伙有气管炎，而且挺重。

我说："你越界了。"

大个子说："啥？"

我说："你越界了，这里不是你的管辖区。"

大个子像狗一样哈哈张着大嘴说："我知道，可你是从那边逃过来的，我有权力将你抓回去。"

"我说你是不是神经呀？这么拼命。"

大个子很意外地看我一眼，他说："你说对了，你和我老婆说得一致，可我不神经。"

大个子边说边有气无力地从口袋里掏出收费单子，想给我撕票。

我说："你把我的三轮车收缴了吧！我没钱，我的生意还没开张呢。"

大个子没理我，依旧很执拗地撕下来一张罚款二十的单子。他把红联给我，然后抬起屁股，有些踉跄地要走。他走得很疲惫，刚才的几千米路，已经让他筋疲力尽。我拿着红条，疑惑了半天，我说："给你钱。"大个子说："算了，好久没有这么痛快地跑一次了，我给你买单吧！"

这个大个子就是老魏，是我让他痛快地发泄了一次。人发泄有好多种，喝酒、打架，像老魏这样用跑步来发泄的还是很少见。

就这样我和老魏就熟识了，他一年四季都是那身制服，打着领带，很严谨，对小商小贩很善良。我始终相信，如果现在城管素质都像老魏那样就好了。以后只要有老魏的时候，或者在老魏的管辖段，我从不给老魏添麻烦。我有时就想，这可能就是所谓的英雄惜英雄吧！

我和老魏的关系能上到更深的友谊层次，也是很偶然的。那天我将一家商场的纸箱装好车，看到老魏和一个女人从商场出来。那个女人很端庄，应该是老魏的家属，因为那个女人在老魏面前趾高气扬的。老魏跟着女人身后亦步亦趋，显得很窝囊，一点没有爷们儿那种豪横劲儿。

女人说："咱打辆车吧？"

老魏答应了，答应得很被动，我感觉有些不情愿的意思。

女人和老魏上了车，路过我时，我赶紧低下了头，怕让老魏看到，这样会让我很难堪，也会让老魏难堪。

老魏上车走了，我长出了一口气，一抬头，在老魏上车的地方发现一个皮夹。我眼前豁然一亮，这是我头一回遇到外财。都说城里遍地是黄金，可我来城里一年多了，竟然连钱包都没捡到过。每天除了那些矿泉水瓶子、塑料奶袋、废纸，就再没有别的收获。我做事向来很谨慎，可能你们不太了解，或许也听说过，有的骗子就是利用你的贪婪和欲望，设下圈套等你钻。你只要一碰那东西，就会蹿出三四个人来，将你团团围住，或威逼利诱，或大打出手，什么罪名都敢往你身上扣。四邦子那天就着了道，他刚交破烂回来，看到前面有个包，他顺手就捡起来，还没打开，就被几个身上有文身的痞子给围住了。其实那几个也不是什么痞子，就是几个无赖，只要四邦子大喊一声，这些人就会望风而逃。可四邦子比谁都胆小，是个窝囊透顶的男人，他不适宜在城里生存，他就应该在村里过上一辈子。可是他窝窝囊囊地就跑城市来了，这个被村里人称死闷坑的四邦子，让那几个矮他半头、比他小四五岁的小子给勒索了个一干二净，两天卖破烂得来的三百块，都交给了这几个小子。对方非常嚣张，拿了钱后直接就进对面网吧里了。四邦子对我说这件事的时候，我气不打一处来，我说："你真给农村人丢人，你报警呀！"四邦子说："你报吧！咱在城里没有暂住证，我一报警不等于把自己暴露了吗？"我看了他一眼，心说：你活该如此。

二

　　这件事让我对四邦子更是看不起，但通过这件事，我也算学习到了一次经验和教训。所以当我看到这个皮夹时，我没有贸然出手。我将三轮车骑过去，让满载浮货的三轮车打着掩护，向四周观察了一番，看有没有暗地盯梢的人，然后小心地蹲下身子，在车底下捡起皮夹。皮夹里有个蓝本本，上面写着：魏志山，男，出生日期：1974年5月22日，工作单位：朝河区城管大队。原来是老魏的工作证，皮夹里还有一深绿皮本，是个离婚证。魏志山与柴玉素申请离婚，特发此证。老魏离婚了呀，看他老婆的相片，果不其然就是刚才那个女人。

　　我决定主动去还给老魏，老魏对我没有大恩大德，但就冲着我们俩赛跑的份上，就冲着他为了我垫钱的份上，我也得还给他。不要认为我说得这么郑重，不要认为一个皮夹多么不值得，面对着老魏，我觉得我有必要挺身而出，将老魏从苦海里解救出来。我不是什么救世主，但我以身示范积极表率和引导，希望起码能起到个安抚后来人的作用。

　　我换了一身干净衣服，泰然来到城管大队，这是我第一次以群众身份进来。老魏在自己的办公室里，正写东西，还是一身制服，笔挺的，领带打得很正规、很神气。就这么个相貌堂堂的人也会被女人甩？我纳闷的同时，产生出一种心理平衡。

　　老魏开始没认出我，最后我拿出了那个皮夹，老魏表情有些尴尬，接过去笑了笑，说声"谢谢"。他的一声"谢谢"，说得我手足无措。我说："老魏，没啥，其实没啥。"

　　老魏用手一指椅子，示意我坐下。我用手碰了碰沙发的皮子，很柔软很光滑，我说："不了，不了。"

　　我颤着身子就拉门出来，在开门的刹那，我扭头对老魏说："晚上，我能不能请你喝酒？"

我说出来后才觉得很唐突，老魏先是怔了一下，马上就答应了，答应得很爽快。

我下午很早就在城管大队的门口等着老魏，别人都下了班走了好久，老魏才出来。我俩并肩走着，四邦子这双皮鞋很合脚，踩在马路上发出的声音很带劲，我腰板也变得挺拔了。和老魏走在一起，我并不渺小，我觉得路上的行人对我的眼光充满了崇敬，我想他们是在看老魏，看老魏的同时注意到了我。兴许感觉我和老魏一样是有出息、有身份的人，我心中畅然。为什么有的人那么喜欢和有身份的人在一起？因为虚荣，虚荣是最让人看不起的，可只有虚荣才让自己满足和惬意。这种感觉很受用，会刺激身体上的荷尔蒙或者什么垂体什么肾上腺素的。

我和老魏找了个小餐馆，我带了一百五十块钱，这是我六天的收入，我觉得有必要为了和老魏深交付出些诚意。我那天特别能说，真的，我自己都不知道自己这么能侃。老魏听着时不时就笑，然后就是喝酒。我没数我们喝了多少瓶三块钱的啤酒，可能是一箱子，可比一箱子还多，我们不停地喝，不停去厕所。老魏说："在部队上只有连长和我这么喝过。"我说："我不是连长，但我能把我们村主任灌得哇哇地吐，灌得村主任那晚都没去他弟媳妇那里过夜。"老魏问我："为什么村主任去他弟媳妇家？"我说："村主任和他弟媳妇处着，他弟媳妇当姑娘的时候就让村主任给办了，后来怀孕了，村主任就把她介绍给自己的叔伯兄弟。有了弟妹这层关系，他去着方便。"老魏说："那他那个叔伯兄弟不介意呀？"我说："介意，因为介意就让村主任给发配到三门峡水电工地去了，一年回不来一次，村主任用着他弟媳妇多方便。"老魏就笑，我也笑，我笑得有些隐晦，老魏笑得有些伤感，后来眼圈就红了，像兔子的眼睛，不停地掉眼泪，然后就哭。老魏一哭，我也哭了，我也想媳妇了。我想我那晚折腾三次的媳妇，她现在一定正和小木匠折腾着。老魏说："我哭我拢不住媳妇，她跟别人了，嫌我窝囊，嫌我从没说过爱她，其实，我很爱，我他妈的很爱。"

我说："老魏，我也一样，我媳妇跟人跑了一年了，我在村里待不下去才跑城里发展的。"

老魏咧着大嘴："我媳妇对我很好的，就是嫌弃我不跟形式，不懂风情，什么是风情？这糟糕的城市就像个垃圾桶，活着让你憋屈，让你难受。"

看，老魏的观点还真和我高度一致的，这个城市，不是垃圾堆是什么呢？

老魏止住悲声，他说："那咱俩可真的有缘了。"我说有缘，老魏说喝酒，我说喝，我俩开开一瓶啤酒嘴对嘴又喝起来。

到了深夜，我们互相搀扶着走出小酒店。我说算账，吧台上说老魏结了，我说："老魏你啥时候结的？"

老魏说："我尿尿时候结的。"

我说："你不够意思，说好了我请。"

老魏说："你还是留着钱吧，我怎么说比你挣得多些。"

我诚惶诚恐，我活了这些年，也就是老魏拿我当哥们儿，看得起我。还是个有身份的人，还是个城市人。

我说："老魏，你有什么事就吩咐我。你的事就是我的事，我两肋插刀。"

老魏憨憨地笑了。

我回到了简陋的工棚，四邦子对我神秘兮兮地说："叔，你猜我看到啥了，就是在公园，有俩人在长椅上办事呢。"

我的目光像城里人鄙视我似的严重鄙视了四邦子一次，可我忍不住又好奇："真的？"

四邦子精神头上来了，语气很坚决："是的。我昨晚溜达到公园里，看到的，很过瘾。"

"妈的。"

我不知道自己是骂四邦子如此幸运饱尝了眼福，抑或是骂城里人低俗下流。

四邦子讨好般对我说："叔，改天咱一起去。"

我仰躺在破木床上，靠着褶皱褴褛的被褥说："没出息。"

虽然我这么说，心里还是蠢蠢欲动，我决定去一次。第二天晚上真就去了，我只看到了公园里有人亲嘴，有人海侃搂抱，却没看到真刀真枪的。我后来在四邦子说的那个椅子上，窥见了一对男女，我想一定有戏。我躲在花丛里潜伏好，那男的在树下想拥那个女的，那个女的不肯，男的就要，女的就不肯，男人还想要，女的还不肯，后来女的有些气急，推开了男人，男人灭了火头，失了兴趣，问那个女人："玉，你是不是心里还放不下那个窝窝囊囊的臭城管？"

"没有，"女人也觉得为难了对方，"别怪我，我真的还没考虑好。"我听着一头雾水，而后在花丛后等了大半宿，都没见两人再拉拉手。

这城市日子一天天数着数过着，数完夏天就数秋天，秋天还没数够，冬天就到了，天上开始飘雪沫子了。我和四邦子住的那间临建棚子，四下透风，晚上可以数星星。我不得不时刻关注天气预报，只要听到天气预报里说西伯利亚，或者俄罗斯某某寒流即将来临，我们就只好去车站或者银行取款机那里猫上一宿。这样遭到城市人的反感，说我有碍市容。市容，市容，难道让我们这些人都消失，都在穷地方穷旮旯里天天过着暗无天日的日子，这样他们才心安理得？他们看不到我们，就想不到我们这些群体，真的以为社会太平、天下小康了？那次我靠着取款机正做着美梦（我喜欢靠着取款机打盹），想着取款机能吐出钱来，心里感觉很踏实。直到感觉梦里一亮一亮的，我醒了。一个头上谢顶的男人，用个长管头相机对着我"咔咔"地照。这个角度、那个角度的，开始我没当回事，因为这个人一看很专业。我想是不是我可以上些杂志报纸什么的，我就很配合他，向着镜头笑，笑得很得意，甚至露出了两颗黑牙。我看到许多人在一旁驻足，看着我，那笑和我的笑带着明显的区别。我想这里面定是有内容，对，一定有内容。我就用手去挡那个谢顶男人镜头，我说："你干啥？"

这个人没理会我。

我说："人权，人权。"我说完这两个字，周围的人都笑了，我明显听到笑声里面包含着更多的内容，我抱起被褥就跑了。

三

好久没看到老魏了,我有些想念他,想哪天请他一顿,还了那份人情。我在一个小区里的垃圾箱里混饭吃,那个小区的名字很别致,现在回忆不起来了,好像叫什么花园小区。我只记得那几个垃圾箱的位置,我能闭着眼找到它们,然后从容不迫地在里面寻找些有价值的物品。

我去了数次那个小区后,好几天我总觉得有人在跟踪我,我的第六感觉很敏感,相信绝对有人跟踪我。我从一个垃圾箱里掏出许多女人内衣的时候,我就感觉到背后有道目光抵着我的腰椎,让我很不自在。那目光来源可能在某个树荫下,或者高楼林立的住宅窗户里,或者来自贴了防爆膜、防晒膜的车上。我就加了一万分的小心,每天卖的钱我都存入银行,到了五百元的时候,我就汇到老家去。我想万一我有什么不测,这些年的辛苦也没白费。

那天我给老魏打了个电话:"老魏,有人跟踪我。"老魏笑了,老魏虽然是个好人,但城市人骨子里的东西仍然存在,他带着轻蔑的口吻说:"谁跟踪你呀?"

我说:"女人。"

"女人?"

"女人。"我在电话里对老魏如是说。

在我打完电话后那天的中午,在那个和老魏喝酒的餐馆里,我一个人自斟自饮时,那个人出现了,也就是跟踪我审视我许久的那个人出现了。我白了她一眼,她走到我面前,对我说:"我有个活儿想让你干。"

这个人成了我的雇主,也是这个城市唯一雇我的人。我不喜欢一成不变的生活,我曾经想做保安,原因是想和老魏出去喝酒时显得体面些。可自从那次后,老魏再也没有给我机会。一家饭店曾经想让我送外卖,可看到我没有身份证之后,他们就临时改变了主意,估计怕我在收完钱后溜之大吉。我也懒得受人约束，我自己蹬个三轮车，吆喝几嗓子，守住几个住宅小区那几只垃圾箱，我就有取之不尽、用之不竭的财富。

可当这个雇主出现在我面前的时候，我不可思议地答应了她的要求，答应得很彻底。雇主拿着一张纸，告诉我："你只要喊出纸上这几个字就可以。"末了，她好像不放心，问我："你认识字吧？"我说："你可别小瞧我，我初中毕业呢，再比这几个字难的，我都认识。"雇主就满意地笑了。

我问："现在就喊？"

雇主说："现在就喊，我想听听你的嗓音如何。"

"素素，我爱你。"当我第一次喊出，不是，是吼出这句话的时候，我把我自己都吓了一跳。在这光天化日之下，我居然喊得这么理直气壮。

雇主听完说："好了，你跟我来吧！"

我说："我想把小区剩下的垃圾箱翻完再去，行不？"

雇主掏出了五十块钱。

"够了吗？"

我说："够了，你真的是个痛快人。"

我的雇主让我到摇滚大厅里去可劲喊，声音越大嗓门越高，工钱越多。"喊一场六十。"六十这个吉利且诱人的数字，不得不让我先放弃我的三轮脚踏车和我做了手脚的杆秤。

这个地方我从未来过，绝对的。我估计一般城里人也是不会来这个地方的，门票就很贵，这里的饮料啤酒和外面的没什么两样，但价格却差异很大。

我这样匆忙地进入了一个喧嚣的世界，这个世界离我并不遥远，人们在这里可以随意发挥自己的喉咙，可以肆无忌惮、撕心裂肺地呼喊、呐喊、苦喊、哭喊，直到嗓音枯竭，大脑缺氧，体力透支。有人喊："王小国，你是猪！"人们跟着喊："猪猪猪。"有人喊："我恨我自己，我自己恨自己！"人们异口同声："恨自己，恨自己！"还有人喊"狗食杰，我恨你！""徐老师，你王八蛋！""某主任，你老婆是鸡你是鸭!"我当时特愚钝，都不清楚鸡和鸭什么意思，后来才明白，城里人语言表达很含蓄，含蓄到家禽都跟着受到牵连。

我鼓起勇气走到那个手雷般的麦克风前。我想试试嗓子，我唱了一首节奏很"如阿普"的台湾电影插曲，我的歌声唱起时，大厅内瞬息鸦雀无声，只有我的歌声回响，说实话我都被自己陶醉了、感染了。唱到最后一段时，我听到有啜泣声，恍惚看到眼泪在飞。是我，是我的眼泪夺眶而出，我自己被我自己感动了。一曲终了，当人们还沉浸在我的歌声中的时候，我终于大声地喊出了那几个字：

"素素，我爱你。"

我操着这一口地地道道的方言一喊出来，就把所有的人包括正在高喊的人都给镇住了，绝对镇住了。屋顶上方五颜六色的彩灯不停地摇摆，使现场摇曳得更加扑朔迷离。对面那个长满雀斑丰乳肥臀的美眉，在我的喊声中停止了和那个四十多岁男人的肢体交流。

一切在意料之中又未在情理之中，人们瞬间激情燃烧到了极点，海啸般地蹦着跳着狂叫打击着节奏：

"素素，我爱你。"

"素素，他爱你。"

"素素，我也爱你。"

"素素，谁谁也爱你。"

我有理由相信我的雇主现在正对自己的慧眼识英雄而欣悦，或者在某个角落里喝着三块钱以上的啤酒——应该是三块钱以上的，因为雇我的人穿着很有型很讲究。雇主刚才雇我的时候，我正仰脖吹完那瓶三块钱的凉啤，雇主对我喝这种杂牌啤酒露出鄙夷之色。我对雇主的目光不以为然，我说："不要看我喝这样的啤酒，可我的嗓子是金嗓子，是经过千锤百炼磨砺出来的，是经过岁月的洗礼升华出来的，是经过坎坷奋斗成长起来的。"

现场产生出的张力效果让人疯狂，角落里我的雇主露出了喜悦的表情。我向雇主深深地鞠了一躬，我觉得我没有辜负雇主六十块钱的希望。雇主举了举手中的酒瓶，我猜得没错，雇主果然喝的是三块钱以上的啤酒。那种啤酒瓶子较小，而且液体呈浅黄色，这类的瓶子不值钱，但酒喝着口感好，不头疼，我的雇主真的是个超小资的人。

我的内心激情澎湃，或者说狂热点燃了我，我的肾上腺素无比兴奋高涨，我歇斯底里地继续呐喊着。

"素素，我爱你。"

"素素，我爱你。"

……

第一天过去了。

第二天过去了。

第三天中午来的时候，除了嗓子有些发痒，我没觉得有什么异样。我的雇主两天没有来这里，她早已给我买了一个礼拜的门票，我拿着门票进场后就匆忙地进入角色。

许多人眼睛里冒着火球似的看着我，显现出一副渴望的表情。我有点不好意思了，或者说是羞涩。我不是真的爱那个素素，我甚至都不知道素素是男是女，或者说我更不清楚我的雇主为什么让我喊，目的是为什么？这些我都不去考虑，这些和我一点关联都没有，我的认知观里就是拿人钱财，为人呼喊，做生意守公道，讲信用。

可就在这时，意想不到的事情发生了。发生得很突然，让我没来得及看清那个男人是怎么过来的。那时我喊得大脑有点晕眩，所以男人上来对我动武的时候，我连还手的余地都没有。我的脸上挨了几个耳刮子，嘴角的血滴落在褐色的地板上，还好我的牙齿很牢固。我踉跄地爬起来。那是个典型的大个子，很庄严威武的大个子，他粗暴地对我拳脚相加，恶狠狠地骂着："谁让你喊的？王八蛋，谁让你喊的？"

我忍着剧痛，誓不交代。我要对雇主负责，我始终视死如归，坚贞不屈，别看我出身卑微，骨气血性还是有的。我知道他不敢打死我，这个社会毕竟是和谐社会。几分钟后对方凌厉的击打停止了，女雇主将打我的高个子抱住。高个子抱着雇主，大声说："素素，我爱你，我是真的爱你，不要离开我，不要离开我。"

我当时已经被打得面目全非，模糊的视线里只看到那熟悉的面孔和没有感情的目光。

我捂着脸上的伤口一步步走出大厅，后面有人追上来，那是我的雇主。雇主给我怀里塞三百块钱，我没有零钱找给她，雇主尴尬地说剩下的做药费。末了，雇主弱弱地说："别怪我。我只想让爱我的丈夫回来。"我咧开嘴笑了，比哭还让人发酸。

我默默地走了许久，走到了那个之前和老魏喝过酒的餐馆。我坐在那个位置上，打开啤酒就大口大口往下咽。不知什么时候，老魏来了，给我拿了许多餐巾纸。我擦着额头上的伤口和嘴角的血，老魏拍了拍我肩膀，说："受苦了，老弟。"

我歪着嘴笑了笑。我说："老魏，你真他妈的狠。"

我扭头，墙上那面失去光泽的镜子里，我的门牙齐刷刷地断了，豁口黑乎乎地像个狗洞大开着。

老魏拿起瓶子向肚子里灌着液体，"噗"一口啤酒从嘴里喷出来，然后他又呜咽抽泣起来。

我撇开老魏，踉踉跄跄地走到昏黄的街道上，老魏又把账结清了，可我再也不欠谁的了，这是个多么糟糕、多么光怪陆离的城市呀！

"素素，我爱你。"我莫名其妙地又高喊了一声。随后这个城市所有的喧嚣都湮没在了黑夜中。

"毒鼠强"杀人事件

　　本报讯：两年间，三个孩子相继被毒死，是什么让一个平常农妇变得如此歹毒？被害的孩子又因为什么被自己亲伯娘害死？

　　两年来，河北鹿城市长邺镇长亭村村民蔡吉妹除了用"毒鼠强"相继毒死自己的侄子侄女，还可能毒死了堂叔公和邻居的孩子，她曾在审讯中供述了部分事实，但后来翻供。（新视角周末报）

一

　　蔡吉妹和大嫂正打劫刘家坟地的棉花秧，见二嫂右手挟把着丫头从村西头大道上走过来，到了地头，扬着右手喊："老姑，老姑，不干，不干。"大嫂直起身子，纳闷问："不干咋？"

　　"二姨领了外村的人过来了，让老姑过去相看相看。"

　　"哦。"大嫂瞅了蔡吉妹一眼，蔡吉妹脸上红得像田垄上开着的喇叭花。

　　晚上，大哥、二哥、三哥、大姐、二姐、爹和妈挤满了一屋子，蔡吉妹心扑通扑通地跳。

　　二哥说："老妹你说句话呀，中意不？"

他刚说完，二嫂在后面使劲拧了他屁股一下，瞪了他一眼，意思是让他别乱说。

爹咳嗽一声，以示其在这个家庭的核心地位。

"甭问丫头了，我想呢，人是中意，就是没房子，二姨答应了那间新房结婚用，但人家也是兄弟仨，到底分到谁头上是人家以后的事。"

"那就让那边应了这个房归老妹子，以后他们就是去借去盖，跟这边没关系。"二姐说话极快，像炮仗。

蔡吉妹倚在炕头上。这个嫁人呢，嫁过去就是人家的人了，那边姓路，日子一般，现在哪家不都是这样，都穷，都是在外面干活出苦力。村里年龄一般大的姐妹们都一个个嫁了，这个男人看着很老实，娘嘱咐了，油滑的人可不行，在外面干点什么自己在家也不知道。一定要有个房子，这些年家里盖了一处又一处，大哥、二哥、三哥的爹和娘累成那样，操心费力，这个嫂那个嫂事情都不少，弄得家里关系都不融洽，要房子，哪怕就是一处房子。

"我看房子是小事，人老实就成。"大嫂憨，在家族有些受排挤，说话也不看时候。几个妯娌和小叔子都瞅了她一眼，公公婆婆显然也不待见她的话，蔡吉妹倒是听了有些心动，是呢，房子有什么呢？有个踏实男人该有多好。想着，她从大嫂手里把五岁的二侄女抱了过来，在脸蛋上亲了一下。

一进腊月，蔡家就开始张罗闺女出嫁的事儿，那头路家也应了，结婚的新房归老二，这处房蔡家也打听出来了，是人家路家哥仨集体出钱盖起来的，本来留着老大结婚用的，老大在外地打工不回家了，现在老二的事迫在眉睫，房子先济老二。二姨和路家也打听清楚了，结婚后老二再给人家老三出一部分房子钱。

这婚说结就结了。办喜事那天路家托闫村长在乡里找了辆吉普车，四五辆拖拉机在后面排了一长溜，那场面热闹喜庆。蔡吉妹在吉普车里摇晃着，心里乐开了花，旁边路家老二低着头，脸红到了脖子，是真老实呢。

新房子就是豁亮，蔡吉妹想这么大的院子，虽然墙头还没有拉上，等来年男人在外面挣了钱回来，拉上一圈红砖墙头，盖上个高门楼，让村里村外过来过去的人都看看，多长脸面。

蔡吉妹还盘算，在院子东南角再栽上棵柿子树，几年就能结果，到时候红彤彤的当个景儿，打下来闷熟了，给孩子吃，这一想孩子，她的脸就羞了。结婚的那天晚上，这个死闷路二强，那方面倒是挺不闷的，蔡吉妹被折腾得死去活来的，早晨起来自己不经意地摸了摸肚子，做那个身体里就能怀上孩子呢，真是神呢。

二

这个日子过得就是匆匆，柿子树一年年拔高，当红红的柿子第一年挂在枝头的时候，蔡吉妹的孩子都会跑了。可是她期盼的高门楼和红墙头还没有建起来，不是蔡吉妹不上心，钱省吃俭用地，早凑够了，蔡吉妹年年催赶家里的男人，男人每次都支支吾吾，今儿推明儿，明儿推后，一年年就给推过去了，蔡吉妹就有点犯猜想。男人腊月二十回来的晚上，蔡吉妹把孩子哄睡着了，和男人做了一次功课。都需要嘛，这一去就是多半年，水浇地快干涸成了盐碱滩。男人连续折腾了两次，完了扭了头蒙着被子就想睡，蔡吉妹下去用毛巾擦了一把身上的汗渍，上炕后推了男人身子一把："这墙头明年开春就得盖上，正月砖便宜，抓紧买了，过了年肯定会长几分（钱）。"男人说："盖什么盖，回来就是叨叨这个。"蔡吉妹在被子里用腿蹬了他一下身子："不盖怎么行，我自己一个人带着孩子没个院墙能安全吗？"男人不作声了。静了会儿，男人扭过头来："孩他妈，你看咱上坡那块老宅收拾收拾行不行？"

"什么？收拾老宅干吗，那不是老大家的吗？"

"老大不是不回来了嘛？"

"不回来咱们收拾干吗？"

"咱们住行吗？"

"什么，你个闷王八这话里有话呀。"蔡吉妹一脚把男人踹到了一边，男人骨碌着身子起来，披上件衣裳坐起身。

"娃他妈，这个房子老三准备结婚用呢，老三在东莞打工的时候和郭家堡子的郭开红好上了，两个人都在外面租房子过了，这不年后五一要回来结婚，我这想着过了年和你商量一下，当时老三给咱们救了急，咱去那个老宅拾掇拾掇，等我在外面干上两年，咱爹说了那块空庄基给咱，咱自己盖新的，可着你心盖。"

"你这个闷王八，"蔡吉妹气急败坏，"结婚时候不是和老三说好了，归咱吗？这结婚了孩子有了，你们就反悔呀。你爹妈还有老三真不够揍。"蔡吉妹嚷嚷起来，男人见这个阵势也不敢吭声，蔡吉妹后来抄起枕头砸在男人头上："滚你妈那里去，和你妈睡去。"蔡吉妹长这么大没有这么气过，没有这么骂过，她胸口因为生气而上下起伏着。孩子被惊醒了，哇的一声哭了起来，蔡吉妹抱起孩子，搂在怀里呜呜地哭，院里光秃秃的柿子树上最后一个熟过了的柿子在哭声中掉在地上，摔了个稀碎。

蔡吉妹那年春节没有过好，她第一次大年初一没有去给公公婆婆拜年，公公婆婆也看出什么事来，都不吱声。倒是临正月十五，老三跑到蔡吉妹家里，进了屋见蔡吉妹在包饺子，老三象征性地抱了抱侄子，说："二嫂，晚上一起吃吧？"

蔡吉妹脸上什么表情都没有，手里捏着饺子皮，说："不去了，老三，你有话就说吧。"

老三用手挠了挠脑瓜皮，显得有些拘束，说："二嫂，你要我说，我就直说了，这个五一我想用这个房子结婚，二哥都和你说了是不是？"

"嗯，你二哥是和我说了，可是老三，当年你和咱爹咱娘不是和我二姨应好了，这个房子归你二哥吗？按理你们哥俩的事儿我不能掺和，但是咱家应实的事儿，你二嫂才嫁过来，到现在……"蔡吉妹心里一股酸酸的委屈涌上来，嘴唇抖着，眼泪下来了。

老三坐也不是，站也不是，他左手挠着脑瓜皮："二嫂，你别哭是不是，你说，我也不小了，你看着我打光棍呀，开红都怀上了，不抓紧办了事儿，就显怀了。"

蔡吉妹擦了下眼泪："老三，你家怀上不怀上我管不着，但这个房子的事情，我得让爹娘给我个说道。"蔡吉妹说完脸就绷上了。

老三脸红脖子粗，看蔡吉妹拉下脸了，自己也有些上火，倏地从屁股口袋里掏出一张纸递到蔡吉妹眼前。蔡吉妹怎么说也是上过小学的，展开一看纸上写着：

协商书

路宇工家村东北口新房归三子路三强所有，村上坡老宅归路二强，路二强结婚可以临时使用，等路三强结婚时候必须归还，特此证明。

签字人：路三强，路二强。

证明人：村支书闫中栋、二叔路宇生、五叔路宇增。

××××年××月××日

蔡吉妹死活不想搬家，说："路家怎么应的我？现在孩子有了你们又变着法子耍笑我，路二强窝囊我不窝囊。"

才过了二月二，轻易不登自家门的五叔公路宇增大清早来她家宣读"圣旨"，说："老二家的，家族的长辈们商定五一节为三强操办喜事，你和老二安排一下，五一前搬出去。"蔡吉妹平时就看不惯路宇增那假清高的劲头，一个六十多岁的男人，成天看这家媳妇不行，看那个妇女不对，指指点点，干什么呀？

蔡吉妹现在只能忍："五叔，我们搬哪去？"

"老宅呀！"五叔扯着公鸭嗓子。

"让老三直接去那里结，我们不搬。"

"老二家的，这房子是人家老三的钱盖的，老二虽说也是出了力，但那是亲哥们的帮衬。"

"那路老二原来挣来的钱呢？"

"那得问你男人了。"

"我男人说了，没成家前挣的钱都给这个家用了，现在让我搬，我们拿什么搬？"

"想法子，三强那里喜事必须在这里办。"

"办，办……"蔡吉妹心里火头再也抑制不住，右手里正端着铁舀子去缸里舀水，左怀里抱着孩子，她将铁勺狠狠摔在了院子砖道上，舀子在砖地上又横飞出十几米，五叔路宇增没想到这平常不爱言语的二侄媳妇儿有这么大的脾气，着实一惊，脸色红了又白，白了又红，扭头走了。

蔡吉妹搬家了，没有等男人回来，也没和谁打招呼，她没有再去找二姨，事到如今找谁都无济于事，蔡吉妹认了。蔡吉妹从娘家叫来大哥和舅家两位的表弟，忙活了一个月把老宅的里里外外归置好。搬家的那一天，路三强想过来给二嫂搭个帮手，刚蹲下身子想去抱墙角的酱缸，蔡吉妹说："老三，你这是嫌弃你二嫂搬得慢是吗？"三强手立马收起来，嘟嘟囔囔："二嫂，看你说，我不是不是……"

"行，行，二嫂人手有的是。"蔡吉妹冷着脸对小叔子说。

路三强结婚的当天，大嫂、二嫂陪上席，也就是新娘这桌，大嫂生俩闺女，在家里就没地位，说话得看人脸色，这陪上席可有讲究，说话不能多也不能少，多了说过火了人家挑理，少了怠慢了新媳妇儿人家怪罪。大嫂心知肚明，清楚自己是凑数的摆设，这二嫂蔡吉妹自然就成了主陪，蔡吉妹虽说对路家有气，但是新媳妇儿才进门得高看，再者也和自己没什么计较，自己这个二嫂也要给新娘娘家应酬周到了，让人家不挑。蔡吉妹心里是这么盘算的，也是这么做的，在席桌上张张罗罗，劝这个夹菜劝那个喝茶，给新媳妇拿筷子、斟茶夹菜、递喜馒头，这一来二去蔡吉妹隐隐约约感觉某些地方不得劲儿，怎么媳妇儿和娘家几个婶子大娘看自己和看自己的大嫂儿的脸色不一样呀！蔡吉妹脑子里边犯了思想，果然，送亲过来的新娘老婶儿一看眉眼就不是省油灯，吃了几口菜，对新媳妇说："红呀，以后呀，你这个二嫂可不好惹，这小嘴和眼力你得学着点，不然老路家的家产还不全归你这个二嫂的呀！呵呵，呵呵……"蔡吉妹这个气呀，心说这个二婶说得哪对哪呀！但心里别扭脸上还不能带出来，"哎哟，二婶呀，路家穷得都透亮儿，有什么家当值得我们姐仨争呀，你们就把心放宽吧，大嫂来得早，你们问问，你们问问……呵呵。"大嫂说：

"可不，可不，我来这么些年也没见什么家产。"蔡吉妹赶紧接过话茬，扭头给才又拿起个鸡腿往嘴里递的大嫂使了个眼色："对不，大嫂？"大嫂低着头子："是，是，受不了气受不了气。"本来这话蔡吉妹接得回得都恰到好处，席上大家哈哈一笑就过去了，可就在这时，坐在主座的新娘突然冒出一句："路家有什么，有房。"新媳妇儿声音很大，而且是直奔着蔡吉妹来的，蔡吉妹实在没有想到新娘在这个场合竟然说出这话来，郭开红怎么知道房的事儿？蔡吉妹当场被噎住了。

三

夜色正浓，蔡吉妹揉了揉僵硬的眼皮，她又一夜未眠，她将棉袄披在身上，半坐在炕西头，看着蒙着被依旧傻睡的男人，嘴里小声骂了句："废物蛋。"

蔡吉妹连续好几夜没有睡好了，但那件事在心里搁着成了石头，喝多少水、吃多少饭、去多少次茅坑，也不能把它弄下去，不能把它从身上脑子排出去。

外面院子养的一只芦花鸡叫了起来，一声起来满村都是鸡鸣狗叫。蔡吉妹下炕开始烧火做饭，男人和西屋的孩子起来后，蔡吉妹的粥也做好了，她在洗脸盆里抹了把脸，对男人说："你们吃饭，我上闫大鼻子家去。"

闫大鼻子是长亭村的村主任，叫闫中栋，因为鼻子头老大，不知村里有谁给起了个绰号——闫大鼻子。长亭村里大事小情都得找闫大鼻子村长商榷，谁家怠慢了，拿着村长不当干部，那就是自找别扭，谁家越过闫村长去，大鼻子村长保不齐将来某天给他弄个小鞋穿。再者说，现在村里有点手艺、胳膊腿能动的男人们几乎全都外出打工，这原本只有六七百人的小村只剩下糟老头、老娘们儿和妇女儿童了，所以闫村长这个留守村的村干部在村里相当重要。

蔡吉妹快走到闫中栋家胡同口的时候，正好看到闫大鼻子低着头大步朝村外走，蔡吉妹就喊："他闫伯。"

闫村长停下脚步扭头看了蔡吉妹一眼，脸上样子有些急，问："干啥？"

"不干啥，找你有点事。"

"有啥事嘛，这么早。我先去东树林拉屎去。"

"你憋会儿，我和你说说。"

"憋会儿？不行，你这人真不咋的。"闫村长两眼四处踅摸了一下，见街上没有人影。"我那天裤裆底下憋，你不让来回，现在还让憋，想让我拉裤兜子呀？"

"滚你的。"蔡吉妹骂得无奈，她现在正是用人之际，只好让闫大鼻子占了个话上便宜。闫大鼻子这些年趁着村里男人出外打工不在家的机会，没少利用村长的身份调戏村里的老少娘们。三月三，蔡吉妹的男人走了十天，闫大鼻子晚上就敲门去了蔡吉妹家，死磨硬泡了半宿，还是让蔡吉妹给推搡了出来。闫村长这个腥没吃上，时刻惦记着怎么把这个蔡吉妹给办了。

老闫不在乎蔡吉妹如何骂他，他脸上变了变说："你不就是为了你小叔子那块房基的事情吗？我都和你公公说了，你这个闷公公一锥子扎不出几个屁来，你和郭开红俩妯娌都不是什么省油灯，我怎么说和呀？"

蔡吉妹向前凑了凑，话上变软了些，说："他闫伯，现在就着二强三强哥俩在家，你给来回跑跑，实在不行我再补上三千盖房钱，老三他一个小子，我这边俩小子过日子开销大，你让老三看着亲兄弟的面子，应下来，我当二嫂的以后对得住他们。"

老闫说："行，行，不就是这么点事儿吗？"他迈开步子往村外走，"再说，不然我就真拉裤兜子了。"

蔡吉妹在后面看着闫大鼻子，太阳从散着浅雾的小树林上空露出鸡蛋黄般的头，浅黄的光线照在蔡吉妹的脸上，蔡吉妹叹了一口气。心中盘算，成的机会不是多大，但也不是没有，看闫大鼻子给不给用心办了，真要把这房的事情给弄成了，就让他来回。蔡吉妹心里想着事，揣着手低着头往回家走。

路过小叔子家的家门口，看见郭开红正抱着一捆棒子秸进屋准备做饭，蔡吉妹把手从袖口里抽出来，抬着头打起七分精神，喊："三婶，三婶。"郭开红一抬头正和蔡吉妹打了个照面，她先是一愣，脸上顷刻黑云密布，冲着蔡吉妹"呸"了一声，闪身进了院子，反脚将门踹上了。

这个疯子！

蔡吉妹选了一个吉利的日子去五叔公路宇增家，十年里除了大年初一早晨给家族长辈拜年的时候来路宇增家，平常她是不登五叔公公门口一步的。蔡吉妹现在咬着牙忍，现在处处用人，不忍能怎么样？她感觉整个长亭村没有一个对自己好的人。都是气人有笑人无。她教儿子的一句话就是，谁也不信，就信自己，过自己的日子，过好日子看别人受穷。蔡吉妹今天来路宇增家是想了又想的，闫大鼻子那里没有头绪了，只有找路宇增这条路了，毕竟在路家这个大家族里，大事小情的都要由他说了算的。人在难处不得不低头，蔡吉妹费了好大的周折才劝通自己。

夏天的空气是闷热的，长亭村唯一清爽的地方就是路宇增家的客厅，路宇增是乡里文化站负责人，退休七八年了，老伴过世三四年了，每月的退休金足够让他丰衣足食，闲情逸致，路宇增有股文化人性情，自己在家练练字，拉拉胡琴，养心逸致，不参与村里外人的事，但不表示不参与自己一大家族的事情。路宇增家族观念强，他这辈人只剩下他和一锥子扎不出俩屁的路宇东，也就是蔡吉妹的公爹。路家所有的事情他都要高瞻远瞩，婚丧嫁娶事必躬亲，哪家有事儿没有通知他或是没有提前向他报告，那别怪他路宇增不留情面。

路宇增正拿着毛笔在旧报纸上写写画画，看见蔡吉妹进来只是撩了下眼皮，没有说话。蔡吉妹强颜欢笑："五叔，练字啦？"路宇增"嗯"了一声，将笔在墨水里蘸足了，依旧没有停笔。蔡吉妹凑近跟前："哟，五叔字写得工整，这是啥体呀？"路宇增仍旧没搭理她，直到把报纸写满才停手，拿毛巾擦了擦手问蔡吉妹："老二家，有事儿呀？"

"五叔，耽误你用功，今儿来就是和你说说我家那块空庄基的事儿，本来那块庄基是大哥垫的土，二强也没少出力，现在我和二强商量着大哥也不回来了，想把大哥的那块庄基买过来，你给做个中间人，到时候让二强请你喝酒。"

路宇增坐在木椅上喝了口茶水，蔡吉妹赶忙又端起茶壶给续上了。

"这事儿呀，老三家前天过来也和我说了。"

蔡吉妹一听郭开红也来过，就有些着急。

"五叔，老三家的房子足可以再住上二十年、三十年，你也知道我家那老宅破到什么样儿了，当初老路家……"蔡吉妹话儿头止住了，想起当年在路宇增面前摔勺子的事儿。

路宇增自然也不会忘了这二侄媳妇儿当年摔勺落脸子的事儿，这次蔡吉妹厚着脸到家里来求他，他路宇增岂能这么好就能够求得动？

"哦，这事我也不好说，老三家和你一样，都不是好听说听道的人。"路宇增故意挖苦着蔡吉妹，这也是他的脾气，任何人来了都不会痛痛快快，万事儿都要拿捏好分寸，没有了分寸，乱了阵脚，那谁拿你当回事？路宇增话说完，蔡吉妹就臊了个大红脸，说话就显得不利索，但没有办法，忍着，忍着。

"五叔，咱们这大家子就你说公道，侄媳妇儿们做得对不对，你这当家人还得冲着孙男孙女们，对不？老三家可以再向村里申请，我现在儿子快上初中了，说不上了就得马上安置家，老二在外面干活干得快成了病秧子，以后也出不去门了，也就这现在能挣个钱，所以我想抓紧把房子置办上。"

"那个空庄基老大家没话，谁也做不得主，你和老三都惦记上了，给了谁都一家痛快一家骂街。"

"大哥大嫂我通话过，通话过，应了给我了给我家了。"蔡吉妹有些着急。

"老三家还说应她了。"路宇增一句话就顶了回去。

蔡吉妹就不吱声了，就听路宇增的下文。

路宇增在房间里背着手，走了几步，下午的好心情让蔡吉妹的介入弄得非常不好，首先蔡吉妹打心里没有尊敬过他，再者老二路二强老实得有些木讷，不会来事，不像别的子侄辈，出门回来拎点礼品特产到他门口来。路宇增是个有脑子的人，他明白只要他活得硬朗朗的，路老二家迟早就得有事求到他，最不济活到你老二家孩子结婚，闺女出嫁，你看你五爷会不会给你拿拿绊，今天你蔡吉妹果然上了门。

路宇增心里存着这个小九九，蔡吉妹的如意算盘自然会大打折扣。

"真烦人。"路宇增冒出这么一句。

"五叔，您……"

"我是说外边的知了。"

窗外和屋里的气氛差不了多少，沉闷得让人有些压抑，几只知了没头没脑的，可劲儿鼓噪，真看不出一点儿事儿来。

骄阳打在蔡吉妹的头上肩上，像半红的烙铁，她忘了自己出门时候和路宇增是否客气，她心里一大片的难过，腿上发软，头发晕，脚步发沉，蔡吉妹想哭、想喊、想骂人，偌大的长亭街上只有自己和自己矮小的影子。

四

蔡吉妹荷着凿镐去间苗，蔡吉妹弯着腰，蔡吉妹低着头，蔡吉妹给秧苗鞠躬，蔡吉妹咬牙哀求土地，蔡吉妹攥紧凿镐汗流浃背，干、干、干、干、干……蔡吉妹脑子里面孔一个又一个闪现着……路三强、郭开红、路二强、路家老大、闫大鼻子、路宇增……"蔡吉妹，你让我干一回……""蔡吉妹你给我滚出去……""蔡吉妹你过的什么日子……""蔡吉妹你要反抗……""房子，房子，宅基，我的，我的，我的……"蔡吉妹身后的秧苗都被她凿得七零八落。

晚上刚擦黑，蔡吉妹给两个孩子盛好饭，就匆匆地出了门。她要去东街口武庆家给男人打长途电话，村里只有两部电话，一个是村长闫大鼻子家，一个就是武庆家，蔡吉妹不想去闫大鼻子家里，怕被闫大鼻子这个腥油沾上，武庆媳妇儿虽然也不好通事，但武庆是个爽快人，村里口碑挺好，到了武庆家门口的时候，蔡吉妹一脚迈进院子才发现自己来得太不是时候了。

蔡吉妹第一眼就看到了她最不想看到的人——村长闫大鼻子，还有武庆、武庆媳妇和几个村上的人。

主人还没开口，闫大鼻子先说了话："哎哟，这不吉妹吗？过来过来，正好，一块喝点。"蔡吉妹心说陪你喝个蛋。

武庆起了身，说："二强嫂，一块吃点，我刚出门回来，所以叫几个不错的过来吃个饭，二强哥还在外边吧？"

蔡吉妹连忙应着："是呢是呢，还没回来，我可不行，我吃过了吃过了，过来给二强打个电话。"

武庆媳妇瞥了眼闫村长，嘴角抿了抿，没吱声，脸上好大的不痛快。武庆用手扒拉了她一下："快带二嫂打去。"

"屋里二嫂，去打吧！"

武庆媳妇儿扭扭捏捏地从桌上出来，也不和蔡吉妹说话，扭身就先进了屋。人穷志短，蔡吉妹厚着脸皮扭身跟着进屋："村长他伯，他武庆叔你们喝，你们喝着，等二强回来我叫你们。"

"二强不回来我们就去不着呀，弟妹这么介意呀！"村长闫大鼻子带着酒劲儿，话说得挺肉麻，一群人跟着哈哈笑，肆无忌惮。

蔡吉妹接不上话茬，想真是狗嘴吐不出象牙来，她进了武庆家东屋，武庆媳妇儿拿起话筒连瞅她都不瞅，问："什么号？"

蔡吉妹本来想自己拨的，但一看武庆媳妇拿着电话机好比个神物一般，就说了男人那边的电话，电话嘟嘟几声通了，蔡吉妹小心翼翼地捧着听筒，像对睡熟了孩子的那样说："是二建公司办公室不？麻烦您叫一下钢筋工路二强，谢谢了，谢谢，对了，麻烦让他给这个号打过来……"

蔡吉妹放下电话，看武庆媳妇还在一旁防贼似的盯着她，就赶紧笑了笑："他婶今天好看呢。"

"好看嘛呀，孩子啰唆的。"武庆媳妇说话噎人。

蔡吉妹忍，忍。蔡吉妹说："你看你家小宝多随你，大眼晶晶的，你家收拾得多利索……"等待这个电话是多么漫长和煎熬呀，蔡吉妹心里焦急，一分一秒都不得不在人家面前低三下四，没话找话，唉！真不是滋味。

外面桌上人喊武庆嫂儿出来陪酒，武庆媳妇儿答应了一声，坐在炕上没动地方，蔡吉妹说："他婶要不你快去吃饭，别耽误着你。"说完这个话蔡吉妹就好大的后悔，你在人家屋里，武庆家（当地土语这里的"家"字读"街"，就是对男人妻子的称呼）能放心吗？你要偷着把电话再打过去呢？

果然，武庆家没理她，拿起个蒲扇扇着风，说："这天，还让人痛快不？"

电话终于来了，蔡吉妹问男人和大哥有联系了不，路二强说："联系了，大哥应了我，应得铁铁的。"蔡吉妹心里舒坦了，问路二强多会儿回来，其实蔡吉妹心里有一肚子话想数落数落，可是在人家家里，在武庆媳妇的监视下，用着人家的电话，还有路二强那边的也是掏长途电话费的，算了。路二强说过不了几天了，蔡吉妹说："你回来再说吧，别耽误他婶吃饭。"

蔡吉妹放下电话，给武庆媳妇儿赔着笑，麻利儿地向外走，蔡吉妹对桌上的几个人喊："过几天二强回来，都过去，都过去，武庆可得叫上他婶，总麻烦你家。"武庆已经有点醉了，站起身叉着腰："行，行，好久没和二强哥聚聚呢，嫂你有事就过来打呗（电话），客气嘛儿呀！媳妇儿，你送送二强嫂。"

闫大鼻子也起身说了几句话，蔡吉妹也没入耳，猜也不是什么好话。

"不用，不用，不用送。"蔡吉妹走出武庆家大门，扭回头还想客气几句，可连武庆媳妇儿的影儿都没看到。

依旧无比烦闷的黑夜，燥热难当的蔡吉妹仰面，侧身，再仰面，再侧身，宅基的事情已经让她寝食难安，她期望男人尽快回来，给她一个好消息，她期望有个好的结果，让她松一口气。她在凉席上翻了几个来回，不时坐起身来望着窗外漆黑的夜。蔡吉妹是焦躁忧虑的，她期望白天让自己少看到村里那些一个个让她生厌的面孔，她期望晚上老天爷能让自己安安稳稳地睡着,她失眠好久了,每晚太阳穴两侧都像针扎般地疼。她脑子里满是武庆、武庆媳妇儿、闫大鼻子,酒桌上一个个狰狞丑陋的嘴脸,然后是路宇增、郭开红、路二强、闫大鼻子、闫大鼻子……

五

中伏的第二天路二强扛着蛇皮口袋走进长亭村,他推门进家的时候,蔡吉妹正从炕席底下拿出包钱的手帕,一层层展开拿出两张崭新的 50 块钱塞到老大手里,老大攥得紧紧的,蔡吉妹盯着孩子的眼睛说:"老大,以后你就是咱们家的顶梁柱,好好学,考上大学妈花多少也供你,当大官挣大钱,让你三婶还有五爷那些看不起咱家的人都看看咱的志气。"儿子十二三了,也懂事了,知道妈的意思,抿着嘴唇重重地点着头,一抬头看到爸爸进了屋,喊了声:"爸爸回来啦!"

看着男人进了家门,蔡吉妹心里总算敞亮了许多。

男人问:"刚教孩子嘛呢?"

蔡吉妹和路二强夫妻俩吃过晚饭去路宇增家,估计这个点路宇增已经吃完饭了。蔡吉妹走得麻利,路二强拎着从外边捎来的当地特产——两只脆皮烤鸭。蔡吉妹告诉路二强,不贿赂一下路宇增恐怕他不会为自家说话。两只烤鸭二百多块钱,路二强掏钱付账的时候,心疼得太阳穴青筋冒出老高,这拎到家,蔡吉妹都没舍得留下一只给孩子吃。两个人前后脚进了院,张嘴就喊:"五叔,五叔。"等二人一进屋就给愣住了,路三强和郭开红二人在东屋正陪着路宇增吃饭呢,桌子上菜码还挺丰盛。这一下让大家都很尴尬,路二强闷声问了句:"三儿,你啥时候回来的呢?"

路宇增起身说:"巧了。"

蔡吉妹回到家门就躺在了炕上,肚子胀气。路二强就过来安慰她:"东西放那儿了,五叔会给咱说话的。"

"说个屁吧!没看到老三家比咱们走动得近吗,都在一块吃一块过上了。"

路二强一贯老实，家里大事都是由蔡吉妹做主，自己毕竟对不住媳妇儿，今天见蔡吉妹都没了主意，自己也没什么头绪，闷头坐在外屋的马扎上不说一句话。

蔡吉妹在炕上气鼓鼓的，后来实在忍不住拿起个枕头狠狠地扔到了地上。嘭，旧枕头被摔出个口子，里面的荞麦皮像雪花般飞出来。

路二强抬屁股出了屋子，顶着一头乱麻麻的星星去找自己的爹妈。

路宇东和老伴的生活也过得不易，三个儿子，自己都说了不算，老大在外地一年回不来几趟，最多给俩老人寄点生活费，这二儿媳妇和三儿媳妇都厉害，自己过日子还指望他们掏月钱，说话自然也不占地方。

路宇东本意是将那块宅基给老二家，当初也确实骗了人家蔡家，可去年路宇东到三强家里和老三两口子一说，那个郭开红就踢凳子摔盘子的，吓得老头不敢吱声了。路二强今天找过来和爹妈气呼呼地叨叨了半天，路宇东和老伴你看我我看你，拿不出一点话儿来。路二强说："爹，先前有什么事儿我总是让着老三，这次不行，一回回的，孩他妈真有个好歹的怎么办呀！"

路宇东咳嗽了两声："老二你先回，我和你妈明天就去找找你五叔，让他给你们两家锔锔（给两家说和事儿，长亭村人都爱说锔锔，就是给达成一致的意思）。"

路二强明白事到如今也没什么辙，逼死俩老人也解决不了问题。

第二天晚上，路二强和路三强被五叔路宇增叫到家里，商量宅基地的事情。路宇增明说："两个媳妇儿谁也不能参加。"吃过饭临路二强出门，蔡吉妹再三叮嘱男人，有事儿先别应，回来商量好了再说，路二强答应了。路二强走了后，蔡吉妹坐立不宁，心里直打鼓，担心闷坑男人没脑子被奸臣路宇增耍了，那老三脑子多灵光呀！

差几分不到十点，家里大门吱扭一声，闷坑男人回来了。蔡吉妹迎出去急问："怎么样，怎么样？"

路二强说："爹娘、五叔、闫大鼻子，我和老三，就我们几个人。两条道：一呢，谁要那庄基给对方三千块钱；这条道不同意呢，就是两家抓阄，谁抓上是谁的。"

"这老王八操的，"蔡吉妹现在动不动就脏话乱飞，"肯定是五老头子的主意，这个宅基本来就是咱们的，大哥都应好了，怎么又拿钱，又抓阄了？"

路二强在缸里舀了口水咕咚喝了两大口："我把你的话都说了。"

"你笨嘴猪舌的说个屁呀！"

路二强也生气了，啪的一声把水舀子一放："那有嘛法子？"

蔡吉妹瞪了男人一眼："说什么也没用了，这个老不死路宇增，这个郭开红，你们等着遭报应吧。"

晚上蔡吉妹睁着个大眼，瞅着房梁，一眨不眨，男人醒了两次见她还这样，就劝她，她扭过身子不理二强，后来二强的精神头也来了，揽过蔡吉妹的身子就往身子下摁，让蔡吉妹一脚给蹬了下去。

"烦。"

"回来还没干呢。"

"干你兄弟媳妇儿去。"

六

蔡吉妹思来想去，最后决定，抓阄，她决定赌一次，虽然蔡吉妹从不知道赌是什么，但她不是赌过这一次了。凭什么白白地给郭开红三千块钱，三千块钱是男人撇家舍业，风里雨里半年多的辛苦钱，我要实实在在地拿过来。

"如果抓不上怎么办？"路二强闷声问。

"抓不上我们认了。"男人这话蔡吉妹不是没想过，前一段她确实想过给老三家钱，走到这步了，拿钱和不拿钱都是一锤子买卖了，怎么着以后和老三家也断道了。

"我看给老三家三千块钱算了，较这个劲儿干吗？"

"这个劲儿我就较了。"蔡吉妹咬牙切齿。

抓阄的过程简单又严肃，路宇东老两口、路二强、蔡吉妹、路三强、郭开红、路宇增、闫大鼻子，还有几个邻居做见证。闫大鼻子龇牙咧嘴想说点笑话儿，见路家一大家子都个个阴着脸瘟神似的，就把想说的话咽了回去，他把纸条写好字，路宇增捏成团，放到一个空点心盒里。

路宇增说："老二家里头先抓。"

郭开红是个愣头青："凭嘛她先抓？"

"凭这个路家我说了算。"路宇增也上了火气，给了郭开红一句，郭开红脑袋缩了回去。

对路宇增这个表现，蔡吉妹心里热乎了一下，带着感激的眼神瞅了路宇增一眼，然后她慢慢地走到桌子前，暗暗祷求菩萨保佑："让我蔡吉妹今天扬眉吐气。"她手颤巍巍地伸进纸盒，捏了一个不放心，又放下捏另一个，刚放到手心，又放下换下那个纸球，随后紧紧地攥到手心，就这么个过程，她的心紧张得都快跳出来了。

"放到桌上，放到桌上，先不打开不打开。"闫大鼻子让蔡吉妹把纸球放在桌上，大家的目光都在这个纸球上。

郭开红呱嗒着脸，等蔡吉妹撤回身子，她走过去把最后一个纸球拿出来："还抓什么抓，那就直接敞开呗！"

路宇增脸色凝重，把两只纸团破开展平："大家过来看吧！"

蔡吉妹一只手摸着胸口，往前迈了一步，当她看到自己抓的那个纸条后，脑袋嗡的一声，感到天旋地转，倒在了路二强身上，旁边郭开红兴奋地叫了起来。

蔡吉妹像个死人似的在炕上躺了三天，水米未进，只是靠输液维持。路二强守着她唉声叹气，真怕蔡吉妹有个三长两短，两个孩子像才出窝的小麻雀，在炕边眼泪吧嗒吧嗒直掉。到第四天头上蔡吉妹精气神恢复了些，她想下炕，才直起腰，脑袋就晕，赶紧又躺下。二强从锅里盛出来小米汤，蔡吉妹喝了几口，说："我没事，死不了。"俩孩子摇晃她的大腿："妈，妈，你别死，别死。"

这时就听院子有人进来，人还没进屋，声音先到了："弟妹好点不，看这事闹的。"闫村长大大咧咧地走进了屋，一看这里屋这么个情形，闫大鼻子话就又来了："我说二强媳妇儿，你说你值得吗，一处庄基就把你命搭进去呀？这么想让二强找个呀，二强找就找个年轻的，嫩草好啃。"

二强哪还有心思说笑话呀！他搬个凳子让老闫坐下，俩孩子看有大人来，就到院子去了。闫大鼻子也会说话："吉妹，我和你说，你们老路家的事儿我不介入，当初抓阄这个事情就不科学，肯定一家欢喜一家愁。可你五叔公公这个人……咱不说啦咱不说啦。"

蔡吉妹心说："闫大鼻子你个老流氓也不是什么好人。"但人家过来看看也不缺理，现在他劝劝也是好心。

闫大鼻子说："吉妹，你这个人性子烈，性子烈。"他说的性子烈的意思，只有他和蔡吉妹明白，路二强才不清楚里面的意思，跟着附和："是呢，咱大哥说的对着呢。"

"我看你那天那样，我惦记着呀，我要不在场要不知道这码事，你们出人命我也管不着，这事儿我掺和了，我就得当回事把事情全给你们家弄好了。"

路二强一听心里欢喜："是呢，是呢，大哥你过来劝劝吉妹正好，我正愁呢。"

"你说我和二强这关系，从小时候，他就跟在我屁股后面玩，现在有你了，就不跟我玩了。"闫大鼻子眼珠子直勾勾地瞅着蔡吉妹，蔡吉妹知道这老色鬼心里惦记什么，把被子往胸前拽了拽。

"大哥，我没事，我就是这些年在这门上受的气太多了，我也想了，该怎么过还得怎么过。"

闫大鼻子大手一挥："对喽，你这么想才对。你好好养着，这庄基的事儿过几天村里再研究研究，看在哪个位置给你家选一块。"

蔡吉妹也清楚闫大鼻子的话也是当着面卖好，到具体事儿上不定又出什么幺蛾了。可这批庄基的事儿还真是村里说了算，以后还真离不开他。想到这儿，蔡吉妹捱了捱身子，说："大哥，那我以后就指望你了。"

闫大鼻子一听蔡吉妹这话，直起身子往炕头凑了凑："你早就应该指望我，可你不找我。"路二强狗屁听不出来，只是嘿嘿笑，蔡吉妹脸上一红，闫大鼻子说完这个便宜话就说："我走，好好养着，好好养着，你可在人家武庆家里说过，二强回来你安排，等身子好了，我们过来吃你。"闫大鼻子挺胸走了，二强跟在屁股后面送了出去，蔡吉妹心里骂了一句："闫大鼻子，我都这样了你还来占便宜。"她再看自己这个闷坑男人，蔡吉妹叹了一口长气。

中伏几场雨过后，青纱帐喝足了水分，滋滋地向上拔节，没几天就见吐出来绛红的缨子，蔡吉妹身体好了后，回了一趟娘家，主要是和娘说一下，自己要在村里要块庄基，需要哥姐们支援一下，借点钱。蔡吉妹几个哥哥还是比较孝顺的，也心疼自己的胞妹，看到蔡吉妹这气色，又听妹子把这两年的事情一唠叨，都气得咯咯咬牙，现在怎也不能让妹子再受委屈，哥哥们都是一条心的，但嫂子们就不一样了，蔡吉妹也明白这年头小姑子有钱用得上就吃香，用不上总给娘家添麻烦，嫂子们就给眼色看。没办法，蔡吉妹来的时候也没空手，这个侄子那个侄女的，多少都有个小东西，嫂子们说什么就干，听着吧！

大嫂厚道，一边择韭菜一边扭头对蔡吉妹说："老姑甫和他们一般见识，这日子是自己过自己的，还不知道以后怎么着呢，今儿个挤对咱，没准哪天咱就挤对他。"

二嫂从自家里赶过来，她是个刀子嘴，听说蔡吉妹又受了窝憋气，张嘴就骂上了："老路家这群活私孩子们，个个都不得好死，你看你那个五叔公公，跟个没蛋子的太监一样，那次在张家集上碰到他，我觉得怎么他也是个长辈，就和他说了句：'赶集来啦？'你说这老家伙怎么着，冲我龇了狗牙，没搭理我，这个老私孩子。"

二哥说："以后他路家再他妈的欺负人，我带着蛋子超子他们几个非得把路家人全收拾了。"

"好汉打不出村去。"大嫂说。

"打不出去？"二哥脖子一梗。

"行了，行了，打他们干吗，买点老鼠药都毒死他们得了……咱们怎么掺和都管不了用，还得说老姑父人太老实，你说当初和老姑相对象的时候，看着精神的很。"二嫂小嘴麻利。

家里人你一嘴他一嘴的，蔡吉妹说什么呢？说什么都没用。"那个窝囊鬼我也不指望他了。"

蔡吉妹下午四五点骑车回的家，临进村街口，看到老槐树底下一个换糖娃娃的推着个车子站在那里叫卖，周围围着半圈小孩子们，蔡吉妹看人挺多的，就下了车子推着走过去，反正离家也不远了，这时，人群里两个小孩儿喊"二娘二娘"，蔡吉妹扭脸一看，正是三强家的牛牛和二妞，大人不和睦但小孩没有罪过，蔡吉妹虽然也知道这个理，但心里也是不多欢喜，可孩子当着这么些人喊，又不能不搭理。蔡吉妹答应了两声，牛牛大了懂点事儿了，二妞小些，才六岁不知道什么，对蔡吉妹说："二娘，我吃糖葫芦，我吃糖葫芦。"二妞大黑眼珠，忽闪忽闪地瞅着蔡吉妹，蔡吉妹心里挺不落忍，孩子张开嘴，怎么我也是亲二娘呀！有怨气也不能撒到孩子身上，就支好车子往身上掏钱，上下一摸都是整票，还有就是内口袋在娘家刚刚借来的三千块钱，蔡吉妹对二妞和牛牛说："哎哟，二娘真没带着钱。"她从车把上的挎里拿出几只香瓜，拿出两个给牛牛和妞妞："妞妞，二娘给你吃香瓜，以后再给你买糖葫芦。"妞妞小手捧着就接了过来，牛牛见状却背过手去了，蔡吉妹不在意，说："牛牛，拿着呀！""我妈说了，二娘不是好人，你的东西我们不吃，妞妞，快给她，咱走。"牛牛抢过二妞手里的瓜扔到地上，抓住她的小手就走，二妞不从，哭喊着，蔡吉妹瞅着那只摔得稀碎的瓜又气又闹心："郭开红你教给孩子这个，真不够揍。"

蔡吉妹晚上收拾完桌子，喊儿子丫头去做作业，蔡吉妹装作有意无意地问儿子："大国，你在街上看到过你三叔和三婶吗？"

"没有。"

丫头过来："妈，我看到过三婶。"

"你喊你三婶了吗？"

"喊了，三婶笑了笑没说话。"

蔡吉妹心里才平复了，如果郭开红为难自己的孩子，那么她就和她拼了。蔡吉妹从孩子们嘴里打听出来，自己昏迷的那几天，路三强都没有过来探望，蔡吉妹心说："郭开红不来我没指望，路三强这个软耳根子，你明知道我因为庄基病成这样，你都不过来道白一下让我舒舒气，缓和下关系，看来你心里没你二哥这个一家人了。"

蔡吉妹看了一眼在屋里听评书的路二强，说："明天晚上咱叫叫村长和武庆家，村长那里咱还得求他批庄基，武庆家吧，咱总是去人家那里打个电话，你明天过响就去告诉他们。"

"你去呗！"路二强听着评书正在兴头上。

蔡吉妹说："你是爷们儿不？"

路二强说："我去就我去，以后别去武庆家打电话，除了欠人情还得看武庆媳妇儿的白眼儿，要打电话就去闫大鼻子那里打去呗，反正是村里的钱，不给他就是。"

蔡吉妹说："你也知道看人脸色不好受，你懂个屁。"

过了会儿，蔡吉妹刷完锅碗，进屋对男人说："你过几天就回去打工吧，我在娘家借了三千，家里有五千存款，垫庄基得三千多，买檩得两千多，盖四间房得八千，盖上再收拾又得四千多，今年咱省点花，房子盖上就没事了，到时候你也就别出去了，专心种地，再卖点枣就行了。"

路二强本来就不想出门了，在外面当壮工身体吃不住了，可是庄基的事儿弄成这样，让他在媳妇面前也说不了什么话。"走吧，多挣钱，没钱的日子在村里连亲兄弟都给下眼。"

路二强"嗯"了一声，又专心致志听他的《岳飞传》。

第二天上午蔡吉妹就到东洼菜地里割了韭菜，又骑车子跑镇集上称了五斤精肉，买了两挂猪肉灌肠，算了算，晚上再炒个鸡蛋西红柿，拍个麻酱豆角，买一斤兰花豆，有七八个菜了也行了。蔡吉妹心里盘算，让二强告诉武庆家显得怠慢了，她刻意骑车子拐了大弯，到了武庆家门口，半推开门，扶着车子探着脖子喊："他武庆婶，武庆婶……"

武庆的媳妇从里屋走出来，看样子刚洗完头，拿毛巾正擦着，歪脖一看是蔡吉妹。蔡吉妹笑着说："他婶子，晚上到我家去呀，咱说好的。"

武庆媳妇用手捋着头发，说："不去了，不去了，武庆也不去！"

蔡吉妹有些着急:"看,你二强哥没过来告诉呀?都去呢,我这不把肉都割来了,和他闫伯也说好了的。"

说着的时候,武庆光着膀子从屋里出来了:"二强嫂,知道了,晚上我去。"

武庆媳妇儿推了武庆胸口一下,脸上愠怒说:"去干吗?什么饭都吃呀!"

蔡吉妹心里思量这是怎么了,我诚心敬意地过来叫你们,二强来一回,我再过来,怎么还多大的势派呀?她心里想着,嘴里还不能带出来,谁让自己劳烦过人家呢。

武庆瞪了媳妇一眼:"二强嫂来一趟子,叫喝酒去又不是光叫咱,二强哥也来了,去就去呗。"

"你去,我不去,喝去喝死你奶个X的。"

武庆媳妇进了屋子,武庆扬扬巴掌,想打又不敢打,扭头瞅了一眼蔡吉妹,又嘿嘿笑了笑:"二强嫂,就这么定了,下午我提前过去。"

蔡吉妹特别尴尬,你说这叫什么事儿,请人喝酒还喝出家庭矛盾来了。她骑上车子嘴里小声骂了一句:"有个钱闹不清怎么着了。"

晚上老闫,两个村干部,两个二强的朋友还有武庆几个人凑了满满一桌。武庆媳妇果然没有来,蔡吉妹也没再去请,也不想看武庆媳妇的脸色,路二强想叫老三和五叔,被蔡吉妹骂了一通,路二强说就是多两副筷子的事儿,不叫他们肯定别扭。"我别扭的时候谁管我呀。"蔡吉妹这次铁定主意和那两家断绝来往。

菜上齐后,闫村长俨然一副领导的派头,先是笼统地说了几句套话,然后这个那个地白话开了,路二强和武庆几个一个劲儿点头鼓掌,积极配合着。几个人喝了个热闹,亏蔡吉妹打了两塑料壶酒,否则这几个人的酒量敞开喝起来真还不够。酒喝尽兴,饺子上桌后,老闫又代表村委会自动干了一杯,摇晃着脑袋,非得让蔡吉妹敬他一杯,二强疼媳妇,说:"大哥,我来敬。"闫中栋村长一摆手,说二强他不够资格,"论层次论经济实力,"然后又指了指自己的脑袋,"论这个,他都不行。"一个村干部跟着插了一句:"论上面二强不行,论下面二强也不行。"桌上人哄地乐开了。闫村长说:"二强,你日子仗着你家里了,信吗?"

二强脸红脖子粗地也说不上来,只会嗯嗯点头。闫村长端着酒杯:"吉妹,来敬大伯子一个。"蔡吉妹就找毛巾擦了擦手,到了桌上:"行行行,我敬他大伯一个。"她端起男人的酒盅把酒就干了。老闫满脸的欢喜:"不行,不行,你自己干哪行,得和哥一起干。"

"好好好,一起干。"蔡吉妹想抓紧结束,连忙又斟满了一杯,端到闫大鼻子面前。老闫直勾勾地瞅着蔡吉妹:"吉妹,我这个大伯子和亲哥没区别,就是亲哥一样,你说亲不?"

"亲。"除了二强剩下的人跟着附和:"亲,亲。"蔡吉妹脸上也发烧,院里灯光恍惚,还遮点窘态,蔡吉妹就说:"可不,亲哥,敬了亲哥,庄基就妥了。"老闫瞅了瞅那两个村干部说:"吉妹今天做了我的主,就是做了咱们村的主,今天蔡村长的指示我们一定要落实,庄基今天就批了。"武庆跟着喊:"好,好,好。二强嫂今天就是咱们的村领导,说了就算了。"那两个干部只是笑,不说话。

闫村长一直脖一盅白酒进了肚子,晃晃悠悠地又坐了下去:"吃饺子,吃饺子。"

蔡吉妹也跟着干了,这次呛了一下,眼冒金花,心说可算吃饭了,以后再不叫人了。

路二强在院里洗了个凉水澡,到了炕上就摆弄蔡吉妹,蔡吉妹头昏昏的,明白男人明天就得走了,摊开身子等着狂风骤雨。二强早按捺不住了,借着酒劲儿使出浑身蛮力,昏天黑地地折腾开了,俩人一觉醒来天光大亮了,睁眼看到儿子站在炕下正瞅着他们,虎子问:"妈妈你昨天喊什么了,爸爸欺负你了?"

蔡吉妹瞥了男人一眼:"妈昨天做梦吓着了。"

蔡吉妹在家里给二强收拾好行李包裹,送他和村里几个人上了拖拉机,看到二强不舍的样子,蔡吉妹心里也空荡荡。回家里什么都不想干,中午给孩子做好了饭,自己简单吃了点,倒在炕上就睡,再醒来已经三点多了,两个孩子早背着书包上学走了。

蔡吉妹醒了醒盹,起来后锁上大门去了村北的枣树地,自家分了二十多棵枣树，今年长势不错，挂枣很多，累累果实，压得树枝都耷拉下来，枣子朝阳的一面都开始发红了，越端详让人心里越喜爱，蔡吉妹伸手摘了一个咬了一口，未熟的枣子不甜但挺脆的。

"吉妹！"突然有人在身后喊了一声，冷不防的，吓了蔡吉妹一跳，她扭头发现闫大鼻子不知什么时候出现在她身后。

蔡吉妹摸了下心口："哎哟，吓了我一跳。他伯，你也到枣树地来了。"蔡吉妹清楚闫大鼻子和自己不是一个队的，他家的枣树林在村东。蔡吉妹心说这个老腥油怎么跑这里来了。

还没等她再往深里想，闫大鼻子觍着脸张着大嘴，用手摸了蔡吉妹的肩膀一下："是嘛，吓着啦，吓着啦，我给你摸摸胸口。"说着闫大鼻子的手就向蔡吉妹的胸口划拉，蔡吉妹用手搪开了："大哥，大哥，让人看见多不好，让人看见。"

闫大鼻子晃荡了一下三角脑袋："这么大的枣树林子没人来，就咱俩，来让我亲亲。"说罢老闫的臭烘烘的大嘴就向蔡吉妹脸上凑。

"大哥，大哥，你别这样呀，咱都有家有孩子传出去怎么着呀。"

"什么怎么着呀，村里想和我在一块的多着呢，我就对你有心思。"老闫一把抱住了蔡吉妹，边说边撕扯蔡吉妹的衣服。

蔡吉妹想喊又不敢喊，这要让人发现真是没法过了。她焦急，但没办法，闫大鼻子的手已经开始摸着她的乳房，摸得蔡吉妹心焦气躁，上衣已经被老闫熟练地脱掉了，蔡吉妹无助得很，闫大鼻子双手箍紧蔡吉妹的腰身，嘴开始在她的乳房上乱啃，蔡吉妹"啊"了一声，老闫的狗牙咬疼了她，蔡吉妹一个急劲儿就把闫村长给推了出去。被豆秧子绊了一下，老闫趔趄了一下差点摔倒，他脸涨得发紫，有些气急败坏。

"蔡吉妹，老子是相中你了，在这个村里是给你脸，知道吗？武庆媳妇和二牛媳妇见我都主动脱，我还得考虑考虑呢，你想想在这村里谁对你好，谁不算计你。"

"村里谁爱和你好和你好，我不，我们路家户大人多的，你想欺负我，没门。"蔡吉妹边还嘴边拿起衣服向身上套。

闫大鼻子淫笑了笑，四处踅摸了一下："老二家的，你们路家有一个人向着你吗？你在路家有什么地位，谁拿你当回事？"

"没人拿我当回事，我自己拿自己当回事。"

"知道你为啥抓不上庄基吗？"

"怪我手背。"

老闫提了提裤子，眼眨了眨："要不说你这个娘们儿就是个㥶，都不动脑子，你五叔公公和老三家早串通好了，你抓一千回也抓不到你头上。"

蔡吉妹愣住了，她有些不信，觉得闫大鼻子在变着法子让她就范。

老闫说完打了打身上的尘土，甩头走了。

刚刚才从庄基的事里解脱出来的蔡吉妹头都炸了，想想那天路宇增和郭开红的那个表现，想想自己拎着东西去路宇增家，想想平常自家和路宇增、郭开红这些年所经历的事儿，难道真像大鼻子所说？蔡吉妹的心扑通扑通地跳了好一会儿，坐在地垄上着实喘匀了气。周围枣林静静的，蔡吉妹还有些担心闫大鼻子色欲熏心返回来，她起身拍了拍屁股就回村里头了。

蔡吉妹不怎么爱串门，她也不喜欢和别的村里娘们儿那样拉家常，所以村里的消息她了解得不多，她从前是觉得老三家和五叔公公走得近，但也压根没有从大鼻子说的那方面想过。路宇增是个文明人，自诩清高，他能干出羞辱祖宗的事来了？蔡吉妹头晕乎乎的，一来是让大鼻子刚才吓的，二来是在想路宇增和郭开红这俩不知丢人现眼的玩意，竟然合伙害她。

蔡吉妹越寻思，越觉得郭开红和路宇增俩人关系不正常，大鼻子可能没有骗她，自己这些年忍了这个忍了那个，退了多少步，你们还这么欺负我算计我。

这时，就听街面上有人喊："老鼠药，耗子药，老鼠药，耗子药……"蔡吉妹猛地就回想起，小刀嘴二嫂那天说的那话，毒死他们得了，毒死他们，毒死，毒死他们……

路宇增这一段也不好，首先是心情不好，自从管了俩侄子的庄基的事情吧，总觉得不踏实，自己本心是偏向老三家的，老三家会来事，不像蔡吉妹那样脾气犟，有事心里隔着。按道理那庄基就应该给老二家，可他路宇增那段偏偏就让郭开红给游说住了，路宇增每想到这件事就觉得没做公正，走到街上感觉村里老少个个瞅他都怪怪的，以前村里有几个人对他非常膜拜，现在碰到他也是笑笑就闪开了，弄得路宇增不得不乱猜想。天气连续的闷热，路宇增觉得身体又有些乏力，吃了点清火的药也不见效果，他这两天就没有出屋，昨天村里的武庆过来有意无意说老二家里请客，村长和几个小辈的都被请去了，问路宇增怎么没去。路宇增能说老二家没叫吗？他就说了句："我现在好静，不愿意乱掺和。"等武庆走了，路宇增想：这老二家两口子连来个话儿都没有，拿我一点都不当回事，真让我脸上搁不住，听说也没叫老三，看来是因为庄基有毒火了。路宇增心说："你记吧，这门口我还是说了算，看你们能蹦跶多远！"

伏天天气多变，路宇增躺在炕席上眯着觉，外面轰隆一声，吧嗒吧嗒地就掉开雨点了，紧接着大雨下了起来。路宇增枕着雨声想小睡会儿，这时大门咣当一声，有人来了，这下着大雨谁还来呀？路宇增也没多想，穿着裤头起身一看，是老三家郭开红抱着衣服进了屋，前几天郭开红过来把路宇增穿过的衣裳拿走洗去了。路宇增这人个性要强，不喜欢别人沾自己的东西，洗洗涮涮的，都是自己来，可郭开红就不一样了，老三家心里直，嘴也会说，说出话来让路宇增心里痛快。路宇增一儿一女都已经在省城生活成家，要说路宇增去城里住一点问题也没有，但路宇增自己一个人习惯了，和孩子们过也不方便，在老家老屋一个人住，图个自在清净。

路宇增一看是侄媳妇儿，就赶紧在炕上找长裤，郭开红进屋一看五叔手忙脚乱的样子暗笑，她把衣服放到床头柜旁，说："五叔，我给你放这里了。"郭开红本来放下是准备走的，可就在这时，郭开红看到路宇增刚套上的长裤口袋那儿破了个口子，露出白线。郭开红就说："五叔你裤子破了，我给你缝缝吧。"路宇增刚套上裤子正有些尴尬，听郭开红又说给缝缝裤子，就撤了一步，说："别了别了，我自己也会，你回去吧！"

"没事，孩子们去姥姥家了。"郭开红自己就在抽屉里找出针线，让路宇增倚在炕上,她蹲下身子就开始缝,外面雨声喧嚣,屋里真安静。

郭开红低头缝线的时候,手臂紧挨着路宇增的大腿根,领口自然敞开了,两只丰硕的乳房自然全部呈现给了路宇增。路宇增自打老伴过世后,对男女方面的事情早就淡忘了,可今天不知怎么了,路宇增看到侄媳妇就这么抵近自己的身体,面前的东西晃着自己的眼睛和心脏,他的血在胸膛脖子里急速翻滚,自然也传到了敏感部位。郭开红坐在炕下自然就感觉出了五叔公公的身体变化,郭开红的脸腾地红了,她没想到叔公公年纪虽老,那个东西竟然还这么蓬勃,她想收手可是针线还在路宇增的裤子上面,郭开红的动作明显慢了,有些不自然,路宇增咽了口唾沫,他有些发抖,为什么抖动他不清楚,他只是觉得他遏制不住自己了,他只是需要……

路宇增一把钳住了郭开红的双手,嘴里哆嗦出一句:"开红……"随后他使劲把侄媳妇往身上一揽,郭开红顺势扑在了路宇增的身上,外面雷雨轰隆掩盖了人间最荒唐的一切。

院子里的水流不出去,蔡吉妹就披上雨衣穿着胶鞋,在过道拎上铁锹去街上清理出水孔,她将水口眼那里的杂草淤泥清理开,窝在院子里的水涌出来,她站了会儿,等水流小了,她准备回屋,抬头撩了下雨衣帽子,正看到一个女人从路宇增家出来,也没带什么雨具,头发有些凌乱,深一脚浅一脚地在雨里走着,郭开红!蔡吉妹一眼就看出来了。

蔡吉妹想这下着大雨的天,郭开红跑老光棍子家做什么去?哟!呸!蔡吉妹终于信了老闫的话。这一对臭不要脸的狗男女,以后没你们的好果子吃。

蔡吉妹回到屋里,房顶上又多出个漏水的地方,她找来个孩子们的尿桶,搁在炕上,漏水滴落在桶里,让人听着堵心。蔡吉妹现在一门心思寻思路宇增和郭开红俩人是要她死来的。我怎么着你们了,你们就这么算计挤对我?蔡吉妹想想,那天抓阄自己要一着急有个好歹,孩子大人的谁管?你们不是想治我一死吗?好,我就让你们先死。蔡吉妹把眼光投到了墙角下的老鼠药上面,蔡吉妹咬咬牙,嘴里发着毒誓："死干净了，都是我的，看你们的路还有多长。"

快入冬的时候，路宇增死了。死了好几天才被人发现的，郭开红喊来武庆，武庆翻墙打开大门，人们进屋看到路宇增穿得整齐，横躺在炕上，人早就僵了，村赤脚医生刘福检查后说："估摸死了三天了。"郭开红说："前天就插着门，喊半天就没开呢。"

路宇增的殡出得很风光，儿子女儿都在城里混事，钱有的是。路家人在老屋床头柜的抽屉里又翻出两万块钱的存折，儿子给弄了口柏木的棺材，出殡那天摆的是流水席，这么红火的殡，村里人还是第一次遇到，家家都忙活，就为了忙活事儿能得烟得酒。平常路宇增性情怪僻，不待见这个，瞧不上那个，这回可满足了，一场殡下来，房子弄得油烟熏黑，屋里弄得乱七八糟。路家人逮着能拿的东西都往自己屋里顺，外人谁拦呀！蔡吉妹带着俩孩子，一会儿让大国抱走一包袱馒头，一会儿又偷着拿走剩下的棉孝布。

娘家吊孝的人来了不少，蔡吉妹领着娘家吊孝的人到席棚里吃饭，所有来人都给扯了大孝，大嫂说："咱是亲家关系不用给孝褂子的。"蔡吉妹早打好了主意，二嫂大口吃着菜，对蔡吉妹小声说："这会儿你这五叔公公清高到头了，我把当家子全叫来了，吃不了也给他祸祸。"蔡吉妹心里听着也解气。她看到二强穿着孝服跑前跑后，心想这个傻闷坑。

老闫走过来和蔡吉妹的二嫂打了个招呼："多吃呀，大老远来了。"蔡吉妹扭过头去和娘家几个婶子说话，老闫嘴张了张，一看没人理会，自觉也没趣，就走了过去，到了那边又看到郭开红正带着俩孩子扒拉着盘菜，闫大鼻子一屁股坐在旁边，找人家说话："这么大的殡，你们路家是第一个。"

郭开红咬了口馒头，说："有嘛用呀，人都死了，花这钱也是糟践，不如给路家分了。"

闫村长又干呵呵了两声："开红，你说人这个东西才没劲儿，你说五叔活得好好的，说死就死了，也没听说什么病呀？"

郭开红没吱声，伸筷子在盘子里夹了块肉给老二放嘴里。

"没人守着就是不行呢。"老闫嘴里说着手不闲着。

蔡吉妹用眼角的余光盯着他和郭开红，闫大鼻子的左手从孩子背后穿过去，乘机捏了郭开红的乳房一下，郭开红用脚尖轻踢了闫大鼻子一下，同时警觉地向两边看了看，闫大鼻子甩着胳膊干干地笑着向灵棚方向走，喊了声："忙活人吃饭啦！"

一年后，路三强和郭开红的大儿子牛牛好端端地死在家中，又半年后，女儿妞妞死在上学的路上。

同年冬天，武庆的七岁儿子不知为什么又吐又泄，送医院抢救五个小时后死亡，医生初步诊断为误食老鼠药死亡。

七

刚到晌午，老闫就风风火火地走进家，见家里头正掀开锅下挂面。家里人见他进了门，隔着迷漫的蒸汽，喊："你放桌子吃饭。"老闫把头上的蓝帽子扔到屋炕头上，边解开干部服的上衣扣边说："真他奶的，真是蔡吉妹干的。"

家里头的只顾用筷子翻弄锅里面条，显然没有听清，或者是确定一下："什么呀？"

"三强的孩子真是蔡吉妹干的。"

"真是呀！"

"真是呗，今天人家派出所的告诉我了。"

"哎哟，这个女人平常也看不出这么歹毒来。"

"是呢，这个娘们，疯了。"

"这还得了呢。"

"那个路宇增，还有武庆家的孩子也是她弄的呀？"

"这个还没确定，妈的，应该是。"

"哎哟，这个人，这个人咋这么毒呢，哎哟……"

"别哎哟了，看看锅，面条别糗了。"

闫大鼻子吃着面条心里不安，这个蔡吉妹这么狠，四条人命，你说怎么下得了手？老闫想想心里就打扑通，脸上就发木发僵，那个郭开红也是的，你让一步不就得了？为了一处房基，亲哥们弄成这样。

老闫瞅了一眼家里头，这娘们儿老的小的真就看不透，老闫这么想就想到了这几年蔡吉妹曾经不少回找到他，其实……闫村长想，那时候自己要真动真格的，努把力，把两家关系处理好，这个事情不就是出不了吗？郭开红那个娘们也不是好说的，我也说了。老闫又想了几个理由原谅了自己。

当了二十年村长，现在越来越腐败了，是，真腐败了，哪家不请个吃，请个喝的，给他们办事就是有些屈得慌。

老闫活动了一下身子，又盛了一碗面条，想起裤子口袋里还有南街上牛子媳妇让他给儿子上户口的户口本。老闫拿了出来递给家里头的，说："你先去给牛子家把户口本拿过去，对，还有钱，三百块钱，你告诉她，没花钱，现在上户口不花钱了。"要是平常闫村长怎么也得找个缘由把这个钱拿下，今天被蔡吉妹这事儿影响，觉得做人不能太过了，过了就有报应呀！

前天晚上和牛子媳妇在大队部来了回，感觉自己体格明显不如以前了，又想起来自己几次想把蔡吉妹给办了没办成。你说这几条人命……老闫纠结上了，饭都吃得不舒坦。他放下碗到里屋想小睡会儿，就听到家里头从外面跑过来："他爹，他爹，快去，快去。"

闫村长迎面问："咋啦？"

"武庆拿着家伙带着家族的人去路二强家里去啦，别闹出人命啊！"

闫村长一听脸色顿时严肃起来，扣上帽子，穿上衣服，大步如飞出了家门。

街筒子上到处都是人了，路二强家大门口人声鼎沸，院子里有骂街砸东西的声音传出来。老闫边扒拉着人群边喊："都在这里看热闹干吗，都进去拦拦呀！"看热闹的人给老闫躲了一道缝，老闫扭着身子挤进去。院子里武庆哥几个，还有几个子侄辈的人拿着铁锨、枣木棒子，正在砸东西。路二强揣着手，受气包似的半坐在地上，他见老闫进来，眼睛闪亮了一下，随即又黯淡下去。自己家里头干了这么伤天害理的事儿，自己也是没有想到的，武家的孩子死了，老三家的俩孩子也死了，蔡吉妹在里面也招供了，想想让谁家能受得了？"砸吧，把我一块砸死吧！"活在这个村里也抬不起头来。俩孩子早早地让他打发到十里外的姨家里了，这个节骨眼上，不知道谁火头一上来，再把孩子给祸害了，反正自己日子怎么也是过不了了，有什么算什么了。武庆带着家族人闯进来的时候，路二强也没拦也没理会。武庆拿着铁锨进了院子，劈头冲着路二强就骂了句："二强，我操你家奶，你娘儿们害了村里这么些人，我和你拼了。砸，砸，全给王八操的砸了。"后面呼啦上来一大帮武家人就开始砸院子的水缸、窗户玻璃、大门，一坛子腌咸菜也被谁给蹬翻了。武庆的侄子小帮照着路二强的脸上给了一个大耳光。二强稍微躲了躲，二帮子又给了路二强一脚，二强他顺势栽在了院子里。

闫村长跨进院子，瞅了路二强一眼，他叉腰站在院子当央，对着武家人喊了句："都别闹了。"有的人听着都住了手，这些人也就是给武庆助助声威解解气。现在蔡吉妹人抓进去了，路二强在长亭村里老实得出了名，他老婆害人现在也没说和二强合谋干的，真要过来把路二强打个好歹，再闹多大也没什么意思，折腾过火了还得受法律制裁。村长一来，大家正好收住场，武庆和小帮子正在敲路二强的窗玻璃，武庆人浑但说直理，前几天媳妇儿给他打电话，说蔡吉妹谋害自己小叔子家的两个孩子，给抓了，听消息说，自己的那个小果子，也是蔡吉妹干的，武庆风风火火地就从外地赶回来了。

武庆脑门子蹿火，看老闫来了，一脸不在乎："我操他妈的，谁拦着也不行，我今天砸定了。"

老闫脸如黑风："武庆，你家孩子的事儿，还没有个依据，你要是闹出人命，法律也得处理你。"

"操，闫大鼻子，别他妈的给我扯这个那个的，武家人不买你的账，今儿谁拦我弄谁。"

老闫脸色黑中透青，这村里好几百口子人大眼瞪小眼地瞅着他，他何曾受过这个气？

老闫说："武庆，你今儿就是砸死路二强，你孩子的命也回不来，再说公安那边还没有结果，你先回去。"老闫想给武庆个台阶儿，自己也好收场，可今天的事显然不好说了。

武庆浑劲儿上来了，加上几个年青子侄们在旁边摇旗呐喊："砸，谁的都不听，把家给他点了。"

武庆血气上涌："砸！点了他的家。"

老闫迈步上前，一把抄住武庆的铁锹把："别闹，听我的，武庆。"这一架势，还真把武庆给僵住了。武庆的两个堂兄弟趁势也过来："行了，咱先回去，等上边的结果。"

小帮子从外屋锅台上抄起把菜刀，过来推了老闫肩上一把："你放开我老叔，你放开。"

老闫抓着锹把，侧着头："你小孩子想怎么着？"

"闫大鼻子，你放开手，今儿我们武家就砸定了。"

"不行，你小孩子掺和什么？"老闫不能让小孩子给唬住。

"我操，闫大鼻子，你算什么呀，你在村里忽悠几个娘们玩玩行，在我这里不好使，我还没找你算账呢。"

闫村长一听，脸上紫红，没了底气。两个月前的下午，老闫偷着和武庆的媳妇在县城的宾馆里开房出来，正好和小帮子在旅馆门口碰了个对脸，武庆的媳妇脸一低就走过去，小帮子一看老闫和老婶从旅馆里出来，傻子也明白怎么回事了。

这次小帮子正好修理修理一下闫大鼻子，小帮子边骂着村长，边用手里的菜刀刀背拍打他的肩膀。

就在这时候，村长家里头的上来了，双手拉住自家的老头说："咱走，咱不算狗逼，人家算狗逼，砸呀、点呀，谁不弄出人命来谁是狗逼。"女人跳着高骂了几句闲街，拖拽着老闫出了院子。

晚上老闫怎么也睡不着，脑子里总是思来想去的，最后他一骨碌爬起身来，披上衣服就走，家里头问："你干吗去？"老闫没有理她，女人知道老头子有心事了，肯定还是因为蔡吉妹的事儿，又担心老头子没事找事，嘱咐了一句："别又去武庆家里。"

"不去，没事，武家不敢怎么样。我去路老二家一趟。"

闫村长趿拉着鞋到了路老二家，看到大门插得死死的，屋里也没有点光亮，闫村长抬手拍了拍门，院里有人问："谁呀？"

"我。"

路老二打开门，看到老闫，眼泪就流下来了，说："哥呀！"他嘴里就说不出来别的话了。

老闫低头进了院，屋里也甭进去了，找个马扎坐下来，他也叹了口气，对路二强说："老二，我就是惦记你再出什么意外。"

"大哥，我说什么好，现在我是族里人没人管，村里人没人搭理，你这一进我家门我心里这个亲，你说现在我怎么办呢？"

老闫说："事情也出来了，说什么也没有用了，孩子们不都是挺好的吗？"

"嗯，送他姨家去了，这些孩子能在这村里待吗？这败家娘们儿干出这么伤天害理的事儿，老天难容。"路老二眼泪巴巴，随手擤了把鼻涕。

"说他妈害了老三家的孩子，我怎么也不信，再狠毒也是我们老路家人，二妞入土时候，吉妹疼得好几天吃不下饭，你说现在说她害死了牛牛和二妞，我，我……"

老闫想现在说什么都于事无补："老二，出了这么大的事儿，我也有责任！"老闫说完脸上一紧，赶紧把话收回来："我这个村干部也没做到位，要是你们家的这家务调和好，哪有这事儿呀。"

路二强抹着眼泪点着头："说嘛也没有用了，我是进不了我们路家的坟了。"

老闫说："对了，听派出所的刘所长说了，赶天明给吉妹送点衣服、棉被过去，马上入冬了，看守所里阴，别把人弄个好歹。"

路老二抹了把泪，点头"嗯"了一声。

老闫说完又不放心，补了一句："明天我跟你去吧。"

"唉！"

"事儿出了，人也没了，该报应的就报应吧，活着的人该过还得过，回屋睡会儿吧。"老闫语重心长。

"唉。"

老闫出了路家大门，门咣当一声关上。老闫望着天上漫天的繁星，银河莽莽，浩瀚无边。这宇宙真大，地球都是星星，人又算什么呢？他迈步走在长亭村的破败久远的街道上，心中思绪万千，想着自己那些无耻的过去，不知为什么，一阵自责一阵难过。后来他眼里也忽然湿润起来，想路老二家是家败人亡了，想想这块土上的人，他们的命和自己一样，代代衣钵相传，血脉相连。

"人这一辈子，真他妈的操蛋。"老闫实实在在地骂了一句，骂自己，也是在骂蔡吉妹，或者是世上活着的所有人。

黑社会

叶三入黑社会了。这事除了警察不知道，相信整个牛街乡都知道。

叶三夏天不仅仅经常裸露上身，而且在那上身上文着五条张牙舞爪的虬须黑龙，那架头真是太黑社会了。

牛街乡计生办主任老吴晚上下班骑摩托回家，叶三横道拦住他，硬说老吴骑车把他小外甥吓着了，现在外甥在卫生院输液治疗呢。老吴寻思了老半天也不记得有这回事儿，死活不肯承认，结果让叶三连推带搡，弄到了卫生院。五岁的孩子看到老吴就哭喊着，往大人背后躲，看样子真是吓破胆了。叶三咬牙切齿地锤了吴主任几个黑拳："你娘的！还不承认，看我打不扁你。"一旁人好说歹劝，又有中间人出来调解，老吴不得不掏了一千块钱。但是叶三不肯善罢甘休，拍着肚子说："老子他妈的好几个月没吃海鲜了，你得请我到市里造一顿海鲜，要不，我一天打你一遍。"说着，他又吹胡子瞪眼举起了拳头，老吴只好忍气吞声，托了村里的干部，请叶三喝了顿酒才算摆平。

开春时节，叶三找到村长，想要块宅基地，说看上他自己房后那块空地了。村长挠了挠脑瓜皮，嘴里刚说出等村委会研究研究的话来，叶三就恼了，抬起屁股走人，撂下一句话："不批给我，给他妈的谁批了都不成。"走到院子，他一脚把村长家的自行车给踹倒了，吓得院子里几只吃粟的老母鸡怪叫着飞上了院墙。叶三骂骂咧咧地走出村长家大门。村长老婆晚上颠颠地跑到叶三家里，坐在炕头上大兄弟长，大兄弟短地热乎了好一通，像个老鸨子在抚慰嫖客。

牛街乡四村的憨子和五户村刚子合伙做生意。刚子人精，脑瓜好使，自己和一家公司签了笔几十万的合同，背着憨子自己干上了。憨子找刚子理论，刚子族门兄弟多，揪住憨子臭揍了一通，打得憨子鼻子蹿血，满地找牙。回到家憨子心里憋屈，想报案，又一寻思，报了案，那刚子有钱，啥事不能摆平呀！憨子的媳妇论着管叶三叫表姐夫，就找到了叶三。叶三把胸脯拍得咚咚作响。"没问题，老子出马就能摆平！"

没过几天，叶三带着众多嘎杂子二流子，前头一辆吉普车开道，后面跟着十几辆破天津大发，浩浩荡荡蝗虫般地开进了五户村。车队在刚子家大门前一停，把刚子家里人吓得心惊肉跳。刚子出门见了叶三腿都打战了，喊着："三哥，三哥，咱是多年的交情，有啥事好说。"说着他从皮包里取出五万块钱。

叶三的满脸严肃地接过钱点着头，戴着一副墨镜，穿着风衣，表情特酷，活脱脱就是一个黑社会老大。随后叶三给了憨子三万块钱，剩下的两万，叶三说是给手下弟兄们的活动经费。憨子心知肚明，赔着笑脸，一口一口地叫着"三哥"，感激不尽。

叶三黑社会名气风生水起，如日中天，就连牛街乡乡长见了叶三，也握着叶三的手语重心长说："三哥，你一定得支持我的工作。"

这一切的一切，让叶三很惬意、很满足、很舒心，很黑社会！

天是王大，叶三算不得王二。在全牛街乡叶三就怵头一个人，那就是镇派出所刘所长。传闻这个刘所长手狠脸黑，经过他劳教劳改过的倒霉蛋儿不少，无不是坦白从宽，洗心革面，重新做人。这刘所长对叶三的态度很不明朗，软硬不吃，叶三和刘所长的关系始终不能搞和谐，他常常担心刘所长哪天找他的茬子。有时俩人在屁大的镇上一天打照面好几次，好几次的眼神都不同，刘所长的眼神带着寒光，直往叶三心口里扎，说明很有问题。叶三很恐慌，很走脑子，他自己加着一万分小心，生怕栽在刘所长手里。

叶三心存了顾忌，每次碰到刘所长就会亲热无比地打招呼："表哥好呀?""表哥干啥去?""表哥我请你喝酒。"这表哥咋来的谁都不清楚,恐怕刘所长自己都不明白怎么回事。只有一次,叶三和他们那黑道上的小弟们胡侃时说刘所长是他表叔大姨子的叔伯侄子,是实在亲戚,相当密切。

一次,他在酒桌上和刘所长狭路相逢。叶三毕恭毕敬地敬了刘所长一杯白酒。那刘所长叉着腰站起身来,腰里别着王八盒子,一点都不买他的账。刘所长用手点指叶三,说:"叶三,我告诉你,要是在我的辖区整事,我照样办你。"他当着好多群众的面把叶三弄了个烧鸡大窝脖。

叶三就尽量减少和刘所长正面接触。

叶三那天无所事事,在街上溜达,迎面开来一辆派出所的蓝白色吉普,吉普到了叶三面前嘎吱一声就停下了。刘所长在车里面喊:"叶三,叶三,你过来。"叶三很纳闷,但这次刘所长主动喊他,他心里很受用。他左右张望看有没有熟悉的人看到这个很有面子的事,很遗憾,远近几十米只有两只狗在光天化日之下做着苟且之事。

叶三点了下大头:"表哥有事啊?"叶三的"表哥"喊着很乖,乖得让自己都觉得受用。

刘所长一点笑模样也没有:"叶三,我听人说你小子这段时间闹腾得挺欢呀!"

"没有,表哥,绝对没有。表哥管着这一亩三分地儿,我哪能给表哥添麻烦?"

刘所长用手拍了拍方向盘:"那就好,你明白就好。我问你这段时间有没有陌生人来镇上?"

"陌生人?"叶三左右摇晃了下脑袋,态度很认真。

刘所长又低了下声音:"这几天你留点神,有什么异常的事立刻到派出所报告,尤其陌生的女人,你挂点眼。"

"唉,唉!"叶三心里欢喜,终于有机会可以和刘所长建立关系了。

目送吉普车开走,他心中顿觉痛快,觉得自己就快要和刘所长平起平坐,马上就是吃喝不分的铁哥们了。叶三把白背心脱了,光着大膀子，挺着大肚囊子，走路晃得更厉害了。他心里叨咕女人，女人，刘所长要我注意女人干吗？妈的！我叶三啥都好，就是不喜欢女人。他想到这里，回了回头，见那两只低级动物还在做着那事。他弯腰从地上捡起一块砖头，砸过去，两只狗发出撕裂的吠声，跑远了。叶三暗骂了一句，真他妈没出息！

叶三对女人真是没多大兴趣，他不沾女人，就算是那些小痞子给他领个不正派的靓妞奉献到床上，叶三也提不起兴致。他认为女人都是很不好的，男人沾上了只会惹上霉气。俗话说："红颜祸水，红颜祸水。"混黑社会的叶三虽不深谙此道，但也算明白。

可叶三最终还是折戟沉沙在女人身上。叶三毕竟是个品质低劣、自以为是的人。

都怪那场雨。夏季阴雨绵绵，让人的心浮躁不安，总想寻理由发泄。叶三还是光着膀子走出家门的，他讨厌雨天，讨厌低气压憋闷的这个夏天。可他就是随意一抬头，就看到东街口走来鲜光的两个人，一男一女。女的生得藕一般新嫩，穿着一件浅色提花旗袍，裹着匀称苗条的身段，显得曲线那般别致玲珑，把叶三的眼球硬生生地扯住。叶三感觉喉咙里发着干渴，血液流速明显加快，他实在是没有办法拒绝观赏如此饱满性感的女人，本地的柴火妞根本没法和这个女人搁在一起媲美。叶三使劲移了移目光，把目光瞥在那个男人身上，那人三角眼、鹰钩鼻，嘴角泛着微笑，一看就知道是装模作样的假笑。

"三哥，好呀？"是同村的矮子六。

叶三认了出来，是从小跟在他屁股后面的瘦三从南方回来了。这小子去南方打工六七年没回来过，据说这小子发达了？这小娘们儿是他傍家儿？叶三看问题总是动心思。

叶三搭着腔的时候，目光又去看那个胸脯挺实的女人。那女人的眼圈涂了一层蓝影，看着很炫，当叶三色巴巴看她的时候，女人的眼睛也正勾勾地看着他。叶三脸红了，他还没有这么腼腆过，腼腆得把头扭过去，然后和那矮子六驴唇不对马嘴地说了些不着调的话。看着矮子六和那女人转过身去准备离开，叶三狠狠地看了下那女人浑圆的臀部，咽了口唾沫。

叶三晚上失眠了，因为动了心思了。想当年矮子六背个绿书包在他后面当个马仔，让他向东他不敢朝西，上初中的时候他吆喝矮子六："矮子六，你去把王老师家的玻璃给砸了去。"矮子六战战兢兢，脸如土灰。叶三看不了他那熊样，上去给了矮子六几个耳光，抽得矮子六给叶三跪下来，抱着他的大腿可劲嚎。

初中毕了业，矮子六就去广东给人打工，之后很少回家来。听他爹到处说他在南方发财了，叶三始终不信，就矮子六那尿泡货还能发财？但看今天这小子这穿戴，还真的发达了。这小子艳福不浅。他矮子六凭啥能搞上这样的女人？他奶奶的，简直天理难容，天理难容。叶三忽然间有了"临幸"这女人的欲念，而且很强烈，怎么样才能把这女的办了呢？叶三思来想去。

联想到白天矮子六那卑躬屈膝的样儿，叶三心里又忽然放松了。让他矮子六跪着，他不敢趴着，让他跳井，他不敢投河，他矮子六的女人就是我叶三的女人，任我纵横骑乘。

叶三有办法搞定矮子六，对付这种草民易如反掌，想完很惬意地睡着了。晚上做了好多春梦，他梦见自己做了一次次风流快活的事情，万千女人簇拥着叶三。

叶三第二天就让两个小弟找到了矮子六，说三哥请你去趟。矮子六果然就跟着来了。叶三坐在太师椅上说："矮子六，听说你在南边混得很不错，三哥我现在手头有点儿紧。"

矮子六说那好办，好办。说着他从口袋掏出一整沓人民币，叶三眼瞪圆了，心想他奶奶的矮子六真发财啦！

叶三眼皮一翻，不动声色，说："这点儿不够，我手下的弟兄人头多。"

矮子六脸上没有表情，但他依旧"三哥、三哥"地叫着，变戏法一样从裤袋里又掏出一沓百元大票。叶三心有点乱，捉摸不透这个矮子发了什么横财，咋这么慷慨！

叶三身边的那个歪嘴的小子见矮子还不识趣，用脚踢了下矮子六："矮子你带来的骚娘们是哪的？三哥想请她吃顿饭耍耍。"叶三用腿趟那小子一下，脸上还真有点磨不开。

矮子六转了转眼珠子，佝偻着身子，脸上泛起了细汗，叶三知道他在考虑。

过了会儿，矮子六嘬了口槽牙说："行，三哥说怎么着就怎么着！"

叶三很满足，他选了牛街乡最好的宾馆准备成就美事。得意地活动活动肩膀，心里暗自感叹："我叶三真的是黑社会了。"

矮子六和那嫩葱一样的女人上了楼，矮子六这次还挎着个帆布包。叶三大模大样地坐在房间的长椅上，叼着根黄鹤楼，吐着烟圈。那个女人站在前面，瞅着叶三发着冷笑。那眼睛有意无意地眨了一下，掠过叶三的心里，叶三倏然感到了一丝不安。这个眼神让他想起了俩字——祸水。正当叶三的大头还犯迷糊的时候，矮子六把帆布包打开了，从里面掏出一支锃亮的手枪。叶三一惊，想坐起身来，还没抬起屁股，黑洞洞的枪口就顶在他的大脑门上。

叶三被绑架了，他被矮子六给五花大绑捆猪似的捆起来，然后塞上叶三那辆军用吉普车——事先没有交代，叶三是有辆吉普车的，这是叶三花了八千块钱买的吉普。当初叶三想买派出所那辆报废的警用吉普，可刘所长把那辆破车该拆的拆，该卸的卸，然后拉到废品站给交了废铁。叶三只好望"车"兴叹，索性就买了司法所那辆同样有蓝白底漆，就是顶子上没警灯的破吉普，简易修了修，叶三就开着到处耀武扬威。叶三今天想从装备上威慑一下矮子六，却没想到这装备反成了矮子六的交通工具。

叶三想叫唤，可是他不敢，真的不敢，那个女人手里把玩着一把三角刮刀，明晃晃，泛着寒光，和叶三从市场买的那柄没开刃的匕首果然大不相同。人家手里的刀显然是溅过血的，叶三闻到了一股腥煞气。叶三惴惴不安。矮子六的面孔越发陌生狰狞，他左手紧紧握着枪。叶三内心恐惧难当。他对矮子六摇晃着脑袋，小鸡啄米似的点头。叶三弄不清矮子六怎么能有这么硬气的家伙什。叶三想保持镇定，可就是不听使唤，他的腿不住地打着哆嗦。叶三听到女人骂了他一句"软蛋泡"，他才发现裤裆湿透了。

吉普车驶出了牛街乡，向西边邻县接壤的山口驶去。叶三喘了一口粗气，壮起胆子对开车的矮子六说："六子，你这是想把我咋整？咱哥俩无冤无仇呀！"

矮子六看都没看他一眼，依旧目视前方，说："叶三，你给我好好待着，否则老子送你回老家。"

叶三的脸都绿了，他的身子在发抖，最终嘴角抽搐着，抽泣起来，说："六子，你嫂子今年新怀了孩子，你不能让孩子生下来没爹呀！咱俩是光腚长大的呀！"

蓝眼皮女人用一把三角刮刀对着叶三的腰眼，露出些媚笑，凑近叶三的耳边说："光腚长大的？"

叶三惊恐万分，努力地点了点头。

"光腚长大的，你还想睡他女人？"

叶三没词了，叶三真恨自己当时不开眼，头一回想花花一次，还遇到了这般晦气。

矮子六压低了声音说："听话，我们进了山就给你自由，不老实，就灭了你。"

叶三应了一声，差点哭出来。他不得不听矮子六的，叶三这时就只是想活命，即使再窝囊些都乐意。想起一会儿矮子六用枪子打爆他的脑壳，脑浆子红红白白流淌一地的情景，他就小肚子发酸，想排泄。他的状态不用想也知道已经糟糕到了极点。叶三用余光向后瞄着那个女人，再也看不出一点性感，而是女罗刹般恐怖。女人那把尖刀始终不离他的要害，所以他动作幅度不敢过大，唯恐利刃顺势捅进肚子。

叶三看到车外人来人往，车流穿梭，他多希望有人可以过来解救自己。这时他看到刚子骑着辆125摩托被吉普车超过。叶三想这也许是个机会。他透过车玻璃对刚子使劲挤了挤眼睛，且咧嘴笑，那笑比哭还难看。真是天无绝人之路啊，刚子果然注意到了他。可刚子的表情很猥琐，比叶三脸色还不自在，摩托向前追了追，对着叶三扬了扬左手，脸上挤出些讨好的奴相。

叶三心里直骂，刚子你这个薅王八，怎么看不出来事呢？叶三又努了努嘴，连连做了几个超级搞怪的表情。老天，刚子手里油门一拧摩托车提速，过去了，跑得比兔子还快。叶三丧了气，心想："我叶三也有今天的下场，都怪自己平日作恶多端，就是今天被人们发现，谁又能帮我呢。"

叶三垂头丧气瘫在车座上，那个女人拿刀子在他面前晃了晃，恶狠狠地说："你别想搞小动作。"

车子咣当咣当向前奔着，驶过了一个个村子。叶三总感觉自己的生命在一点点地接近终点，等车子的油烧尽了，矮子六就会把他这个累赘结果了。叶三悔恨自己没多加汽油，现在一滴滴在消耗的汽油，就像秒针在计算着他残喘的生命。

县界就要到了，前面有交通警察检查过往车辆，叶三心提到了嗓子眼。过了检查站就是山区了，他真希望在检查站出现奇迹。他只有在心里默念阿弥陀佛，虽然叶三不是个佛教徒，但他记得媳妇当时为了怀上孩子，总是念"阿弥陀佛、阿弥陀佛"。

叶三十分紧张，怕如果真有什么差池，那娘儿们的刀子就会刺穿他的心脏。叶三哭丧着脸，矮子六对叶三说："想活命，就放明白，出了卡子，我自然放了你。"

叶三听了，像孙子听爷爷的话那样，很乖地点了点头。女人解开绳子，让他坐在副驾驶位置上。叶三不知道该把手搁在哪里，他想现在这样还不如把他的手捆起来那么得劲。

前面有交警挥手示意停车。此时，叶三见了警察，比见他爹还亲，真想大呼救命，可腰上那把尖刀不是闹着玩的，这女人穷凶极恶，白刀子进去红刀子出来。叶三耷拉着脑袋，像只得瘟疫的鸡。

矮子六把车开过去，摇下车玻璃。警察向车里面看了看。叶三感觉后腰上的刀尖向前顶了一下。

"行车证？驾驶本？"

矮子六瞅了叶三一眼，叶三从副驾驶箱里犹豫着拿出行车证，矮子六连同自己的驾驶本递了出去。警察比对了一番，说走吧！

车子缓缓启动。

正在这时，有人喊："三儿，三儿。"

叶三此时听到有人喊自己的名字，心中犹如天降甘霖，扭头一看是村长。村长推个自行车过来，人没到，呵呵的笑声先传过来。

村长站在车旁隔着车窗对叶三说："三儿，你那个宅基的事情办差不多了。和乡长说了好半天，我说我和三儿是没出五服的一家子，乡长犯了好半天难，最后也答应了。"

叶三放下车窗，应付着："大哥，谢谢。"

"三儿，你这是去哪呀？"村长问。

"我、我……"叶三看着身边的矮子六说不出完整的话，突然他感觉腰上尖痛了一下，叶三马上说："和六子去外面走个亲戚。"

村长看到了开车的矮六子，也热乎地打招呼："六子啥时间回来的？在外面发财了是不？"

矮子六早把手枪搁到了屁股底下，心不在焉地搭话："村长哥呀！哪天到我家里，咱聚聚。"

"行，说定了，哪天把你好酒拿出来尝尝。你爹老在我面前夸你，在外面有出息，天天山珍海味的，你出门打工的时候，还是你大哥我帮着到了派出所流管办盖的公章。那天下大雨，我走着去的，布鞋都甩掉了……"

矮子六明显有点不耐烦，打断了村长的话："村长哥，我和三哥现在有事，喝酒等我回来安排。"叶三希望村长多唠叨几句，那样他的生命就会有望延续。

村长只得又转回头和叶三说："三儿，等你回来，咱一块找上王乡长，摆上一桌显得有面子，我可没少费劲。"

叶三的脸上一红一白的，嘴里应付着。

村长脖子向里面一探，看到后排座的那个女人。村长讶异了声："三儿，这姑娘是谁呀？"

叶三歪了歪脖子看着矮子六，回答："是六子的对象。"

"六子的对象呀！长得这么水灵。"

村长见了女人话更密了："大妹子，不对，弟妹，有时间和六子到我家，和你嫂子聊聊，让她也见识见识城里人，唉，你们外面的人就是比咱这里小地方人看着鲜光。"

后排的女人甜甜地喊了声"村长大哥！"

村长更是美得不得了，还在唠叨。矮子六说："村长哥，我们还有事得赶路。"

村长说："噢，噢，那就走吧。"

叶三心里起急，他想车子一进了山，自己没准脑袋就得搬家。他绝望地看着村长。村长仍旧笑着，手抬得很高，摆手致意。矮子六加了油门，车子一溜烟地驶出检查站。

叶三的车子刚走，刘所长的警车由后边驶过来，停在村长身边。刘所长下车，问："老叶，你干啥了？"

村长说："没事，刚看到叶三和矮子六，拉着长得很俊的一个娘儿们刚过去。"

车子开出了几公里，然后一拐驶进了山里小路，停在山坡下。矮子六把叶三拽下车子。叶三身子抖得厉害，脑袋里一片空白，心想，矮子六会不会找个坑，在坑边像处决罪犯似的，一枪把他毙了，然后踹进坑里埋了？

叶三扑通一声跪倒在地，像犯错的小孩子那样，哇哇大哭起来。矮子六警惕了一下周围环境，照他屁股踢一下，说："闭嘴！别他妈的跟我装熊，刚才跟我要钱那章程咋没了呢？"蓝眼皮女人把刀子收起来，姿态优雅地把刀放在随身小包里，看着叶三那草包样，女人笑起来。

"跟我翻过那道梁，你就滚蛋。"

矮子六像拎小鸡似的，一把扯起叶三。叶三深一脚浅一脚的，被这男女挟持着。他的脑子没了心思，只是像头骡子一样被那俩人连推带搡地往前赶。他们翻上一道山梁，正准备下坡的时候，前面山头低矮的灌木丛里飞出几只野雀。矮子六和那个女人很警觉，拉着叶三迅速躲到一旁的大石头下隐蔽好。叶三心里也忐忑，他现在想哪怕窜出一只野狼和野猪，说不定也能帮自己一下。不过看矮子六和那女人的表情，像是遇到情况了。

果然有人喊话了，那稍带干哑的嗓音此时在叶三听来是世界上最美妙的声音。刘所长的口号和电影里劝降伪军的台词没什么两样，无非换了个版本。

"矮子六，你已经被包围了，快认清形势出来投降。"

矮子六踢了叶三一脚："妈的，都是你招来的。"

女人说的话更狠毒，说得叶三脑袋发炸。"早应该在旅馆里结果了他，不过现在留着他还有用。"

矮子六把叶三拎到前面，对前面的山坡喊："你们听好了，我这里有人质，谁要是上来我第一个崩了他。"

叶三号啕大哭："表哥，表哥。"他喊"表哥"的时候，矮子六都有些纳闷，心想谁是他表哥？叶三赶紧变了过来："刘所长救我呀！你们别过来呀！"

又一个声音传过来，是村长扯着公鸭嗓子在喊："叶三，你号啥，瞧你那怂样儿，你以前那威风哪去了？现在到处是警察，矮子六，你此时不缴枪投降，更待何时！"

村长曾经说过评书，所以每次做政治工作，传达上级文件，总是有点评书的味道。

矮子六提拉起叶三，让叶三挡在自己前面，说："你们过来试试，你们开枪试试，老子杀了这些人了，早够本了。"叶三此时听着这些话更是吓得魂飞魄散。

叶三看到更远处的山头上到处都是人的影子，他相信刚子和更多认识他的人在上面，叶三想我今天人可丢大了，我不能就这么坐以待毙，得想法逃命。他蹲在地上，对那女人挑了下眼，说："那边有人。"矮子六和女人诧异地一扭头，然后叶三用身子撞开矮子六就向山坡下滚了下去。

矮子六拿着手枪照着叶三的方向开了几枪，叶三叽里咕噜地翻滚着，感觉一阵钻心的剧痛从裤裆下面传来，他耳边听到更加密集嘈杂的枪响，然后眼前一黑，失去了知觉。

叶三醒来时已经在医院，人们围着他。刘所长也在其中，说："叶三，你这回还挺命大的，你看看这个吧。"叶三睁开大眼，动了动身子，裤裆底下就钻心地疼。刘所长手里是张通缉令，上面写的那一段字看着叫人心惊肉跳：

"矮子六伙同情妇兰子在鄂豫两地抢劫运钞车三起，杀死保安两名。"

后面的字，叶三看得头就更大了，他很庆幸自己还能活着。他看到了刚子，看到了村长，看到了村子里的族亲和邻居，叶三怎么也感觉不到这些乡里乡亲是来探望关心自己的，他们纯粹是看他叶三的乐子来了，看他是不是马上"呜呼哀哉"。叶三无奈，很无奈，他就像那些看他笑话的人们所说的一样，"活着就好，活着就好"。叶三暗自咬牙，老子他妈的一定给你们活得好好的。

叶三出院了，可是出院后的叶三觉得自己不再是自己了，起码老婆已经认为他不是从前的叶三。矮子六那一枪打伤了他的命根子，让他难以再做男人。那些混混们再也没有以前对他的那种尊崇，邻里八家的鲜有人到他家里光顾，没有人再请他吃饭、喝酒，没有人给他低头哈腰、作揖鞠躬，叶三颇感困顿，羞见世人，轻易不出家门。

市里公开处决矮子六和那女人的时候，村里好多人都去刑场看矮子六挨枪子，都说矮子六那才是真正的黑社会，在刑场上没有丁点惧色。话传到叶三耳朵里，叶三心说："人真他妈的操蛋，把犯罪分子赞扬得像革命者似的。"但他没有发言权，现在今非昔比，连点脾气都发不出来。他像裤裆里那"蔫头废"一样，永远抬不起头来。

叶三感慨着从前，心中时时难过。星期五下午，儿子脸上红一道紫一道地从学校跑回来，说让西街上同学二子打了。叶三胸中光火很来气，老子遇到点槛了都他妈的上来欺负了是不？叶三想爆发，想借此重整声威。二子那老实巴交的爹领着二子诚惶诚恐地赶到他家道歉，叶三坐在椅子上正欲发作，他的屁股刚离开椅子，那个十几岁的孩子从他父亲身后走出来，眼光直视着他，很锋利。叶三的心一阵悸痛，他的屁股重新粘回椅子上，他在思考，怀疑人的潜能和未来，谁能确定谁是成功人士，谁又是不下蛋的柴鸡？谁是真正的黑社会，谁又是平凡的普通人？比如那个矮子六，再比如眼前这个"有未来"的孩子。

叶三看清了自己，他只是叶三，是个普通而又简单的叶三，而且是男性功能严重障碍的叶三。

叶三不是什么黑社会了，老百姓都知道。

回　家

　　这是一列载满归乡乘客的火车，车厢内每个人的身上都堆积着一年来在异地他乡生活的记忆，辛苦、收获、沧桑、兴奋都写满了脸，白发黑发中，混着来自四面八方的冗长的气息，在长蛇状的火车内汇聚成无法言喻的回响。

　　罗满子背靠在座位上，旱烟卷了一根又一根，他布满血丝的双眼望向窗外。家是越来越近了，可他的心却绷得越来越紧。他长时间注视着窗外，眼前仿佛蒙上了一层潮湿的薄雾，慢慢地，慢慢地，眼眶里积满了浑浊的泪水，他低下头，咽口唾液，眨眨眼把滑动的眼泪逼回去。

　　"哎？哎？我说你这个老头怎么回事，有点儿公德意识没？你这么一根接一根地抽，谁能受得了哇！"

　　当他塞塞窣窣地从怀里拿出烟纸想继续卷上烟丝的时候，对面一个穿着背带裤，老板模样的胖子，满脸不屑地对他嚷嚷。胖子这一嚷，导致其他乘客也跟着指责："真是的，是呢。"还有的发出不屑的声音："乡巴佬，土侉子。"罗满子旁边是一位四十多岁的妇女，挺翘的鼻梁上架着近视眼镜，一看就是位有知识的学者或是什么公务员，她向外挪了挪屁股，表情夸张地"哼"了一声，扭头又讨好似的对胖老板笑了笑。

　　罗满子"哦，哦"了两声，连忙收起卷烟，满怀歉意地向对面以及周围似笑非笑地点了点头。胖子面露鄙夷，对罗满子的反应一点都不感冒,腆了下仿佛随时会爆裂的肚子,朝罗子满翻了翻眼白,然后把头撇到了一旁。他左侧坐着一位长出了双下巴的小胖墩,正在低头折腾着手机。从面相来看,应该是他儿子。那鼻子那眼简直就是胖子的翻版。

胖子从儿子包里翻出口香糖,扔到嘴里两块来回咀嚼着,左手搭在儿子肩上。小胖儿子低着头抖了抖肩膀,没能摆脱肥肥的手掌就向外边扭了扭屁股。

胖子爸低头看了看儿子:"我说你大学就学了网络游戏呀?我告诉你宝贝,咱这个大学可来之不易,你知道我费了多大劲,才给你弄了个名额吗?要不是老爸给他们十几万赞助费,他们能要你吗?"

胖儿子低着头,正沉浸在手机游戏中。

"哎,我说你小子听着没有?你可听好了,在南方不同于在我们自己的家里,家里你怎么都行,在咱家门口,你打架你开飞车,你就是耍流氓,你老爸我都能摆平了……"

小胖墩瞥了胖爸一眼,抬手把他胖爸的肥手从肩上给拿了下来,转了下身子,仍旧兀自把玩着手机。那胖子说话故意让周围的人听到,说完环顾周围,带着成就感地笑了笑。

和罗满子坐在一排的女知识分子听得眼露异彩,一副艳羡的神情。

罗满子脑海里想的也是他儿子,他儿子小满,朝气蓬勃的小满。一身绿军装、胸前戴着光荣花的小满。

去年冬天,县武装部门前,锣鼓喧天,年轻小伙子们穿着崭新的绿军装,胸前戴着大红花。

罗满子一边拍打着儿子肩膀一边说:"满子,你18了,要学会照顾自己,你们这个部队是俺当年的老连队,红一团,硬骨头六连。有好传统好纪律。在部队要好好干,要像个男人,要用军人的标准要求自己……"

老伴瞅着自己结实的儿子,眼睛就发酸,一个劲地用手在满子身上拍打,一会儿又去给他整理领子,一万分的不舍。

武装部冯部长是罗满子的战友,走过来,冲着罗满子说:"老罗，看到你儿子就像看到我们当年呀。咱家老人们当年送咱，咱们也接着一代一代地送。"然后拍了一下小满的肩膀，语重心长地说："爷儿们，到了部队别给我们这些当爹的丢脸，听了没？"

小满脸上一红，显然有些发窘。随后，他看了下身旁的爹娘，挺了下胸。"爹，娘，我走了，你和爹甭惦记我。"转身跑步进入队伍。娘拔着个身子，踮着脚。面前那一片绿呀，一片绿呀，像一条蓬勃葱郁的森林。

"儿子，你小子有多大出息我知道，你不就是喜欢上罗兰西装那小丫头了吗，我说你可比我还他妈早恋。你才多大？天天开着我的车拉人家兜风？你听我说，你别光看那小妮子长相，这年头，长相值多少钱？有钱要什么样的媳妇都有，我觉得那个建设局王局长的那丫头不错，王局长马上就要提副市长了，这门亲事要成了，对爸爸的房地产事业会起到多大作用，你小子明白不？"胖子用胳膊肘碰了儿子一下。

"有完没完？"小胖子终于出了声。

胖子爸非常来气："你！"他假意抬了抬手，看了看对面的罗满子和那女知识分子，面容上有些尴尬。

"孩子，信已经收到。我和你娘都挺好的，你甭惦记，你妈舍不得你去当兵，哪个娘不疼儿。你高中毕业，考军校没问题，领导让你干什么一定要服从命令听指挥，在炊事班挺好的，不要有什么思想顾虑，在任何岗位都要好好干，不给咱罗家丢人。"

我当兵的头一年，我们连有个老排长，河北承德人，姓马，我们喊他马排长，各项军事业务技能都非常好，可他就是稀罕战马，从当兵的头一天，看到连队的战马就来精气神，做梦都想做个马夫。成天跑到连长那里缠，非得去饲养班，连长本来想树他个连队业务尖子，可他死活不肯，后来就耍情绪，说什么也得达到目的。连长后来没办法，只好批准他当养马的头儿，他那个兴奋呀！当兵九年，窝在骑兵连没动地方，到服役五年头上，破格提个排长，又和战马摽了四年，赶上大裁军。老排长临走前抱着战马号啕大哭。那战马个个通人性，大眼珠子啪嗒啪嗒地掉眼泪。老排长见到我们这些接替他的兵，直接就给我们跪下了，说："这几十匹马就是我的爹，也是你们的爹，我走了以后，你们把这些马给我伺候好了，养老送终。否则，要是它们有个差错，我回来和你们算账！"罗满子深陷在思绪中。

火车钻进大山，驶入一条长长的隧道，车里光线暗了下来，车厢里静静的，只听到胖子嚼着口香糖吧唧嘴的声音，还有罗满子自己胸腔中起伏的心跳声。

"马家那闺女挺好的，挺实诚，我和你娘没意见，现在不是都兴自由恋爱吗，你们是自由的，爹娘不干涉，丫头挺懂事的，是个好孩子呀！姑娘前几天还过来看你娘，又是帮着干庄稼活，又是给你娘捶腿捶背，我看啊看我们是假，探听你的消息是真，丫头真有心，你这段时间信是少了，是工作忙还是怎么的？多和姑娘联系着近乎着，她条件苦了点，但这么孝顺懂事的孩子，真要进了咱老罗家可真是福气，等你探亲回来，我就和你娘给你张罗办喜事。"

火车从黑暗里钻出来，阳光从窗外照进来，给每个人披了层暖色，车里人心里顿时都豁亮了许多，只有罗满子昏沉沉地倚靠在座位上。

一位苗条高挑的女乘务员走过来开始按顺序查票："先生，请出示您的车票。"

胖子挑了一下眉毛，斜一下身从屁股西裤口袋里掏出两张票递了过去。

"大爷，您的票？"

罗满子的回想被硬生生地打断，他把上衣里里外外摸了个遍，也没找到那张车票。

"票，票，刚才还在呢……"

"没票就赶紧补票吧！"乘务员的语气明显有一些不耐烦。

"农民老哥。"女知识分子一边把自己的票递给乘务员，一边对罗满子说："现在农村逐渐富裕，但素质还是没有跟上啊，中国就是不重视素质教育，尤其在农村，农民的素质教育程度还远远不够。老哥，一张票用不了多少钱的。"

罗满子不去理她，脸色铁青，又在座位周围找了找，脚底下看了看，还是找不见。

乘务员显得不耐烦了："您要是没买就痛快补票！"

胖子和女知识分子都直盯着罗满子。

罗满子说："我再找找，我再找找。"

"胖经理"伸出手来，指指罗满子座位上那个鼓囊囊的帆布包。"没在包里呀？"

罗满子脸上表情僵硬了一下，赶忙说："没有没有，没在那儿。"

"胖经理"伸长脖子抬起身，直勾勾地盯着帆布包："你找找看呀。"

罗满子谨慎地拉开帆布包，手轻轻地伸进去，慢慢地找，好像怕惊动包里的什么东西。他翻了小会儿，从包夹层里捏出一张褶皱不堪的火车票。女乘务员连手都没有伸过去，只拿余光扫了一下，就胯骨一扭地走了。那胖子却显出万分遗憾的样子，把屁股放回到座上去。

他喝了口保温杯里的茶水，润了润喉咙，瞧了下儿子："我说了半天，你小子听进去了没有？"

小胖子微微抬了抬头，"烦不烦，我刚过关。"小胖子显然兴趣都在手机游戏上，对他老子的话压根没有听进去。

"呵！我供你吃供你喝的，看你那样儿，我告诉你，在学校里刚待不到半年，就花八千块，你真是个讨债鬼，你是天天读书呀，还是天天住宾馆做桑拿呀。如果再像上高中时期似的，借一屁股账，我可不替你还。"

"我向我妈要！"小胖儿子顶撞出了一句。

女知识分子望着这对父子，露出友好且愉快的神情。

"孩子，你甭向家里寄钱，自己的津贴不多，留着吧，自己存着结婚用。你寄来的钱，我和你娘一点点给你攒着呢。家里又养了十几头猪，可壮呢，到秋后，就可以卖上个七八千。村支书前几天过来，打听你退伍的事情，想让你参加村委会班子，说你接触外面新事物多，让你带动一下村里的青壮劳力。你给他的信他收到了，还有那些点子和致富经，村里的人们都感觉可行。支书说咱穷就穷在这个路上了，你的想法和他不谋而合，'路不通业不兴'。他先在乡里县里找找，看看能不能要点钱，然后村里再集资一部分，有钱的出钱，没钱的出力，等你退伍回来，就让你主持这个事情。"

"咱们这里就是穷呀，我们这辈人呀就是穷怕了，现在好多人都出去打工，抛家舍业的。三组的那个郭傻子，也跟着别人去了南方，一个月前在楼上干活摔了下来，死了。撇下妻儿老小一大帮，你说怎么过呀？你娘那天去了他家，给孩子端了碗鸡汤去，一进门看那几张小脸呀真让人难受。"罗满子记忆的闸门又敞开了一道缝。

"还有一条，你小子要记牢了，交往小哥们儿我不拦你，你少惹祸生事，你上初中的时候，把同学打了个鼻梁骨折，那不是轻伤，是刑事案，人家要不是在乎咱的势力，看咱给他十万块钱，肯定就把你弄到少管所了。你往后遇事躲着点，别乱管闲事。"胖子絮絮叨叨地叮嘱儿子。

"就是嘛。"那个女知识分子插进话来，脸上做作地笑了一下，手指轻扶了一下眼镜框。她的语言稍微夹杂着四川口音："最近网上说一位老太在南京市广场一公交站台等公交车，人来人往中，老太被撞倒了，路过的一名大学生主动过来扶那老太。老太当时还表示感谢，后来大学生将她送到医院，接下来，您猜怎么着？事情就来了个一百八十度大转弯，老太及其家属一口就咬定人家那个大学生是肇事者。"

胖子抻着脖子："真有这事？"

"当然！"女知识分子重重地点了下头，表示信息可靠。"那老太后来将大学生告到法院索赔13多万元，13万元可不是小数目。结果这个法院按照程序，真就判了那个大学生赔偿老太太40%的损失，四五万啊，你说这个社会怎么了？怎么了呢？是不是有法理没天理了？"

"老罗，您看部队上有规定，这几万块钱您一定收下。"

"不，团长，我家里是缺钱，但这个钱我一分不拿，我也是个上过南疆前线的老兵，这命不是钱能买的，这个钱留给部队，捐给学校，修几里公路，都成。这是我一个退伍老兵的主意，相信满子他也会同意。"

"老罗，老罗，您必须拿着。"

"团长，不，不能要……"

"世风日下啊！"旁边始终站在过道内的一位乘客也耐不住地插进话来。"现在还哪里有公道哟。"这句话颇有些沉重了，弄得短时间内车厢里没人回应。

"谁还学雷锋哟，谁还做好人哟！"

"喝奶有三聚氰胺，制药用胶皮，做饭用的地沟油，蔬菜水果表面都是洒的农药……这年头，就这年头……"又有些人七嘴八舌地加入进来。

"丁零，丁零……"座位下传来一阵手机铃声，与整个车厢内的气氛相当不搭。周围人们用目光纷纷寻找声音的出处，互相搜索探究着。

罗满子也从纷扰困顿的思绪中回过神来，看到大家的眼睛都在看向他的位置，他才发现声音来自自己身上。他有些发窘，双手慌忙在全身上下寻找着，咳了几声，沉着头在大衣里面的灰上衣口袋中掏出一部灰色的手机来，然后又不好意思地看了看身旁的人们，转身对着窗接听电话。胖子和众人才把表情收回来，好像有人还发出了遗憾的叹气声。

"大叔，你怎么没通知我们就走呢？"电话的声音很大，老罗身边的乘客只要仔细听应该都可以听得到。

"噢，谁呀？吴团长呀，我来了不少天了，家里该安排过年的事情呢，他娘也盼着我快点回去。"

"我们首长今天要过来见您呢，还有军区记者，您……"电话里的声音恳切焦急。

罗满子双手捂着手机紧贴在耳边，他侧了侧身，晓得有人在听他电话。胖子连忙转过身去，做出一副不关心的样子。

罗满子说："那个什么，我这里在火车上人多，听不到，听不到，我挂了，我挂了……"对方还在电话里说着什么，老罗就把电话挂断了，然后掀开大衣把手机又揣进了衣服。

就当周围几个人的眼神盯着罗满子把那个廉价且噪声颇大的手机

放到上衣下摆口袋的时候，手机不合时宜地又响起来，罗满子上身抽搐了一下，仿佛怕吓到大家，又赶忙把手机拿到耳边，转过身子。

"我这里听不……"罗满子刚想直接对手机说，电话里传声音来，"噢，您是铁匠营的罗满子吗？"

"嗯。"罗满子仓促答应着。

"我们是县民政局，您如果有时间请来县里民政局办个手续。"

"啥手续？"

"就是有关您儿子的手续，希望您尽快过来，如果过期我们就真不好办了。"对方的普通话非常纯正，公事公办的腔调。

"好嘞，好嘞，给您添麻烦了，添麻烦了……"罗满子不知道真的是听着手机吃力，还是怎么回事，说话的时候脸和脖子都胀得发红，额头都渗出了汗。

对方挂了电话，老罗放下手机长舒了一口气，坐在座位上不说一句话。他擦了一脸汗。没人关注刚才的小插曲。

"满叔，满叔，满伯，老满……"罗满子刚闭上眼睛，前几天的一幕幕就出现在眼前。

"这么大的事情，怎么也是一条人命，我以村支书的名义给部队和县里分别写信。"

"对，对！起码要让部队拿出几十万来，郭傻子出事儿施工队还给了 20 万呢，这个得更多。"

"对，没错。"罗满子窄陋的屋里挤满了村里人，满子娘斜歪在炕头被褥上，几个妇女围在周围叽叽喳喳地吵着。

"满子叔，我看就让村支书带村里能说会道的年轻人多去几个，不达到目的就不回来，就闹，他们不敢拿咱们怎么着。"

"我看行，行。"

"他娘，你说说呢？"罗满子痛苦无奈地问满子娘。

满子娘嘴唇干咧着，脸色发黄，仰着头，听到罗满子说话，她只是摇了摇头，过了会儿又摇了摇头，"把孩子带回来吧！带家来！"

周围有人哭了出来，男的女的都有。

剩下的都把目光对准了罗满子。

火车呜呜地发出了几声粗犷的吼声,像是把车厢内凝滞的空气梳理了一下,似乎流淌过一阵风,把人们的记忆带回到了现实,人们都活动了活动,还有几个人站起来伸了伸胳膊,活动活动肩膀。

胖子突然"啪"地拍了一下大腿,又回到刚才的话题上。

前几天你没读报纸吗,有个傻大兵,在公交车上看见贼偷东西,挨偷的人都不动弹,一车人就他站出来和几个贼死磕,被贼捅了十几刀,肠子都流出来了,贼没抓到,还把自己小命搭上了,就算弄个烈士,弄个活雷锋,能顶个屁用。"

他斜眼对无动于衷的胖儿子说:"以后就是看见杀人也甭管,这年头爹死娘嫁人,个人顾个人。"

"你这是放屁!"一直沉寂无语的罗满子终于忍耐不住,他大吼一声,"嚯"地直起身来,目光似喷火般地俯瞰着近前的几个人。

"你怎么知道他死得不值得!我告诉你,他值得!因为他是一名解放军战士,他是一个中国共产党党员,他是农民的儿子!"

声音振聋发聩,在一节节满满的车厢里回荡撞击着,车上人全都目瞪口呆、惊讶不已。罗满子攥紧双拳矗立着,如一尊钢铁塑像,坚实冷峻中带着些许斑驳。火车在沉默中吭哧几声停了下来,像被收服的怪兽,卧在笔直的轨道上。罗满子从座位下面拿出帆布包背上,在胖子父子俩面前,在惊愕的女知识分子面前,在无数双眼睛的注视之下,大踏步地走下火车。

他一步一步坚实地踩在黑黑的泥土上,迎面的西北风夹带着落叶腐朽的味道与泥土的清香向他吹来。他走出小站,越过一座矮山头,放眼前望,前面仍旧是起伏的丘陵峻岭,脚下是一条蜿蜒清澈的江水。罗满子蹲下身来,缓缓打开帆布包,里面是一面鲜红的军旗包裹着一个漆黑肃穆的骨灰盒。罗满子泪如雨下,疲惫的双膝实在支撑不住自己,扑通跪倒在地上,双手颤颤地抚摸着骨灰盒上面小满的遗像,泣不成声:"满子,到家了!爹带你回家啦!"

较 量

一

吴秃子真没想到他能逃出来。

他就像一匹惊马在野地里炕着蹶子拼了命地狂奔,被树根庄稼土疙瘩什么的绊了几个趔趄。他恨不得将挥动着的两只胳膊变成翅膀,飞得高高的,躲进云彩里,甚至希望放个大屁能增加身体向前的动力,像发射导弹那样一下子钻到天上去。他不知道奔跑了多长时间,直到累得面如土灰、气喘吁吁,一头栽在高粱地里。惊魂未定的他在茂密的高粱地里躺了会儿,抬头看着昏黄的天空,长舒一口气。这下子总算自由了。

秃子能成功越狱真是天大的幸运。那个新从部队转业的狱警怎么也不会想到,就这稍一疏忽会让自己犯下重大错误。若干年后,他都会为自己这次善意的举动而后悔不已。

当时秃子推着货车突然脸色蜡黄,捂着肚子嗷嗷地叫唤。这个部队转业出来的狱警赶紧拉着他去旁边的医院,他没注意周围茂密的青纱帐,更没有叫上一个同事。当他把秃子放到急诊病床去药房拿药时,秃子的神经已经紧绷绷的。在狱警转身的一刹那,他噌地蹿起来,推开医生护士夺门而出,嗖地一下子就从卫生院矮小的墙头上翻过去，眨眼工夫就钻进了青纱帐。

秃子躺到了傍晚，他不能选择大路，现在各个交通要道口，估计都是带着猎犬全副武装的警察了。翻过一道山梁，他发现前面山脚下一户小屋里亮着微弱的灯光。秃子看了看身上这身囚服，小心地四下观察了一番，确定没有什么危险，然后迂回到门口站起来推门走了进去。

秃子进了屋里，顿时把屋子里的老两口吓了一跳。秃子冷森森地说："我只要点钱和几件衣服。"

秃子从这户人家出来时，已经换了身装束，口袋里还多了500块钱。秃子现在的目的地是清沧县城，那将是自己最终的归宿。秃子咬牙切齿地说："盛仁发，老子一定亲手宰了你。"

秃子因故意伤害罪被判了7年有期徒刑。他原本是盛仁发的马仔，没少为盛仁发鞍前马后地卖命。可自从那回他把媳妇英子带到了清沧县就种下了祸根，没想到这个色鬼盛仁发竟然打起了英子的主意，利用他去济南的机会，把英子骗到公司给糟蹋了，英子不甘羞辱含恨跳楼自杀。

秃子承认自己不是好人，可英子是好女人。他们两个人从小青梅竹马，即使自己再穷再难，英子都跟随着他。为了和他共同生活，英子豁出去一切，和家人一刀两断，跟着秃子来到了清沧。没想到盛仁发竟然做出禽兽不如的事情。秃子在火化场看到了英子的骨灰，他没掉一滴泪，他要报仇。有恩必报、有仇不饶的吴秃子，夜里掖着把军刺就杀上了盛林公司。进了一楼大厅他就被盛仁发的侄子盛牛子给挡住了，什么都不用说，大家也明白咋回事。既然明白了就只有动手了。秃子动手了，他放倒了牛子和另外一个马仔，然后就被十几个人打倒在地。幸亏警察来得及时，否则秃子纵然不死也会被打残。牛子和马仔两个被打成了重伤，法院判了秃子7年。秃子在看守所里就托人带话给盛仁发，有朝一日他出来，和盛仁发还有一场你死我活的斗争。这期间有不少人出面调停，问秃子要多少钱，秃子说，我只要盛仁发的命。

要盛仁发的命是吴秃子的最终目的。

秃子脚迈进了清沧。他必须立刻付诸行动。假如让盛仁发知道了他越狱的消息,这个老狐狸必然会躲藏起来。再说秃子清楚现在警察办案的力度,对越狱犯是不惜一切代价要缉拿归案的。

首先他去找一个人,一个隐藏很深的朋友——吴二。吴二和自己是同乡,在老家时感情一般,没有多少联系。几年前,吴二夫妇来到清沧打工,被个黑包工头坑了两年的工钱。吴二人老实,没见过世面,年底去要工钱时,被包工头从办公室给轰了出来。两口子走投无路坐在马路边上抱头痛哭。那天碰巧秃子带着几个喽啰去给盛仁发办事,见到在路边干号的两口子,秃子一时起了恻隐之心。再细问发现二人和自己是同乡,便带着几个人直接奔了包工头家里,一通乱砸,把那包工头打得头破血流。后来有上头的人出面说和,不仅吴二两口子的工钱一分不少地给了,还给了一定的利息。吴二对秃子是感恩戴德,俩口子给吴秃子磕头,把吴秃子当作救世主一样顶礼膜拜。

从那以后,吴二夫妇把秃子当亲人,当棵大树依靠着,时不时约秃子到家里吃饭喝点酒。秃子很少提起这个关系,怕给这俩老实人惹出是非。英子死后,秃子去找盛仁发报仇,把存折都交给了吴二,说:"大哥,这钱你拿着,乐意花你就花。但有一样我得求你,我一进去,年头少不了,我就一个儿子,你给我当你亲儿子养着。"吴二一个劲地点头。

"兄弟你放心,你的大恩大德我和你嫂子心里都明镜似的,孩子在我这里受不了委屈。"

"大哥,有这句话我就放心了,我先谢了。"秃子边回答边向腰里掖军刺。秃子心里明白,这年头只有最底层的农民才是最可信的人,只有这样朴实厚道的人,才会真的对你感恩,才会真心对你。

秃子在夜间10点的时候到了吴二家门口,两口子已经休息了。秃子轻轻地拍打了几下木门,里面灯开了,传出吴二的声音:"谁呀?"

秃子看了看左右无人,压低声回答:"是我,大哥。"

里屋有人走出来打开大门，吴二露出半边脸，看到秃子顿时就吓得脸都扭曲了。

"兄弟，你是怎么出来的？"

"大哥，甭问，我在你这里忍一宿。"

秃子进去后，吴二赶紧插好大门，进屋轻声喊："家里的，秃子兄弟来了，你起来做点饭。"

媳妇听后赶紧起来了，点燃煤气炉给秃子做饭。秃子心里一阵温暖，自己真的没看走眼，这辈子真的也就交了这对夫妻这样真心的朋友。

秃子吃完一碗热面条，身体有了点精神头。

吴二两口子看着他像端详外星人。

秃子问："嫂子，我儿子呢？"

吴二两口子表情有点迟疑。

秃子一看，说："咋啦？我儿子没在你这？"

吴二说话有点哆嗦："兄弟，你不知道，你进了局子后，俺和你嫂子就去了你家，就想把孩子接回来，可是先有人把他接走了。"

秃子脑袋"嗡"的一声大了，心说不好，脸上的刀疤在灯下闪着清光。

吴二的两口子腿都打哆嗦。

吴二战战兢兢地说："兄弟，你别急。听我说，我们后来和邻居打听，是被一个叫刘伟的警察接走了。"

秃子悬着的心才放下。

对于那个警察，秃子心存感激。媳妇的丧事是这个警察帮着操办的，当然自己进监狱也是这个警察送去的。他忘不了这个警察语重心长地说："秃子，好好改造，别的不要考虑。"

可惜自己今天就辜负了他。秃子在狱中想了好久，最后还是选择了破釜沉舟的方式。"妈的，老子要是在这里再待几年，盛仁发老王八蛋八成不是死了就是出国跑路了，我不手刃仇人誓不罢休。"

"我是辜负你了。"秃子心里对那个警察说。

"是他接走了？"

"是他接走了,俺和你嫂子还去了趟学校。去看了孩子,孩子看样子很好。俺和你嫂子想给孩子放下点钱,孩子不收,又怕让别人注意上,钱还在折上放着呢,12万一分不少。"

秃子说:"大哥,我不是惦记钱,我就这么个儿子,我这次回来就没想着能回去了,儿子请你当亲生的对待,我信你们。等孩子大了,让他别学我,好好上学走正道。他在刘伟那里我就更放心了,今晚我在这里住一晚,明天我就走。"

天色刚蒙蒙亮,秃子就起来了,到了吴二家的院子南墙根,拿过一把铁锨就刨。吴二两口子很诧异,瞅着他:"兄弟,你这是干啥?"

吴秃子不吱声,又继续挖了几锨,露出个油布包。吴秃子轻轻地抱上来,把上面土扑拉掉,对吴二两口子说:"这是我以前埋这里的,在你家有保障。"

他夹好东西就出门,对吴二的老婆说:"大嫂,你现在去打电话报警,就说秃子回来了,昨晚在你这里住的。"

吴二的媳妇说:"兄弟,俺两口子哪能那么办事呢?"

"你快去打!"

吴二的媳妇也懂是怎么回事,犹豫了会儿,就去外面公用电话亭打电话。

秃子刚走几步,吴二追上来:"兄弟,兄弟,我们家还有你存的东西不?"

吴秃子笑了:"大哥,你放心就这一件,我毁谁也不能毁你两口子。"然后大步向县城的方向走去。

秃子身着碧泉纯净水公司的蓝色工服,肩上扛着一桶纯净水,直接进了盛林公司董事长的办公室,那个拿橡胶棒的保安连问都没问一句。

盛仁发正接着电话,见是送水的进来,便兀自闲聊。当那桶纯净水没有放到饮水机上而是蹾到他的老板桌上时,他才看清来人正解开上衣,露出围在身上那一排灰色的雷管。他头皮一麻,裤裆一热,尿了。

二

盛林街戒严了。

盛林公司老总盛仁发被吴秃子挟持在公司办公室里，荷枪实弹的警察已经拉好警戒带，围观群众黑压压一片，气氛相当紧张。临时成立的指挥部内，马局一根接一根抽着烟，班子人员看着他谁也不说话。一根烟刚抽完，他扔掉短短的烟蒂，说："把刘伟叫来。"

清沧公路上一辆普桑警车飞奔，团河乡派出所刚上任不久的所长刘伟，风尘仆仆地向案发现场赶来。刘伟不说一句多余的话，他了解秃子的性格。这几年的短兵相接的较量，令他懂得了吴秃子的秉性脾气，但他没想到这小子会选择越狱。接到刑警队张教导员的电话时，教导员请他猜测一下吴秃子会在哪里落脚，他第一就想到了吴二家。他和吴二没打过交道，但一次偶然的机会让他知道了吴二，他看到了吴秃子为吴二夫妇去要工钱。也就是通过那件事，刘伟知道秃子还没有完全堕落，起码还够个人。他和张教导员在去吴二家的路上时，就接到了指挥中心指令，说吴秃子已经从吴二家出来了。刘伟仔细问了问吴二："秃子从院子里取走的是什么？"吴二的脑袋摇得像拨浪鼓似的。这种老实人都有个倔脾气，他不肯说你也没办法，而且看样子吴二也真的不清楚。

刘伟明白秃子必然去找盛仁发了，当张教导员的电话打进盛仁发的公司时，盛林集团的大楼内已经乱了套。刘伟无奈地笑了笑，还是晚了一步，自己又该出马了。他暗叹一声，努力了半天，终于还是没有说服这个小子，心中暗暗骂了句："秃子，你真混蛋。"

"吴秃子身上绑着雷管，考虑到你和他是老对手了，只有你更有机会把秃子拿下来。"戴局把情况和刘伟说完，刘伟没吱声，一边寻思着一边就向外走。戴局长边走边对他讲："注意自身安全，你师弟长江会在对面楼顶为你掩护。"刘伟说知道了，几步就走到街上，仰起头看对面三楼楼顶上，狙击手赵长江已校定好射击位置。看到刘伟，赵长江伸出右手大拇指，向他自信地扬了扬，刘伟对他默契地点了下头，并下意识地摸了摸腰间的六四手枪，转身进了盛林公司。

公司董事长办公室内，身上缠满雷管的秃子左手里攥着一根导火索，右手小臂紧紧勒住已被吓得脸色发紫的盛林公司董事长盛仁发。

现在的盛仁发非常恨自己裤裆里的玩意，一时兴起才惹上了秃子这个亡命徒。按说秃子是他的手下，对他忠心耿耿，他是不能对英子有想法的。可他每次见到英子，那玩意就蠢蠢欲动，无法控制，心绪难平。盛仁发不缺女人，他有两个情人，在公司里想和他上床的女人有的是。可英子的清纯和古典美，终于让盛仁发做出了一辈子都后悔的事情。他还想像之前搞定别的女人那样，扔下点钱，许点空诺，或者在提裤子时恐吓一通就摆平了。没想到英子把钱扔回到他脸上，转身从楼上像只蝴蝶般地飞了下去。

他可以找几个替死鬼，扯上百个理由摆脱公安部门的追究，却不能躲过秃子的追杀。他只有一不做二不休，先把秃子干掉。他等待着秃子杀上来，而且已经做好了牺牲几个手下的准备。"不就是钱！钱！钱吗？老子给钱就有人给我卖命。放心，有钱给我顶着。"

秃子的脚登上公司的大门口时，盛仁发的钱已经发到每个打手手里。可惜秃子的刀子快，先把牛子和那个马仔干倒了，但造成的两个重伤也足以让秃子在监狱消消火了。他盛仁发聪明，心想的是，你秃子杀了人才好，别人杀了你就更完美。我花钱留着自己的命好好享受，掏出几十万不算啥，花钱保命花钱买平安。钱是万能的，盛仁发坚定不移地相信这个铁道理。

当刘伟一步跨进门时，盛仁发哭丧的脸终于活泛了。早有心理准备的吴秃子也顿时变得结巴了。"伟、伟哥，你怎么来、来了？"

"我为什么来，为了救你这混蛋。"刘伟终于骂了出来。刘伟救过秃子不止一次，秃子好多案子都是刘伟搞的。

"伟哥，姓盛的这小子把我老婆糟蹋了，害了我老婆一条命，还害我坐了大牢，我他妈的要让他一命抵一命。"秃子毫不退缩，手臂更紧了。

"混蛋！把人放了，有事和我说。"

"伟哥你别逼我，你在刑警队抓了我三次我都服你。今儿个不行了，我老婆没了，家也没了，我早就不想活了。"秃子嘴角抽搐着，咬牙说道。秃子没打算再活着，他要与盛仁发同归于尽。可当他将盛仁发踩在脚下时，他的脑子在思考一个问题，他好像在等待一个人，他迟迟地没有拉响身上的炸药。那个人真的如秃子所想，来了。他就是眼前的这个警察——刘伟。

"你孩子还在，你为你儿子想想。"刘伟手指着秃子，向前走近一步。刘伟展开攻心战，儿子是秃子的唯一牵挂，也是他的软肋。

"你别过来。"秃子手里的导火索，开始向嘴边伸："伟哥，我不想害你，但你要是再过来我就拉了。"

刘伟"啪"地用手一拍桌子："秃子，你这样对得起谁，你还自称最义气，你对得起别人，对得住我吗？"刘伟把半袖警服脱了，光着上半身，指着右肩上的刀疤。"你看看，这是两年前团伙火拼我为你挡的刘二那一刀，你说报答我，你怎么报答，让我和你和他一起死是吗？"秃子的手在发颤，脑子里的记忆反复回现着。他秃子是混蛋是亡命徒，但他知道他欠刘伟的恩，欠刘伟的情。当年刘伟卧底到潮州帮里，自己带着小弟们去和潮州帮理论，双方越说越扯不到一马勺里去，就都翻了脸动了家伙。潮州帮的刘二在他身后下了死手。要不是当时的卧底刘伟用肩膀把他扛到一旁，自己的脑袋早开瓢了。他杀了盛仁发可能一时痛快，但要是恩将仇报，他秃子做鬼也不得安生。

秃子的脑子变得很乱，导火索的位置下移："伟哥，我知道连我老婆出殡发丧也是你帮忙张罗的，你对我的好，我还不了了，下辈子秃子给你做牛做马，补偿你。"

"把人放了，就是对我最好的补偿了，现在放了他还来得及。"刘伟开始缓缓向前移着步子。

"伟哥，你别过来，别过来。"秃子勒着人开始向后退。秃子对刘伟是知恩的，他不是忘恩负义之辈，在江湖里闯荡了多少年，他吴秃子的仗义之名是响当当的。他欠刘伟的恩情，可他更想要了盛仁发的狗命，孰轻孰重，秃子脑子开了锅似的翻滚。

刘伟盘算出吴秃子只要再向左侧移上五步，就到了窗户那儿，在这个角度只要露点头，特等射手赵长江就会将其一枪击毙，他脑子急速旋转着寻找战机。

秃子高声喊叫："伟哥，我不能坑你，但你再走一步，我就勒死他。"盛仁发的脸被勒得充血发紫，腿如筛糠，从嘴里憋出几个字："刘所长你听他的，听他的！"

刘伟鄙视地瞅了盛仁发一眼，用眼紧盯着吴秃子，从裤子口袋里，掏出一个小本子扔到了秃子眼前："这是吴兵的作业本，他在我家住着，现在跟着你嫂子，你看看他很想你。"

秃子手里发着抖，勒人的手松了下来，盛仁发身子开始向下滑落。秃子用拿导火索的手去拾作业本，那浅绿色封皮上写着：团河乡完小六年级三班吴兵。

刘伟目不转睛地看着秃子的动作，他能体会秃子现在的心，他懂秃子的感情。

"伟哥。"秃子哭了，手垂下来，精神摧垮了。盛仁发瘫倒在他脚下，大喘着粗气。他三角眼四处乱转，他没忘记一点，逃命！他的身子忽地向旁边就蹿。秃子的注意力还在作业本上，见状赶忙嗷叫着冲过去，头刚好到窗前。刘伟大喊一声："秃子，趴下！"身子一纵将秃子扑倒在地上，双手紧紧扣住他拿导火索的手腕。也就是这一刹那，"砰"，八一自动步枪的子弹击穿了窗玻璃，墙上那张惺惺作态的盛仁发大镜框相片的面门中央，被镶嵌上了一个深深的弹孔。

戒严解除了，双手被反铐着的秃子呆呆地坐在警车上，脚下儿子的作业本，被风翻开了第一页。儿子用铅笔清晰地写着八个字：好好学习，天天向上。

卢克的幸福

每个人都在追逐属于自己的幸福，我也是，我的朋友卢克也是。

我是在回家探亲的途中听到了卢克抑郁的消息，他这应该不叫作抑郁，开着本田接我的大侄子说，卢克其实就是神经病。这个消息让我颇感意外，谁不知道卢克是多么聪明、多么深沉、多有涵养的一个人。哦，错了，不能用普通大众的称谓来比喻卢克，应该说卢克教授是多么有身份的一位先生，他总是用他的语言和理论说教别人。他的那些鲜为人理解的观点以及道理，让所有被说教过的人折服，当然有更多人在不解中向他表示厌恶甚至吐口水。

卢克对我还是礼貌的，这或许是因为我们整个小城在当年只有我俩考入了京城的名牌大学。在国家的心脏接受高等教育的人才是真正有才华有知识的人，这句话是卢克说的，而不是平凡的我。可以说，卢克从上学到后来成为我市某院校的教授，从感觉上都是胜我一筹的。所以当听到大侄子摇头晃脑地说卢克患上了精神类疾病的消息，我确实有惊诧之感。

我见到卢克，是在我大侄子公司的办公室，这里不描述我大侄子的公司规模或是什么了，我急于要让大家清楚的是，卢克教授是怎么得了这么个病的。

卢克还是那样，还是那样依旧西装革履，风度翩翩。他依旧会在和我说话前用手将头发向后抹抹，然后对我笑笑，喝了口放在面前茶几上的普洱茶。卢克说："所有人都说我得了精神分裂症，邱，你信吗?"

我说:"卢克,你还是说说你怎么了。"

卢克端起那杯普洱,一口气喝进肚子。那么烫的茶水,他就这么一下倒进了嘴里。只有神经病才会这么做,这下我信了。

接下来就是卢克给我讲的事情,为了让大家看得更直接更明白,我就以卢克的口吻来讲这件事,好的,现在开始。

一

我从13楼透过玻璃窗俯瞰着楼下地平面,操场西侧那个穿蓝工作衬衫的吴伯正用矮松大小的扫帚清扫着地面凋谢的落叶。我记不清楚这已经是他今天的第几次打扫了。从早上7点,我起来打开小窗通风的时候,他已经把南北双向甬路打扫干净。他低着头挥摆着扫帚,脑袋配合着手臂上下运动着,我在楼上只能看到他的后脑,如同瘦瘪的枣核。

我看到书记和老郑从路的南面走过来,他们背着双手悠闲自得,嘴唇上泛着青红的油光,这说明昨晚饭局上的佳肴美味档次相当高。他们两个人脸上洋溢出功成名就般的幸福感,连他们交谈的内容都充满了53度的醇香。书记说贵酒的口感比川酒的要浓些,显然昨晚他们喝的是酱香型的贵酒。老郑显然不同意这个观点,他否定了书记的论断,他说川酒挂唇,入唇干裂而不刺激,味道绵甜而不过分。两个人你一言我一语地辩论,此时老郑的右脚恰巧踩在了吴伯的扫帚枝丫上,发出细微的脆响。吴伯俯着身体,他不想抖动扫帚打断他们两个人的谈话。他从两个人身上嗅到家乡麦香。吴伯大脑迅速升温,他想起了老家,想起老家,就一并想起来埋在老家的老伴。老伴被埋的那天他正在集镇上买猪仔,这才躲过塌天之祸。老伴呀老伴!吴伯胸口骤然产生撕心裂肺般的痛,先是后背发紧,然后遍及全身,最后疼感直达心口窝。他想喊老郑停下,让他帮自己从怀里掏出速效丸,可是疼痛已经让他不能发声。书记和老郑自然没注意到他的存在。吴伯在他俩身后一米半处扬了扬手。我在13楼上非常清楚地看出他扬的是左手，他的右手捂在自己的心口上。扫帚"扑嗒"从手中掉到地上，吴伯佝偻着身子蹲在地上，我转身就想跑下楼，可发现我还没有穿裤子。

　　从西侧门的门卫室里，跑过来一个浅灰色制服的青年，他棱角分明，眼眉浓郁，操一口西北口音，因为跑得过于着急，头上的大檐帽歪歪的，像某情景剧小丑。他刚读完家里的来信，那封信是没上过初中的婆姨寄来的，字迹非常的潦草。

　　信的内容大致是，孩子上小学了，家里的地荒了，爹给建筑队打小工从脚手架上摔下来胳膊断了，娘的咳喘病又严重了，这些都是内容，其实归根结底具体的关键词就是两个字——汇钱。形势这么急迫，我们先不来说他的信。

　　青年保安跑到吴伯近前，喊"吴伯、吴伯"。吴伯指着口袋。青年麻利地解开吴伯的上衣，从上衣内口袋掏出一个透着中药香的小瓷葫芦，从里面倒出几粒黄澄澄的药丸，放到吴伯口中。青年就这样在后面挟住吴伯的身子，坐了大概有20分钟，这时过来一辆电瓶巡逻车，几个人下车帮着保安将吴伯弄上车拉走。扫把斜横在甬路中央，风把刚刚堆好的树叶又吹得到处都是，那是些枯黄的失去了生命的叶子。

　　这真是个疼痛的早晨。

　　我咳嗽了两声，口中含了口清痰。我把痰随口吐在被黄绒窗帘遮挡住的角落里，我想那个地方服务生应该不会检查到。我已经穿好蓝博高级衬衫，提好罗欧西裤。那个还没弄清姓名的女孩为我买的卡罗拉领带，质地精美，它使我风度翩翩、玉树临风。我在镜子里皱眉严肃、嬉皮笑脸。

　　我打开门，安珠在我的隔壁，她来自某个美丽的海滨城市。我摁了摁她的门铃，安珠在猫眼里观察了一下，将门打开。安珠脸上罩着层北京烤鸭面饼似的面膜，露出两只黑眼圈，这让我想起了非洲某部落狩猎后狂欢的原始人。

　　安珠每天做这个功课至少花费20分钟。她揭开面膜，小手拍打着圆圆的面颊。拍打的节奏还蛮有韵律，轻而密集。

安珠觉得不搭理我显然有失礼数，她停下手问我："凌晨两点你在干什么？"

我想了想回答她："那个时间或许我在某个梦里与你结伴游荡，或者在卫生间里放掉'过滤的水分'。"

安珠说："晚上我听到有人喊我。"

我说："一定是我，是我，那个时间我到卫生间排掉身上'过滤的水分'后，我想做些什么，比如叫你过来聊聊中国的五千年文明，聊聊西方两次伟大革命怎样打败东方儒家道德。你知道我们这些高级的尖端的社会精英化的学员都要不分昼夜、不分性别和界限随时随地地交流对撞冲击。"

安珠笑了笑，又及时刹住，怕影响面部吸收营养。她本应该打开房门让我进去等待，可是我的眼角余光看见了房间里面，被褥凌乱，乳罩、蕾丝内裤、丝袜、粉色高跟鞋被扔在床上、靠背椅上、地上，横倒竖歪。

这个景象能够让人产生很多种幻想，我……这时隔壁重伟趿拉着拖鞋走出来，他揉了揉眼睛，问我几点了。安珠从门口探出身子，然后"啊"的一声退回屋里，咣当一声把门关死。

重伟不明所以，他惺忪着睡眼问："怎么啦？"

我也非常不好意思，我看到他肥大松散的内裤褪到膝部，男人最重要的东西在睡衣的下摆中没品位地冒出个鸟头。

二

我们这个班叫作尖端型人才攫升班，我们本身素养层次也优于常人，既然是尖端型人才，重视程度也相应地到位。重视的形式没必要在这里赘述，我只告诉大家，在学习期间我们都喝一种叫Modlgdy的咖啡。这是由某友好国家提供的最高档饮品，但我们只能读出它的发音却不清楚意思，一般人喝不到它，就算你有好多的钱也不能。能喝到这种咖啡的人是这个社会最有层次的人。

  我是在西门的长椅上发现青年保安那封家书的，其实我要去西门外的国际银行办点业务，可是下楼时间稍早了点。我便找个地方晒太阳，让自己更舒服一些。

  这样我坐在了西门的长椅上，青年保安的那封家信就在长椅上的黑色提包上平放着。我百无聊赖，随手把信笺抽出来。这样做是不道德的，我明白，可这个社会上比私看他人信件更不道德的事情还少吗？

  信中的内容我刚开始已经告诉大家了，内容就是：钱。青年保安来自贫瘠的高原，他儿子三岁，长着两颗天真洁白的虎牙。他的爱人是他姐夫的妹妹，他的孩子管他姐姐喊舅妈或者姑姑。我费了好大劲才理顺了他和他姐夫、他爱人的关系，我想这个颇具有地方婚姻特色。青年在高中时期曾复读了两年，第一年想考取我们现在进修的高等知识院校，可惜差了15分。他爹咬了咬牙卖了一口寿木，这样才能够交第二年的复读费。他又复读了一年，这次他差了更多。娘说这次卖她的吧！他拒绝了。青年的姐姐结婚了，青年也结婚了，在贫瘠的黄土上继续生活了几年后，青年怀揣着纯真的梦想在这个校园做保安，大学梦终于以这种方式得以实现。可是在某天夜间，他忽然抱着西门旁的银杏树号啕大哭。正用扫帚打扫落叶的吴伯问他怎么了。想家乡？想家人？青年回答的时候一定难过无比，所以他的讲述时断时续。中午在校餐厅打饭的时候，他听到与他年龄相仿的两名学生的对话。这两名研究生方言味依旧，青年听得出来，他们两个人的老家一个在他家乡的河对岸，一个在家乡河下游，他们三个人都曾在这个河里不同的地点凫水拉网摸鱼打水仗。其中"对岸"考进这个学校的分数，比自己当年成绩少30分。他的惊诧还不止于此，因为随后家乡下游的人说出的考试分数竟然比对岸更差了许多。青年怎么也想不通，更无法接受这个事实，原来上天不是公平对待每个人的。女娲造人的时候，玉手捏出的泥人都成了王子富豪，用柳枝蘸泥浆后抖落出来的人，皆是凡夫下品。保安一下子明白出许多道理。他无法说服自己纠结的心，只是用手摩挲着银杏树斑驳的表皮。他想对这棵历经百年沧桑的老树倾诉。这棵沉默的老树，在北风中陪着青年轻声呜咽。青年蠢蠢地幻想，如果他的爹娘再向河水的下游走30里，把房子建在那里的土疙瘩上，把庄稼栽种在河床上，甚至他一个人脱下衣服光着身子赤裸裸游到对岸，他的人生轨迹就会改观。

吴伯摸了摸后脑，他对青年保安的悲伤非常迷惑，他用粉笔在小黑板上写下了青年保安故事中的三个数：511，540，585。我的好朋友水涛恰好刚从门外走进来，说："我是550房间的，是领东西吗？"

吴伯正在那里思虑着。听到水涛说话，吴伯说："别让树叶飞进你的窗户去。"

水涛点了下头，转身走了几步，才想："我50层，什么树的树叶能飞到我窗户里去？"到房间里特意看了看，更生气，他这个房间压根就没窗户。

吴伯在风中眯了眯眼睛。风吹过去，吴伯守着神伤的青年，他摇了摇头，万般无奈。青年抹了把眼泪，戴上蓝色的手套，默默地伫立在了西门岗亭旁。

我思忖不出，人和人之间是什么样的数字化关系，这样就使我在排比上费了好大的心思，我想我的路线图上为何没有这样的螺旋式成长，我将自己少年到中年的经历用倒叙手法重置了一次，忽然发现我原来是简单而幸运的。

我在银行汇了三笔不大不小的钱款，分别汇付给东、西、北三个陌生的亲昵的不同名字的人，而且都是女人。她们都在我的微信中说她们的生活濒临绝境，难以维持斑斓的白天和漆黑的夜。其中一个已经买不起大悦城里面最昂贵的那支梦娜莎唇膏。当她们收到这笔费用的时候，她们自然会从某示范住宅小区或者某个闲职单位像鬼魅般闪出，在任何可以让她们心情灿烂的地方将我这份多余的支付迅速挥霍掉。

我想起了青年的家中来信，他的家乡所在的方向正好是除了我汇款的方向之外的那个。我想了想，按照信中的汇款地址，为青年的家中汇去了五支梦娜莎唇膏的钱。

我不知怎么回事就到了西门，青年正在北侧的门卫房，正在为吴伯用热毛巾擦拭着身子。我想是我应该做点什么，进屋搭个手或者打点热水，还是在外面等着不去打扰才更好？

那个小黑板的最上方，三组数字的上方，不知道什么时候吴伯又添了几个字：走进新世界。

忽地平地起了阵风，我眯起眼睛，面前金灿灿的，一片银杏叶子像只蝴蝶上下飞舞着，想从碎了一角的玻璃窗飞进来，它努力了好几次，都被莫名其妙的风吹得闪来闪去。真有意思，我一把把门拉开，那片树叶旋转着飞进小屋。

那片叶子飘落在吴伯干瘪的胸口上，像是只听诊器在倾听吴伯的心脏跳动。青年的脸色通红，额头渗出了细汗。我目不转睛地盯着那片叶子。老人喉咙里咕咕咕地发出气流滚动的响声。大概又过了那么一两分钟，他睁开了眼睛，注视着我，眼神里透露出说话的欲望，我凑过去，他说："新世界的门打开了。"

新世界的门打开了？青年听到老人的话语，脸上泛出光彩。他用手将我轻轻推到一旁，老人胸口的叶子飞到了老人的双手中。吴伯颤抖着将叶子举到面前，叶子与外面的阳光交织在一起，放射出金色的光芒。这时小屋内响起叮咚悦耳的风铃声，无比的美妙，无法用文字来比喻表达。

我们被这景象和音乐迷醉，忘记了这个阳光下寒冷的下午，是多么的僵硬惆怅。

我走出屋子的时候，老人安详地睡了过去，手里紧紧地攥着那片银杏叶，紧紧地，像抓住那柄扫路的矮松样的大扫把。我和青年不想打扰他，他睡得非常安详，他一定在梦里见到了他说的新世界。

三

天空是诗性般的蓝，初冬的季节里风都变得冷静了些，一团云从西北方飘过来，在左边那棵银杏树的上空伫立了片刻，转眼飘散成了茫茫的雾气。

青年与我一路到了我的寝室，交谈着，我们言语的内容都处于独立的无法交集的状态中。我想撵他走掉，给他点离开的暗示，我想在我的寝室里独自坐享宁静，可青年显然没有看出来我的意思。我只有耐心听他叙述完他们家乡的那条无名河。我截住他的话，说窗外的叶子又落了一片。

青年贴近窗外，他说："是呢。"

我有些释然，我想他终于可以有理由走了，他应该去为吴伯打扫打扫院子，把落叶纸屑垃圾袋装在更大的袋子中，或者去换他同事的岗，站在门口系上武装带，腰别着橡胶棍，看见谁进来都敬个礼，他应该这样的。

果不其然，青年把手插到了裤子口袋，他说："我该走了。"

青年走了几步，快要走出我房间的时候对我说："我会还您钱的。"

我愣了一下，很快明白青年是看到了我茶几上的汇钱回执单，我说"没有"，又摇了摇头说"钱不多"。

青年走了十分钟后，我想给安珠房间打个电话。想她这时候是正在敷面膜，还是将蜂蜜或者橄榄油涂在脸上、身上做保养？我想了想，还是等机会吧！

星期日聚餐的时候，我见到安珠坐在角落里一言不发，眼圈发黑，显然夜里没有睡好。她用眼瞥了下我，问我："昨晚干什么去了？"

昨晚我干什么去了？我想了想，没有想起来我昨晚的活动内容，就没有回答她。

"我又听到有人喊我了。"

"是什么样的声音喊你？"我有必要重复一下她的问题。

"细细的，粗犷的，像风，像电波。"安珠黯然说。

当时我们周围有好几个人，或者放下手里正在把玩的手机，或者把筷子放到餐盘上，场景有些压抑，没人说一句话，没人来打破这寂静。

"噗"的一声从李桃的身下传出来，将这寂静轰然粉碎。人们趁机呼啦地散开了，正吃着饭的生生将饭喷了出去，大家捂着鼻子挥扇着手四散奔逃。

我看到李桃脸色苍白。她比画着手想和我解释。我已经退到了餐厅门口，她追上我，委屈地说："中午土豆吃多了。"

李桃是北方人，大高个子。许多北方女人丰乳肥臀却身材匀称，而她，肥得过大了些，比例失调了些。男人们不能容忍，女人们口诛笔伐。

李桃为人实在，她总和我同坐在最后一排桌上听课。我坐在最后一排是因为我不想去前排。她非常想去前排，但却只能坐在后排，主要原因是我们和教授们都不喜欢她。

她的优点就是可以为同学们背相机、拿书包或者抄写论文，甚至在别人的暗算中次次中枪却麻木地活着。

她总是非常焦躁和没有底气，害怕人们孤立或者算计她。水涛总是会在李桃焦虑纠结的节骨眼上喊她去吃饭或是去做什么事儿，李桃总是会乐不可支。在吃饭的时候，李桃总是跑在别人前面去买单，为大家买饮品，花了钱还满脸欢喜，仿佛这样才能表达她对大家的亲近可信。其实这正中水涛几个人的下怀。我告诫过她，可她根本听不出好坏话，依旧心花怒放。

四

安珠午休时候跑到我房间，问我心里是否重视她，我说重若千钧。

安珠说，重伟也是这么回答的。她先找到魁梧高大的重伟谈了，为了她的平安，重伟愿意牺牲自己的睡眠来佑护她。

我诡笑了一下："就没什么条件？"

安珠亲了下我的脸："有了效果，你要什么我就给什么。"

我和重伟执意做护花男神。那晚我俩在楼梯间吸烟的时候，重伟说："力哥，商量个事儿。"我说："什么事儿？"重伟五大三粗，但脑子绝对好使,办事都是有条件的。我以为他会说让我把安珠让出来,成全他的美事。我早就想好了恰到好处的回答。

重伟说:"你那片树叶给我吧,我以后不再追安珠了。"

"树叶?"

"对,就是看门老吴给的那片树叶,大家都说在你手里。"

我忽然觉得这片银杏叶真的可能是件宝贝了。不过凭什么我要给别人?我心里盘算了一下说:"我在吴伯那里确实看到过那片树叶,可真没在我手里,安珠不是你的,也不是我的,谁弄上就是谁的。"

"操!走着瞧……"重伟把烟头重重地扔到了地上。

我和重伟相当不融洽地守了两个晚上,没有发生什么怪异的事情,更没有听到什么灵异声音。我有天早起刷牙,在关掉水龙头的时候恍然大悟,之前的怪声一定是停水后水管中气体活动的声音。后来我在卫生间多次试验,确实如此。

再后来的若干天里,安珠和所有人再也没有发现什么异常现象。只是老郑在他的鞋柜里发现多了一条精品红云烟,他抽了,感觉还不错。抽完后书记找他要烟,说临开学前本来屋子是给他的,后来一调房间,烟是落下了丢他那里的,后来老郑只好给书记回敬了两条,这是后话了。

我多次去安珠屋里闲坐,东拉西扯,甚至有天午夜零点我发短信详述了身体及内心的渴望,最后等到了安珠的回信:每夜徜徉在安逸的梦乡,你并非是我的理想……

书记有天打我电话,说关于为我上报先进的事情他已经给落实到位,还说晚上一起小酌几杯,谁不去谁是那个。

晚上在寿州大酒店小包间,书记东拉西扯的,最后自己灌了自己两杯。酒一多话就多了,这个那个的拿酒遮自己脸,自然扯到了那片叶子上。他说他已经凑到了两片,还剩最后一片最关键,如果我能够仗义地把叶子给他,他保准利用关系把我从市里调到省里,级别提两个格。我早料到他这场鸿门宴的内容了。我往嘴里倒了两杯酒,说:"书记,哥,亲哥,你肯定是听某个人说的。我哪里有这个?我有还不给你吗?我要这一片叶子有什么用?"

书记一听脸上就不痛快，就开始上脾气，换成一两一个的大杯跟我碰。我能怵他吗！我俩就较量上了，最后都喝倒了。书记第二天见了我就不搭理我，后来先进也没落到我头上。

这样平安地过了几天，我接到了青年保安打来的电话，告诉我说吴伯身体已经无恙，又可以拿着扫帚清洁路面了。青年说吴伯给你的树叶，一定要珍藏好。青年最后小声地说："能拥有三片同样的银杏叶，就能获得无法估量的幸福，甚至能够达到幸福极乐。"

青年话语中充满诱惑和诡秘，与他平时的风格截然相反，我有些不以为然。不过想了想后我忽然疑惑：吴伯什么时候给我叶子了？

我在电话里"喂！"青年说："怎么？"

"吴伯什么时候把叶子给我了？"

青年在电话里笑了下："那片叶子现在就在你西装的内兜里。"我向怀里一摸，真的，一片银杏叶，对，就是吴伯手里的那片银杏叶，在口袋里活得异常安详。

我不可能把这片叶子拿出去给重伟，给书记，大家都梦寐以求的东西谁能够舍得赠予和抛弃？傻子都不那么干。我现在小心地捏着这片叶子，贴近窗户向外望过去，院子里那两棵光秃秃的银杏树隔着甬路相望着，如一对伴侣。

时间还早，天空是青灰色的，鸽群仍在远处的天空中打着呼哨飞来飞去。我下楼，走到两棵银杏树中间，仰头瞅了瞅什么景致都没有的天色，低下头来，只见地上散落着几片树叶，有些睡在木槿上，有些靠在花丛的乱根部。我蹲了下去，发现满目疮痍，没有一片叶子是完整的。一小群蚂蚁从叶子下面急匆匆地走过，像要参加某场重要的集会。

空气沁心凉，夜色渐渐深浓了起来，那片树叶在我的裤兜里，像个褴褓中熟睡的婴儿。我走进更深的夜色里。在学校操场北面的公园内，我有些疲惫，想去前面那长椅上休憩一会儿，但向前走了十几米的时候，却听到了一种非常奇怪的声音。

顺着南侧楼房窗户内透出的光亮，我看到个梳着马尾辫的女孩跨坐在男孩的双腿上，上下用力颠簸像划着船桨。潮水终于涌上海滩，两个人胶粘在一块喘息了好久，浪潮渐渐退却而去。稍后两个人开始起身整理衣服。我看到他们的样子十分青涩，可他们处理方式已经非常老道。男生吐了口气捋了捋头发，说家里邻城的两处旧宅被政府拆迁了，得了好多钱，父亲给他汇过来许多生活费，下次他们不用在这里凉风冷气的地方施展了，可以去贵些的酒店开房，他又问女生现在想吃点什么，女生随便说了些东西。两个人并肩前走，距离非常适宜。两个人的手没有自然地牵在一起，随后渐行渐远。

　　楼窗的光线照在男生坐着的酱红色长椅上，几张铺在上面的报纸，已经因男生臀部的捻挤显得皱褶不堪，那报纸内容更看不出个头绪，可我惊奇地发现，在灯光下粼粼闪烁着金灿灿的光芒，啊，是片银杏叶子呀！它静静地睡在那里多久了？刚才激烈的一幕，竟然没有打扰到它。我左手掏出了口袋中的标本，右手捏起那只叶子。两片一样的叶子就在我的眼前，夜空中传来轰隆隆的雷声。

　　我把叶子平铺在书桌上。任你用肉眼实在难以辨清它们的区别，它们的形状经脉纹路没有任何差别，这真是让科学家都难以解释的现象。我想给青年打电话，或者把吴伯请到我这里，聊聊这世上最神奇的事。

　　我拨出几次电话后，对方没有人应答。我只好将叶子夹在那本《历史百问》的厚书中，轻轻带好房门，去到楼下的保安室找他们。门岗的保安挎着橡胶棒，清洁工老人在后面小屋里端着搪瓷缸喝着枣茶，他们俩看到我，觉得陌生。

　　接下来又发生了许多事，我简略地概括一下：

　　学院的院长被某部门带走了，仍旧是老掉牙的问题——贪污，女人。我们交的学费被退回来十分之二，所有人拿到退款的当天，全部出动，各自以多种方式进行了狂欢。晚上书记和老郑破天荒地请大家吃海鲜自助，所有人都怀疑退的数应该不止十分之二，否则他们才不会这么大方。

　　重伟告假五天，说回家处理相关事宜。在第四天的下午，该人单位打电话来称，重伟告假的当天没有回家处理相关事宜，而是与一名女性在宾馆开房处理具体事宜，后被公安机关拘留三个月。

不知道谁在校门口签收了安珠的快递,内有美容护肤三件套,还有女性用品。安珠相当着急,因为她的那个日子还有三天就要到了,她的备用品不多了。

社会实践地点尚未确定,另等书记通知。

对了,最重要的是自从书记和我发生醉酒事件后,大家都变得陌生了,只要是没有课程安排的日子,都不在宿舍和教室里待着,或者讨论,或者喝酒,在任何田间地头、景区公园、原始森林地带。任何植被生长的地方,都有我们的人在那里搜索探求寻找。金黄色的银杏叶,金黄色的人生,每个人都想得到它,拥有它。

五

我也是如此。吴伯和青年保安我再也没有遇到过,没人知道他们去了哪里,我连他们的具体地址和联系方式都没有,我在那个公园、在那两棵银杏树下守株待兔,一无所获。

那天早晨我们坐在教室里自己想着自己的心事,重伟、水涛、书记他们一无所获,我看出他们纠结和焦躁的心。他们的面部表情与我一般无二。

我们正在沉默着,静得连每个人的呼吸声、心跳声都能听得到,似乎只差一根火柴就能点爆这教室。

这时门咣当一声被撞开了,李桃风似的跑进教室。她手里擎着一个洁白的塑料袋,然后救世主般的大声喊叫:"看,银杏叶。"

哇!大家的目光,心脏……都被吸引过去,所有人都兴奋得发疯。

李桃说:"我知道大家最近都忙着找这种树叶,这种树叶我家有的是,大家需要多少尽管拿。"

50个人,每个人都得到三片银杏叶,金黄色、孪生细胞的、经脉相同的、无法解释的、能让人幸福的、升华的银杏叶。

"李桃,真伟大。李桃,真爱死你了。李桃,先进是你的,奖品也是你的。李桃，你这个傻 X。"

我们都拥有了三片银杏叶，这样就让我们生活恢复到了和谐、团结无聊的状态。生活歇斯底里又寂寞难耐，我们随便找点什么来慰藉自己，去卡拉 OK，去 SPA 按摩踩背，或者去开房。

新年说来就来了，李桃那天上课时候接了个电话，然后哇哇地放声大哭，一点都不注意上边教授在讲课。书记站起来骂街，说："你妈的，出去哭去。"

李桃就跑到外面去哭了。下课时候，李桃不在房间里，留个纸条给我，告诉我们她家那边出了自然灾害，而且相当严重，家里人都遭难了，什么都没有了。我赶紧向班里做了汇报，建议为李桃搞个募捐，书记说让我找水涛搞这个事情，最近有个领导过来他要接待。水涛说："扯淡吧！书记不上心，我们操的哪门子心。"我只好贴了个小广告，要求班里每个人捐款，募款最好不要少于四位数，过了几天仅有三位同学响应，其他人都保持缄默。安珠信佛，对我说，在某个古老的禅寺内，她为李桃家祷告了十次，祈祷李桃家灾后大顺。

大概 20 多天后，李桃回来了，许多人都跑到她房间里嘘寒问暖，热情亲切的话语动听且感人。我心里真生气，想：这哪里是人呢？个个纯粹他妈的表演艺术家。

李桃说："那棵银杏树没有保住，一起被埋在山下了，以后会成为化石或者煤炭。"说这话的时候李桃的脸上没有一点表情，她的泪流干了。

大家一听有些惋惜。有人暗自窃喜，手里的银杏叶开始增值了。李桃说："我累了。"许多人都知趣地和她握手退出屋去。

我也正想走出去，李桃轻声叫住我，从挎包里掏出一沓钱来："这是你们汇过去的钱，还给大家。"

我为李桃难受，不想接这个钱。"拿着吧，李桃，大家的心意。"

"我以后不需要钱了。"

"哦，什么？"我忽然害怕，我说："桃子，你别想歪了，好日子还在后头呢。"

李桃勉强地笑了笑，说："哥，和我去新世界吧！"

"新世界？"李桃的话让我脑子里想起了好久不见的吴伯与青年保安。

"新世界，一起去新世界。"李桃伸出手来，我迟疑地握了握她冰冷的手。

那天仍旧是个星月无边的夜晚，李桃带着我穿过了坤玉河，绕过翠苑亭公园，在幽静的小巷弄里走了好久。出了巷口前面是一片开阔地，人逐渐多了起来。向东走，一直向东走了好长时间，我们下了一道长长的隧道，隧道金碧辉煌，我想回头瞅我的身后，可我竟然转不过头去，有种无形的力量控制着我的脖子和身体，唯有向前，向前吧！我前面是一望无际的行人，脚步匆匆而又有节奏。我们随后上了一列滑动的敞篷列车，那晚的男女生也正在上车的人群中，我的位置距离他们十米左右。他们牵着手正准备上车，可是车门上红灯一闪闪地发出提示。他们被阻挡在了车门外。他们两人又继续试了几次，终究无法逾越那道无形的门。他们手中的树叶只有五片，这让两个人在人群非常尴尬。我看到他俩争执了许久，后来女孩挣脱掉了男孩的手往回跑掉了。男孩脸色怅然，将自己的三片树叶攥得紧紧的。

列车开始发动，没有任何金属的摩擦声，车速快如子弹发射。而我们置身车内没有任何的气流冲击感，这绝不符合物理规律，但所有人都觉得非常正常，包括我在内。空气是静止的，光线是温暖的。列车上的所有人的身体在车灯的霓彩下变得透明，衣服如一层纱幔薄膜，人与人相互可以看到对方火红的心脏，心脏都是红的，筋络是红的，血管是红的，细胞是红的。

不一会儿，车厢左侧出现一座巍峨高大的戏剧院，剧院内正上演着一幕辉煌气派的颁奖礼。上台的老农披着透明的对襟棉袄，心脏健康轻松地跳动着，他怀抱着一束金黄的稻穗。那不是吴伯吗？是的，是那个清洁工吴伯。颁奖人表情肃穆恭敬，他们彬彬有礼地向吴伯鞠躬，并与他深情地拥抱。拥抱是这里最高的褒奖。给我第一片叶子的吴伯，他是多么伟大而崇高。我起身为吴伯鼓掌。我鼓掌，却发不出声音，只好欠了欠身子又坐回位子上。

离开这里，前面又出现了一所整齐的校舍。学校的墙板透明坚固,任何战争武器甚至不可抗力都无法摧垮它。一位领导模样的人和教室里的孩子们一起朗读,老师们在前面悠扬地清唱。门口有一湾碧绿色的池塘,有几只白天鹅在池塘里曲颈歌唱,这是多么美妙的画面呀!

列车行了一圈,来到了剧院的中央。李桃步履款款地走下了车。她的头发已经不再蓬松杂乱,黑发天然如瀑,身体玲珑剔透,光彩袭人。这时一曲动听悠扬的旋律响起来。李桃玉臂轻扬,脚下曼妙,她翩翩起舞,她婀娜,她优雅,她精致无比,她绰约非凡,你从侧面正面斜面任何角度都能观察到她凸凹极致、玲珑性感的美。

这是李桃吗?是那个粗放、笨拙、臃肿的桃子吗?我脑子里抽丝剥茧,想起我和桃子竟然没有发生点什么?我想……

我想到了我汇款的那几个女人,想起了那两个欲望中的男生女生,意识正在侵蚀我的精神和体肤,一种尖锐的痛从我脑了、从我卑劣的心底洞穿进来,它刺穿我的神经和血肉,带着腐蚀的毒性一股脑地俘虏了我的思想世界。而恰恰在此时,李桃的舞,美丽升华到极致,而我的卑劣恶念从我的头上飞出来,变成一只黑暗乌鸦,它重重地栽倒在大庭广众面前。

同时,我的身体、我的衣服发出万道蓝色光焰。我的身体被高举到上空又重重地抛到地下,使我浑身痛苦不堪。数以万计的目光都投射到我这个方向,我呆若木鸡。李桃停住舞步,市场交易停止,学生面含惊恐,士兵们严阵以待面向西方,无数只白色的鸽子张开羽翼惊慌失措地飞到空中。

李桃拖着美丽的天鹅裙跑到我身边,她焦急不安,我的行为让她惭愧无奈。

我的衣服逐渐恢复原状,我的内心、我的血液开始变得冰冷,吴伯走过来搀扶着我上了返回的列车,列车摇晃着在黑暗的隧道里艰难行驶。那个光明温暖的世界已经变得越来越远,我回了回头什么都没有看见。

我再醒来时发现自己已经在我的房间里,那个条纹窗帘后面仍旧有我留下的唾痰的痕迹,水涛在临窗的沙发上正和重伟几个人笑逐颜开,他们说我可能过不了几天了,到时是直接用板车送回老家,还是先放在某个医院的太平间。他们对板车的理解有些不统一,书记说他童年的板车是两个轱辘的,可以装很多稻谷,或是十三麻包大米。老郑说板车对我这个身材没必要用,用一辆大发面包车就可以,既节约又实际。书记拿出个名单然后读了读,大约班里人都在上面,因为可以利用送我回去的机会,全体动员做一次社会实践。

我勉强起了起身,我的眼睛看到水涛正向屋里的人打手势,大家马上噤声。我问他们:"我怎么了?"水涛换上一副脸说你已经睡了两天了,大家都非常担心你,医生说你始终保持着植物人垂死的状态。

我说你看到李桃了吗?

水涛站起身回身看了看屋里所有人,李桃,谁是李桃?

我说我们班上的李桃,说话瓮声瓮气、吃饭打嗝、走路摇晃的李桃,和我们一起的给我们银杏叶子的李桃呀?我刚说完,所有人脸色都变得复杂了,一些人面露慌张,一些人开始夺门而出,剩下安珠坐在椅子上哆嗦着身子,我歪着身子下了床问,"安珠你没事吧?"她"哇"地大叫一声,哭喊着跑了出去。

第二天所有人都知道了我起死回生的事情,这个比任何疫情都传播得迅捷。我每见到一个人,就问他们看没看到过李桃,那个带着浓厚北方口音的李桃,大家都对我摇着头,真的,他们伸出右手向我发誓班里从未出现过叫李桃的女人,从没有见到过腚肥腰圆的,放大屁乱请客的,无偿赠送大家金黄色银杏叶的李桃。

我怒吼我狂叫,不可能,李桃天天出现在这里,就在我左侧的座位上,她丰满高大,头发缭乱,她粗狂热忱,说话直白,爱吃土豆。

所有人都在笑,笑得前仰后合,模样下作。混账一点的对我进行辱骂,最后他们实在对我忍无可忍,纷纷抄起家伙开始攻击我。

我无法抵抗,可只要我还有一口气,我就要和他们理论争辩。他们摘下遮挡脸皮的面具,纷纷露出狰狞凶狠卑鄙的真实面孔,对我下手更歹毒了,甚至诅咒我早早死去。

我挣脱他们的攻击,跑到教室前排找到负责摄影的老范。我说:

"老范,你把最后一张我和李桃的合影给他们看。"老范打开他的相机,一张张地寻找着。当翻到最后一张的时候,我看到:2013年12月31号,在教室的某个角落里,我穿着肃穆的黑外衣,囫囵的脑袋上,嘴、鼻子、耳朵三官尽无,只剩下一双空洞的眼睛,呆滞望向前方,双手空空地做伸展状,像是拥抱那个再也无法到达的——美丽新世界。

六

卢克讲完了,显得疲惫不堪,蜷缩在公司的长沙发上。我问他:"你讲完了?"他像死过去了一样不理会我,我说:"卢克,你真该去好好疗养一下了,卢克,卢克……"

我走过去,想将他的腿抬到沙发上去,准备让他躺下来好好地睡一觉,而这时,卢克的右手从裤子口袋里掏出来,手里攥着什么。我定睛一看,发现在他的手指之间有两片金黄色的叶子。我伸出手指想捏住它。突然,两片叶子仿佛受到了惊吓,惊慌地扇动了几下,从卢克手中挣脱出来,在我眼前飞走了。

匿　迹

一

雪刚刚停下，大烟泡就发着狠劲地刮起来。风卷起大团大团的雪沫，搡动着树干呜呜地发出饿狗垂危般的低吟，让人听了瘆得慌。雪似乎也怕冷，一个劲儿向木屋里闯，怎奈樟木门板挡得贼严实，不大会儿木屋根底下就堆起了半尺高的雪。

三间大木屋里烟气缭绕，挤满了人，或站或坐围在吐着火焰的火盆周围。一个个面色凝重，只有奎爷吧嗒吧嗒抽着的大烟袋曝成了一个点。屋里的人们，你瞅我一眼，我瞅你一眼，嘴唇抿得死死的，怕自己的目光和着表情带出什么来。柱子想鼓鼓劲儿说一句什么，看这个气氛，又咽了回去。

门被撞开了，冷风推进来两个包裹严实的男人。屋里的人目光齐刷刷地聚过去，有几个异口同声说："怎么样？怎么样？"

进来的两个人在地上用力跺了跺脚下的雪。前头的那个摘掉头上的棉帽子，脑袋顶上顿时冒起腾腾的热气。他摇晃摇晃脑袋，没有言语，蔫头耷脑地蹲到了一旁。

"咋办呢？"人群里一个年轻人还是忍不住，问了一句。

所有人都把眼光盯到老猎户奎子爷身上。奎子爷斜靠在墙上，见最后一拨人回来也没有带回来一丝好消息，他想现在必须重新谋划一下了，想到这儿，他从木板凳上站了起来。

"这附近东西南北该找的地方都找遍了，大家再想想还有哪个地方咱们没有走到？"奎子爷向四周观察观察，挨排地瞅了瞅整屋的人。

炕头上，麻子婶的眼泪哗哗地掉，"他爹呀，你这是在哪里呀？你说你死我也得给你找到尸首哇。"其他几个女人有跟着陪哭的，也有人不停地劝。

男人们唉声叹气，无可奈何，这个茫茫的兴安岭，这山高林密的雪原，加上这个鬼天气，就是撒进去只黑熊都找不到踪迹，更别说上哪里寻个人去呢？

外面的风折腾了会儿，也开始像懂世故似的，安静了不少。屋里人开始七嘴八舌，这一句那一句，有的带着牢骚和埋怨，埋怨老天，也埋怨找不到的孙大麻子平常自己干什么都是独来独往不合群。

炕上偎在被褥上熟睡的憨妮醒了，她瞅了瞅屋里满满的人，从早上到现在还在自家待着，觉得有趣，同时又觉得与自己无关，于是，她又拿起她的玩具——一盒火柴，将一大把长火柴棍儿握在手里，然后从手里抽出，1、2、3、4、5……不停地数着，数完一根就重新放到火柴盒里去。

人们无处可放的目光都落在了这个智障女孩儿的身上，麻子婶几个当家子女有些尴尬和别扭。一个堂嫂推了憨妮一下，瞪了她一眼："傻妮，别数了，没看都急着吗？"

憨妮倚在麻子婶后背上，白了堂嫂一眼，10、11、12、13……继续数自己的。麻子婶哭了一段，挪了一下屁股，那个憨妮身子仍旧歪在她的后面。麻子婶转过身来，"啪"地把憨妮的火柴打落到炕上。"数、数、天天数，你大回不来，你连饭都吃不上了。"

憨妮显然不曾提防，看着散落满炕的火柴，干呵呵几声，像是笑又像是受了委屈。她待了会儿，翻了翻单眼皮，然后下意识地用袄袖子擦了嘴上的哈喇子。

"大，大，回不来了？"她问大娘。大娘不理她。

"大，大，会回来的，会回来的，会给妮弄狍子吃的。"

"你大都好几天没回来了，没人给你弄吃的了，以后狍子肉甭想了。"麻子三婶气急败坏，没地方撒气，把话全泼给了憨妮。屋里人听着，心里滚烫滚烫的，难受。有人扭过头去，有人发着叹气的声音，有人偷着擦眼泪。

"大，大，哇……"憨妮号丧起来，四肢摊开，腿脚乱蹬。这次哭声是来真的了。

奎子爷吼了她一声："傻妮，别添腻歪！"

憨妮许是被奎子爷的嗓门唬住，一下子就住了声，胸口不住地起伏，没腔的脖子两边扭了又扭，脸上显现出一副愤愤不平的表情。

"大在哪里，我知道。"憨妮说。

"一旁待着！"奎子爷实在按捺不住心中的焦躁，吼了一嗓子。

憨妮对奎子爷的霹雳般的吼声，没有一丝惧怕的意思，她有些不痛快，翻身一轱辘蹭下炕来，在火炕下边找到自己的棉靰鞡，费了好大劲儿才套到脚上，边提鞋边说："我自个儿找大去。"说着就向门口跑。

麻子婶歪头瞅了眼奎子爷，又盯着憨妮，有些疑惑。年轻的堂嫂本来就看不上这个天生智障的傻丫头，上去就拉扯住憨妮的小手。憨妮显然不是堂嫂的对手，挣脱了许久，嘴里发出嗷嗷的反抗的叫声，让屋里人听着心乱。

奎子爷仿佛看出点什么来，分开身前的两个人，蹲下身子盯着憨妮："傻……憨妮，你真知道你大在哪里？"

憨妮趁机从堂嫂手里解脱出来，眼泪啪哒地掉了一大颗，对面前这位屯子里举足轻重的人物重重地点了点头。

奎子爷从憨妮脸上看出点异样的光彩来，招呼旁边人："给，给憨妮捂严实点，跟着她。"

麻子婶找出一个大狗皮棉帽戴在憨妮头上，又把一条毛巾给她围在脸上。憨妮就着麻子婶忙活的机会从炕上划拉划拉一大把火柴棍，塞进口袋里。

门外大烟泡小些了，西斜的阳光从阴霾的云层里挺出来，天是放晴了。奎子爷喊："柱子，你背着憨妮！"柱子俯下身子。憨妮推了柱子后背一下，摇了下头，迈了一步子，小嘴囔囔地叨唠着，"1"，又迈了一步，"2、3、4……"人们跟在她的身后，排成了一纵长队，向山里走去。憨妮数到了一百步的时候，从右边口袋里拿出一根火柴棍放到右口袋里，然后又"1、2、3、4……"

一溜人走出村子，走过了大柳子河，进了茫茫林海，这是北方最大的林海呀，这真是一片神奇、难以捉摸的世界。

憨妮走路的样子很滑稽，又相当吃力，有几次险些滑倒，奎子爷一旁时不时地推她一下，拽着她走上一段。雪原一片寂静，人们脚下踩雪咯吱咯吱的声音以及憨妮数数的声音在向前延伸传荡着。

麻子是在大雪封山前一天下午出去的，他在收音匣子里听到大雪预报的消息，想赶在雪来之前再打点过冬的猎物。他带着猎枪出家门的时候，三婶剜着他耳朵叮嘱："马上变天了，转儿遭就回来。"麻子嘴里应承着，看了眼炕上玩火柴的憨妮一眼，说了声："妮子，晚上大给你弄狍子肉来，等着啊。"憨妮放下火柴，嘿嘿笑了几声，嘴里应了一声。麻子背上沙子枪出了村子进了山。

这心情好运气就好，半天时间，麻子打了五只雉、两只狍子。麻子高兴，大年根底了，拿这些野味到集市上卖点钱，回头让家里头去乡里大集上换点年货给自己和憨妮添置点衣服。

一想到憨妮，麻子就想到了自己的兄弟，本来日子好当当的，怎么就生了这么个先天智障的孩子。哎，麻子想了想摇了摇头。

麻子这个人与人为善，但就是在某些事儿上心有点贼。在这个资源丰富的深山树林里，有人们取之不尽、用之不竭的财宝，每个县区、乡镇乃至每个屯堡子都有属于自己的山林。这些山林中的所有物种虽然没有法则规定归属，但在人们的意识中属于某一方所有。

麻子也有一块归属于自己的领地，这块风水宝地鲜为人知，几乎无人触及，麋鹿、狍子、野兔乐于在此在些繁衍栖息。麻子每次进山都不会空手回去，好多人开始羡慕麻子的运气，后来他们就逐渐发现点端倪，便有好事的人想套出个究竟，麻子当然是肥水不流外人田，总是答非所问，嘴上嘿嘿一乐，满脸的麻子也愈发发红。然而，麻子亏心独手上不独,总会将榛蘑、雉鸡之类的不太值钱却也能够堵人嘴、顺人心气的东西拿出来,与屯子里的邻里乡亲们分享,别人也就不好意思往下问了。

麻子看到太阳被阴云挡起来的时候,准备向回走,可在这时候,情况就出现了,在前面岩壁上站立着一只山羊。这只山羊仿佛在眺望远方,又仿佛是在等待着什么。麻子心里一阵悸动,比如山羊皮子可以做个小皮褥子,比如叫上奎子叔、臭狗蛋们架上篝火美餐,比如羊骨汤是多么的汁浓汤鲜……麻子俯下身子将身上的猎物轻放到地上,将猎枪稳稳地端好。这个时候,那只山羊跑到一块石头另一侧。麻子不急,再狡猾的猎物也难逃久经沙场的老猎人之手。麻子随着山羊移动了位置,目不转睛地盯着猎物。他的食指已经做好了射击准备。山羊忽然察觉到什么,它没有惊恐奔逃,而是选择挪动了一下步子,随后慢慢扭正脖子,用那浑浊苍茫的眼睛注视着麻子以及麻子的枪口。那种注视让麻子端枪的手忽然有些发抖,心里说不清地刺痛了一下。麻子想移动一下位置,用枪射击山羊的侧面,他脚步后撤重心后移。突然脚下一空,麻子的身子就坠了下去。

二

麻子的二弟是当兵退伍落户在绥芬河的。孙家兄弟三个,老二能,留在城市工厂成了公家人,孙家自是欢喜得不得了。那时有多少人期望能吃上商品粮,当上城里人!麻子逢人就说:"啧啧,你看我家老二。"

孙家老二没过几年就娶了绥芬河的媳妇,人模样还挺俊。过年老二带着媳妇回来在屯子东头西头地一转,更让老孙家门楣上添了光彩。孙家老大麻子带着兄弟和兄弟媳妇看到村里人就大呼小叫:"这是咱奎子婶,那是你东旺大爷,老二当兵的时候,是你东旺大爷,赶着两匹马的大车送到县城的。"麻子心里美,心说我们孙家也算是出人头地了。

过了一年后，孙大麻子接到了老二写来的一封信，信里的意思主要是想让大哥大嫂去城里住几天。麻子看完信心里就乐开花，拿着信和媳妇儿说："你看老二非得让我和你去城里住住，这忙的，能去吗？"

媳妇儿终是心细，正在灶锅上贴棒子饼子，撅着腚，眨了眨眼睛，寻思了一会儿说："这也不是过年也不是过节的，让咱去城里待几天，也不是个时节呀？"

"嗨，咱们屯子忙，人家城里那日子该怎么着还怎么着呗。"

"我看不像是让咱们去享受去，老二家里头那是什么人呀，有文化心眼小，能让咱去白吃白住？过年回来都不带捎点腥儿活的。"

麻子没吱声，心里一盘算，这娘儿们的分析还是有些道理，就把信重新塞好放在炕席下面了。

本来麻子没把这事上心里去，可没过几天，老二的电报又到了。

麻子和媳妇儿把家里的事儿和老三交派好后，大包袱小包裹地上了路，先是坐奎子的马车，再搭了乡里的一辆拉货的嘎斯，再到了小站上了绿皮火车。这火车好家伙，坐了个晕头转向，好不容易到了站。俩人走出车站后，这花花绿绿的高楼商店应接不暇，东西南北都分不清。两口子正犯着蒙，听前面人群里有人喊："大哥，大嫂。"他们才看到老二在对面推着个自行车接他们来了。

三个人走了半个多小时，才到了老二家两间半的小屋。麻子一看，这哪是人家呀，还不如自己的厢房宽敞，再一看老二媳妇怀里的孩子就明白了一半，原来老二家生了个孩子，丫头。

麻子媳妇问："多会儿生的呀？"说完就想过去抱抱。

老二家脸上一红，往后躲了躲，弄得大嫂扎着双手挺尴尬。老二连忙过来说："大嫂，大哥，先吃饭先吃饭，吃完饭我再给你们叨叨。"

麻子和媳妇没滋没味地扒拉着饭，弄不清怎么回事。吃完饭，老二把哥嫂让进了里屋。四个人，不对，是五个人。麻子夫妻俩，老二和老二媳妇，还有老二媳妇怀里的孩子。

"大哥，大嫂，是这么回事，这孩子生了仨月了，是个丫头，本来觉得为咱老孙家添了个人口，可是我和你弟媳妇儿吧，怎么看着孩子都感觉不对。"

麻子媳妇心里早起急了，说："咋啦？"

老二媳妇这次挺主动，给大嫂抱了过去："你端详端详。"

大嫂将孩子接过去，麻子也歪头凑了过来。孩子脸上红扑扑的，麻子没看出什么，大嫂倒是非常懂行，解开襁褓，把孩子的手拿出来，仔仔细细地看那两只手。

"哎呀！"媳妇儿嚷了一嗓子，把麻子吓了一跳："怎么咱家也摊上这事儿了呢？"

麻子还是没看出来，狐疑地瞅着媳妇，说："这孩子不是很正常吗？"

"你懂个屁！"媳妇对自己的眼光挺自信。

麻子扭过头看着自己的兄弟。老二低了下头："哥，这孩子有毛病，是天老儿。"

"天老儿？咱家祖上也没出过这样的人儿呀。"麻子说完也有些后悔。

"哥，就是染色体综合征，不属于遗传。"老二媳妇儿怕大哥大嫂想得多了，也是为自己分辩。

大嫂面色凝重，说："老二家里呀，是不是怀孕的时候吃了什么药了？或者是吃了什么东西？二道沟子牛大白活的媳妇就是怀孕时候不注意，吃坏了东西，那娘儿们人才不济呢，就是好吃。"

"没有，没有！"老二家急得眼泪快出来了。

麻子瞪了媳妇一眼："别瞎掰了，孩子现在这样了，老二俩人叫咱们来，肯定有事商量。"麻子回头问对面那俩人："大医院有法子不？"

老二在膝盖上摩挲了两下手："现在世界上还没有治愈的先例。"

麻子一听"世界上"仨字都出来了，就清楚孩子这病到哪都没法子了，心里想怎么让我们老孙家摊上这事儿呢，这老二家本来挺鲜亮的日子，摊上这孩子真麻烦了。

老大媳妇怀里的孩子这时候睡醒了，眨了眨眼睛，麻子又使劲看了看,这一细看就觉得确实与平常的婴儿哪哪都不一样了,老大媳妇儿这时说:"这孩子倒是挺听话的。"

老二和老二媳妇儿对视了一眼,最后吭吭哧哧地说:"大哥,我和你弟媳妇儿这么想的,这孩子在城里也不好养活,你弟媳妇还得出去教学,她爹妈又上点年纪带不了。孩子这情况,真还不能打了撒手。我这不想和你商量商量,这孩子就是讨咱家债来的,让我给摊上了。"

麻子和媳妇听着老二的话,不明白老二怎么个意思,俩人就抻着脖子听老二下文。老二咳嗽了一声,清了下嗓子,欠起身,对麻子说:"大哥,你出来说。"麻子弄不清什么意思,准备起身出走,先征询意见似的回头看了看家里头,老大媳妇儿眼睛狠狠向他眨了眨,嘴角又撇了又撇,麻子也弄不清媳妇这表情含义是什么。

到了外屋,老二凑近到麻子跟前:"大哥,我想把孩子扔了。"

扔了?麻子脑皮子一阵刺痒,头发发炸,他没想到老二嘴里能吐出这么凶狠的话来。

老二脸上呈现出一副苦大仇深的悲壮相:"我咨询人家大夫了,这样的孩子怎么也活不长,早晚也得坑咱,与其养大了难受,还不如现在……"

麻子脑袋嗡嗡的,脸上的麻子更加发红发亮。

三

麻子和媳妇儿晚上挤在老二家的小南屋里,思前想后,媳妇咬着他耳朵不停地叨叨。

"这老二家真是没安什么好心,你扔就扔呗,干嘛把咱千里迢迢叫过来?告诉你,老二再怎么嘚嘚你,你也别拿主意,听见没?你听见没?"

麻子心里烦着,自己作为大哥也算是一家之主,怎么拿这个主意呢?真把孩子扔了?那也是条生命呀!不扔了,养个十年八年再糟践了，也是白养活了，这小户人家谁经得起这么折腾？这样的孩子就是吃钱的机器。

麻子见媳妇还在耳朵边吵吵，用屁股顶了一下娘儿们的身子："没完了是不？我是大哥，老二把咱叫来也是理当的事儿，你说谁家遇到这个不闹心呀！"

"你听着，再怎么也不能扔了这孩子，这个主意你别拿，要扔让老二自己扔去，坑财害命遭报应，亏他两口子想得出来！"媳妇儿说了一句，气哼哼地转过身去，不再搭理麻子。

麻子没吭声，在心底深深地叹了口气。

麻子和媳妇走了，老二媳妇拼命地给大嫂包袱里塞着以前不穿的各种款式的旧衣服，"嫂、嫂、嫂"叫个没头。

麻子媳妇儿脸上刮着黑风，和老二家打打落落的。麻子抱着孩子，低着头不敢抬。老二说："大哥，每月我给你邮寄30块。"麻子像做了亏心事似的，心里百味杂陈。这个决定没和家里人商量自己就擅自做了主，到家就是个麻烦，但自己这个大哥到这里了，真看着老二俩人作难也不好受，孩子回屯里养着无非多添了张吃饭的嘴，能养到哪算哪，总不能像老二说的那样扔了呀！

火车走了百公里麻子媳妇都没搭理麻子，其间麻子上厕所想让媳妇儿抱抱孩子，媳妇儿扭过身子给了麻子一个大后背。

麻子没辙，他清楚这是刚刚开始，让媳妇一下子转过弯来，不可能。转变，得需要个漫长的过程。麻子看着怀里的孩子："我上辈子哪位先人做了什么孽障事儿呢？让我摊上这事。你来到我们这穷人家也是枉来一场。尿再憋会儿吧。"

又过了一个来小时，孩子好像是饿了，开始在襁褓里扭动。麻子尿憋得够劲儿了，孩子这一闹，更没法子了。摆弄孩子还得依赖媳妇，麻子用胳膊肘碰了碰媳妇儿，说："他妈，过来看看，过来看看。"媳妇儿倔驴一样，好久才迸出一句话："你自己招惹的，你自己管。"麻子的汗下来了，言语带着央求和哀告，但媳妇就是无动于衷，害得周围坐车的人都过来看麻子两口子。

气氛有些滑稽又压抑，孩子"哇"的一声哭出来了。空气似乎破了一个洞，车厢里空气终于流通开了。

四

憨妮三岁的时候，还不会说话，只会一个字一个字地挤"大，娘，哥，姐"，从不多出一个字。麻子女人嘴里虽埋怨这个埋怨那个，可对孩子不马虎，该管还管，该疼还疼，按她的话说，当个小猫小狗养活吧！

老二头一年还不错，到月头上给大哥打点生活费，或者邮寄点孩子穿的衣裳，可往后越来越没动静。麻子女人就和麻子叨叨："不行给老二送回去，在咱家算什么事，孩子成咱家的了。他们两口子在城里吃香喝辣的，弄个累赘给咱了。"麻子没办法，清楚自己兄弟办的事儿不地道，自己在村里虽然花销小，但进项不是也少吗，大儿子在锦州上技校，丫头上初中了，这都是钱呀！女人缝完憨妮的小褂，让憨妮钻了被窝睡着。女人说："等换了单衣裳给老二家送过去。"麻子说："怎么送？""怎么来的怎么送！你送！你得给我送过去！"麻子就又不敢吱声了。女人兀自咒骂着老二家不是人，老二媳妇前辈子做了坑人害人的事儿了。

麻子第二天徒步去了镇上找了个电话亭，给老二打电话，打了好几回老二那边才接电话。麻子说："老二，你这段时间工作行么？"

老二说："大哥，我忙死了，单位要改制了，媳妇又怀上了，马上就要生了，生完我告诉你。"说完就挂了。

麻子举着电话好半天没明白过来。

麻子接着又打，"嘟嘟嘟"，这次是老二家接的。老二家说话声音很轻："大哥呀，大嫂好呗？老二加夜班了，我正在做饭。前一段去锦州，老二去看了小辈。"小辈就是麻子的儿子。"小辈长得高了，我给小辈买了不少吃的东西，小辈……我有些肚子疼……哎，就这样大哥……"电话又挂了。

麻子这个堵心，俩人看来谁都不提憨妮的事儿，纯故意的。麻子生气了，麻子心说，这俩没安好心的玩意，我给你送回去，看你们怎么办！

麻子领着憨妮上了马车，憨妮说"大"，大眼瞅着麻子。麻子不敢理她，闷头抱起她来就上了马车。憨妮坐好回头看了眼大娘，"娘，娘"，大眼忽闪忽闪。麻子媳妇站在门口被憨妮这一喊，身子晃悠了一下，鼻子一酸，捂着脸进了屋。憨妮看到姐还在门口，喊："姐，姐。"姐抿了抿嘴唇，几步跑到憨妮近前："妮，别想姐姐，给你火柴，继续数，数到一百告诉姐。"憨妮大眼忽闪忽闪，表情挺疑惑，又像特明白。

麻子到了县城等了半小时的客车，上车前给憨妮买了颗糖。憨妮感觉新鲜，用舌头时不时地舔一下，舔一下就憨憨地笑几声，惹得周围坐车的都看过来。麻子敲了憨妮的后脑一下："别笑了。"憨妮就不敢笑了。

到了市里又转坐了火车。已经过了晌午的饭点，麻子的肚子开始叫唤了，瞅脚下的憨妮盯着小吃摊不转眼珠，清楚孩子也饿了。麻子给憨妮买了几个包子，自己就吃了一个，等憨妮吃饱了，麻子又抱着憨妮到了车站的电话亭，掏出五毛钱给老二家打电话。

这次是老二家接的。麻子说："他婶，我在市里车站呢，我再过半个钟头就坐上火车了，带着憨妮来的，孩子不小了……"

麻子后面的话就是说："孩子不小了，你们也该自己养着了，老家的日子也不好过，这憨妮一年到头生病闹灾的，也是不少的花销，我和你嫂俩孩子上学艰难着呢。"麻子的这些台词在肚子里骨碌了好几天了，可还没表达完，那头的兄弟媳妇就吼起来了。

"什么，你带孩子来的，你怎么着，你怎么着吧！"电话那头兄弟媳妇歇斯底里，嗷嗷嚎叫："我们都和你说了，我这快生了，什么都做不了，老二那边挣个钱低头哈腰的，有你们这当哥当嫂的这么干的吗！你们成家时候，老的怎么管的？我们老二不就是自己上学，自己给自己娶媳妇置房子置地？我们有了这个傻孩子，让你管着，就这么两年日子紧张没给你邮钱去，你们就这么狠心把孩子给我送回来？你们送吧，你们最好把孩子扔了，扔山里去，扔车站上，你甭来，来了我们也不要，让孩子快点死了。"

老二家炒料豆似的在电话里说了这一大套，本就笨嘴磕舌的麻子在电话里一点插不上嘴。那头一见停歇，麻子说："他婶……"刚想再说，那边电话挂了。

麻子拿着电话愣住了半天，公用电话亭里的人一脸漠然："一块。"麻子醒过味来了："不是五毛吗？""时间超了，一块。"

兄弟媳妇拿着不是当理说，麻子还是觉得应该把孩子给送过去："你家的孩子你不要谁要，城里人真的冷血。"麻子后悔二兄弟娶了个城里的女人做媳妇，就应该娶个村里的明事理、厚道人家的姑娘。

刚上火车，憨妮说："大，大，水。"

麻子正闹着心，冲着憨妮就嚷了一句："水，水，水什么你，就知道要吃要喝，现在都没人要你了，讨债鬼！"

憨妮被麻子发火的样子给吓住了，咧咧嘴想嚎。麻子从捉包里拿出装满水的大玻璃瓶子，倒在茶缸里。憨妮凑过去咕咚咕咚地喝了几口。喝完，憨妮喘了口长气，喊了声："大。"

火车又颠簸了六七个小时。麻子抱着憨妮走下火车的时候，西边的太阳正在沉下山头，一长条灰色的云镶嵌了一层金边，山脚下的城市新鲜而又呆板，阳光照在麻子和憨妮两个人的脸上，麻子眯起眼睛仰头看了看参差起伏而陌生的前方，想："庄稼人在这里待着连个影子都留不下，全迷惑了呀！"

他瞅了眼怀里的憨妮，心里有些不舍，接着又下了下狠心，抱着孩子迈步向前方走出。

五

麻子好不容易找到老二家的时候，都老晚了，推了一下门也不见里面有人应声，麻子就坐在门口的台阶上等了。憨妮坐了一天车也累了，躺在麻子怀里就睡着了。麻子坐在那里等呀等呀，不见老二家回来人。等到了快半夜了，旁边出来个邻居，想来和老二挺熟，问：

"你们哪的？"

"老家的。"

"噢，他家两口子下午就出去了，看样子不回来了。"

"是么？"麻子心说老二家真行，故意躲着我，真做得出来。

"你们快点找个旅店睡吧，孩子别着凉。"说完邻居就进院子插门了。

麻子瞅着怀里的憨妮有些无奈。他为孩子难受。这孩子才没福呢，你说要是好生生地在城里一直待，上学，上班，多幸福呀！

麻子再一想，老二家也真豁出去了，狼心狗肺呀，你不是不要孩子吗？我给你放着，看你要不要？

麻子打定主意，抱起憨妮，轻轻把她放在了老二家的门口，麻子心里直打鼓，扭头就走。麻子走得飞快，他担心憨妮醒来叫他，喊他"大"。麻子对自己说："别回头，这孩子不是我的，是老二家的，老二家的，老二就得养着，老二的孩子……老二的孩子……"

麻子不清楚自己是怎么跑到车站的。他想喝点水，发现自己的包给丢老二家门口那了。麻子找个厕所在自来水管里喝了几口凉水，又抹了几把脸。麻子心里还是七上八下跳个不停。他找个空座倚上去就动不了劲儿，他闭上眼睛想静一会儿，可一闭上眼睛，就是憨妮，睁开眼睛看车站外面黑夜里也是憨妮的影子。"大，大，大……"

麻子捂住双耳，抱着脑袋，他感觉自己的脑袋快要爆炸，憨妮的声音如芒刺一样扎着他的脑仁，他蜷缩在椅子下，身体不住地发抖。旁边过来一个穿铁路制服的人，弯腰扒拉他一下，问："咋的啦？"麻子抬头说："没事，没事。"

"生病啦，不行去医院看看。"这个人挺热心。

麻子兀自抱着头，一副痛苦不堪的样子。

"丢钱了？"旁边有人过来插言。

麻子再也控制不住，他跳起身来，冲出了车站，闯进了黑灯瞎火的城市。当他再次跑到老二家门口的时候，发现一个人也没有。麻子口干舌燥，脑袋发晕，喉咙里发腥想吐血。"憨妮，憨妮。"麻子四下里呼喊。

喊了一小会儿,就听前面有人小声回:"大,大……"

"憨妮!"麻子顺着声音追过去。在前面昏黄的路灯下,憨妮守着个提包蹲在地上,像是等了他许久。麻子过去一把抱住憨妮,紧紧搂在怀里,嘴里呜呜地哭了。憨妮的大眼睛一下下眨着,不知所以。

六

麻子再醒来的时候,发现自己摔进了一个山洞里。洞不深,有三个人高,他第一眼就看到嶙峋的洞口龇牙咧嘴地敞着。外面好像起了风,麻子清醒了下脑袋,感觉头没什么问题。他双手撑地想爬起来,左腿发出钻心的疼痛。他定睛一看,左腿血淋淋的,小腿那里破了口子,血已经凝固住。他试着抬了抬腿,感觉不受支配,估计腿折了。他看了看洞口的天色,估摸自己昏过去了一晚。他强坐起身子,然后将内衣撕成条给自己简单包扎好。做完这些,麻子一身白毛汗,他站不起来,对着洞口喊了两声。声音到了洞口就被刮没了。现在他只能盼望有人来解救了。他首先要坚持下去,枪没有在身边,洞里幸好还有些柴草棍子。他半趴着身子,将树枝草棍扒拉成一堆,从口袋里掏出火柴。不错,几根火柴下去,火堆燃起来,麻子身上一暖,心里就舒服多了。他现在只有等了,等人。天上阴沉了,他仰头从洞口向外望去,大雪下来了,大片大片地飘了下来,不一会外面就什么都看不出来,到处都是白茫茫的世界。

"23,24,25……"憨妮自顾自地数着走着,已经转过了两个山坳,人们有些累了,问:"憨妮,往哪走呀?"

憨妮不理他,又拿了根火柴放到另一个口袋里,抬腿继续向前。人们对奎子爷说:"这个憨妮的话咱也信?这不带着大伙逛山玩吗?"奎子爷擦了把汗,说:"都别问了,也没别的好主意,大家都四下看着点,看有什么痕迹没有,走,走,跟着走。"

又走了个把钟头,憨妮说:"我得吃饽饽。"麻子媳妇早知道这孩子胃口没底,吃离不了嘴,拿半张饼递过来。憨妮找个背风的地方蹲下来就大口大口地嚼。人们也趁机歇会儿喘口气,大家就唠唠嗑嗑,说着话,看着憨妮。

憨妮才不管人们对她的议论,她吃完最后几口大饼,说:"走。"

大家又跟着走。没走几步憨妮忽然停了,奎子爷问:"又咋啦?"

"我要拉屎。"

麻子身上越来越冷,腿上疼痛倒是减轻了不少,麻子清楚腿上不疼不见得是好事。洞里的柴草逐渐烧干净了。麻子注视着面前的火团,不时瞅瞅丈高的洞口。

麻子不知道什么时候又睡了过去,麻子睡得很香,做了个舒舒坦坦的梦。

麻子梦到媳妇回娘家了,家里就剩下憨妮和麻子俩人。麻子早晨和憨妮各喝了大碗山药粥。憨妮打了个饱嗝,麻子问:"憨妮,妮,今天跟大去山里怎么样?"

憨妮:"嗯,嗯,行,行。"

麻子第一次带着憨妮进了山。现在憨妮11岁了,可以给麻子拎着水瓶,麻子也想让憨妮见识见识山里的风景。

爷俩就上了路。憨妮手里攥着火柴:"1,2,3,……"

麻子问:"妮,你数那个火柴干嘛?"

"大姐说了,数过一百就换别的数。"

"那你数过一百了没?"

"数过了。"憨妮狡黠地笑了笑,又说:"没有。"脸上有些不好意思。

麻子故意逗憨妮玩,爷俩一问一答地向山里走去。

那次麻子打了三只狍子,正打几只山鸡的时候,憨妮躲在麻子后面很紧张。拾到猎物的憨妮,笑个不停。

麻子说:"妮,咱孙家堡子数你大爷能,这个地方野兔山鸡多得很,都是别人给赶过来的,别人给大撵到这儿,你大我就在这里守株待兔。回去大给你炖山鸡肉。"

憨妮拎着两只山鸡,咯咯地笑着,瞬时脸上一紧:"大,我拉屎去。"

"去，去，到那边去。这孩子，吃饱就拉，拉完就吃。"

麻子装好枪药把地上的狍子放进背袋，就站在树这里等着憨妮解完手出来。

旁边树枝呼啦一响，麻子以为憨妮出来了，他不经意一看，吃了一惊。从草棵丛中钻出一头狍子，鼻端黑色，下颌淡黄，双耳支棱着。"狍子！"狍子的突然出现让麻子有些手足无措，距离太近了，是只雌的，麻子迅速端起枪就瞄准。

狍子先是一愣，抬头直视着麻子，想动又不敢动，两只眼睛直望着麻子的枪口。随后，它走动了几下，侧身对着麻子。狍子面对麻子的时候，麻子想扣扳机，有些不忍。它侧身对准麻子的时候，麻子心说，正好，一枪肯定能打倒。

这时，憨妮出现在枪口的那头，提着裤子，看着旁边的狍，又瞅了眼前面的麻子，大眼睛眨了眨，喊了声："大。"狍子被憨妮的叫声吓了一跳，竟站在那里不敢动弹。憨妮凑过去用手摸狍子的脖子，咯笑个不停。麻子端着枪呆呆地看着这一幕，最后缓缓放下枪。狍子仿佛明白出自己身处险境，夺路而逃。憨妮瞅着狍子逃跑的样子，兀自笑得欢天喜地。

七

麻子被冻醒了，面前的火光已经消失，只有一点灰烬还散发着薄烟，洞底已经被雪覆盖了厚厚的一层。麻子想外面的雪不定多大，他又冷又饿，抬了抬腿。撑起身子，看到洞口上方天有些蓝了，麻子想自己已经在这里待了一整天了。麻子喊了一声"哟嗬嗬"，声音到了洞口就没有力气。麻子又连续喊了几声，然后徒劳地喘了口粗气。麻子想自己经常在这个地方守株待兔，现在自己这算什么了，等死么？

孙家堡子的几个人终于忍不住了，好几个人都停住了脚步说什么不走了，奎子爷也走得不耐烦，把憨妮拽住："妮子，你大在哪儿，你到底知道吗？"

憨妮小眼珠转了转，摇了摇头。

旁边人一看气得直拍大腿："这半天合着陪着小丫头练腿呢，都回都回吧，没准麻子叔回家了。"

大家纷纷坐在地上，或倚在树上，奎子爷也失去了耐心，瞅了一眼憨妮，拿出烟袋吧嗒吧嗒地嘬。

小嫂子过去就用手揪憨妮的小辫子："死丫头，胡诌白咧，你看大家让你折腾的！"

憨妮"呸"地啐了小嫂子一下，然后俩手在身上两边口袋里翻弄，不一会把火柴都攥到手里，旁若无人地又数起了火柴棍。

奎子爷开始招呼几个腿脚麻利的后生，让他们先返回堡子，看有什么消息不。

憨妮数完了，站起来，用手推了小嫂子一把，走到奎子爷身边，口齿不清地说："裤（奎）爷。火柴，对，火柴对。"

奎子爷都没瞅她，说："对什么对？"

憨妮一指被雪覆盖的灌木丛："我在这里拉屎。"然后手又一指另一边："大，在那儿抓鸡。还有一根火柴大就出来了。"

奎子爷和周围人都被憨妮一席话给说愣了，麻子媳妇揣着手过来："妮，你和你大来过这儿？"

憨妮使劲点了点头："还有一根火柴大就出来了。"

麻子媳妇恍然大悟："奎叔有火柴棍没，谁有火柴棍？"

旁边有几个男人都翻口袋，其中一个掏出一盒火柴，递给憨妮。憨妮憨憨地笑了笑，把火柴捡到手中。"1、2、3……"随后迈步走上了一个山岗，像个小官似的，面向前方。她嘴里突然咯咯地笑起来，笑得大家浑身发毛，以为丫头又冒傻气。麻子媳妇拍给了憨妮一个脖掴："又憨！"

憨妮仍然笑个不停："娘，看，羊。"麻子媳妇顺着她指的方向，什么都没看到："哪有什么羊呀？"憨妮说："有！"大家都先后登上山岗，顺着憨妮的目光向前看，哪有什么羊、狗呀，连个活物都没有。憨妮才不管他们，小嘴说得特有劲："羊，大，就在那边儿。"

麻子咬了口雪，心里就往坏里想，想自己这一辈子，想以往的事儿。爹娘在自己刚成家的时候就走了，把两兄弟嘱托给自己，老二自己成家，虽说因为憨妮和自己断了道，但他在城里算是享受幸福了，过得很好了，老三家儿女也都成全了，自己这边和家里头身体挺好，就憨妮是个牵挂，人走到哪算哪吧，孩子养这么大了，我这个当大的也尽了义务。想起憨妮，麻子心里怪自己二兄弟，一想二兄弟也不易，又转回来怪自己，当大哥的没带好头。他设身处地想了许多，再抬头看看洞口，心想，自己真的是要与世隔绝，命绝于此了。麻子眼泪就淌，这泪水流呀流，流个不停，麻子彻底绝望，他抬头看了看洞口，头脑眩晕，视觉模糊。洞口好像有什么动静！麻子以为自己出现了幻觉，微闭着双眼。洞口那里探出一个头，是一只羊在向洞口张望，应该就是自己想打的那只！麻子想说话，想睁眼，浑身没有一丝气力，他昏沉沉地，朦胧中感觉那只羊在说话："大、大、大……"

"孙先继，麻子爷，人爷，人爷……"麻子感觉好多人在呼唤他，身体忽然万般轻松，仿佛自己的灵魂出了身躯，轻飘飘飞到了天上。雪好大呀，从没见过这么老大的雪呀。他又看到地上好多人在喊他名字。

麻子看到了憨妮、自己家里头的、奎子爷、老兄弟、侄子、侄媳妇、二狗、刘满、柱子……大半个堡子里的人都来了，麻子躺在担架上想笑却哭出声来。

莽莽的大雪原上，人们留下蜿蜒冗长的足迹，向着他们来的方向走去。是向明天走去吗？还是仍在寻找过来的足迹？

七里香

一

"是110吗？我是卢庄镇的办公室主任田继红，你们快到市医院急救中心来吧，我们景镇长自杀了……，不，我不清楚是自杀还是他杀，人死在了宿舍。我的手机，对，就是这个报警电话，我姓田，正股级，还没解决副科。"

二

我是卢庄镇党委书记白崇明，知道景镇长的事情时，我正在去市里开会的路上，于是急忙向市长请了假赶了回来。景镇长虽然是位女同志，但工作能力不逊色于其他男同志。她是2008年由市妇联调到卢庄镇任镇长的。她本身是在这个镇长大的人，对这里有感情，组织上对她的工作能力也是非常相信的，让她到自己的家乡开展工作就是为了更好地锻炼她培养她。对我这个五十几岁的人来说她就是个孩子，平常在工作上她也非常尊重我，现在的年轻干部就是有朝气有魄力，我们配合得非常好。景镇长在作风上挑不出问题来，处理与上级领导和下边群众的关系都能把握到位。小女娃子身上有股子勇于担当的闯劲儿。就拿她第一次主持召开全镇村街干部纪律作风大会来说吧！卢庄村主任卢大嘴巴，是全乡镇出了名的粗野村长。每次乡镇组织开会的时候，他不管什么场合，也不管当着什么领导，张嘴闭嘴就骂骂咧咧的。镇里都知道他这个毛病，一般人不敢惹他。这个卢大嘴巴打心眼里就有些藐视景镇长，那天也准备好了给新上任的她来个下马威。景镇长在台上正襟危坐，宣读完上级文件后，要求各村街干部发言。这卢大嘴巴早按捺不住了，卷了卷袖口，扬了扬胳膊，说："领导，我先发言怎么样？"景镇长说："是卢村长吧？你发言没问题。"景镇长一扭头，让办公室主任通知分机室的小卢参会，小卢是卢大嘴巴的亲侄女。等小卢在前排坐定后，景镇长说："卢村长，就我刚才宣读的县里文件精神，你就讲讲你的看法吧。"卢大嘴巴的脸上烧得像抹了红辣椒酱，吭哧瘪肚想说又不好说，佝偻着身子直不起腰来，当着全镇乡里村街干部的面，栽了个大跟头。

　　有人说小景是自杀，我不好说背后可能的原因是什么，我倒认为是工作上压力大，或许是因为个人感情方面上的问题。景镇长家庭关系没有处理好，与丈夫离婚四年了，想想她这些年也真恓惶，一闲下来她这个惆怅就难免露出来，咱们局外人作为也插不上太多的话。唉！这个丫头呀……请你们公安机关多下力度，一定彻查个究竟，让死者安息，给卢庄镇人民一个交代，需要车辆和经费我们镇都尽力支持。

三

　　你们是警察是吧？我是卢耀祖。噢，没错，我就是卢大嘴巴。我当时正在镇里给村里超生户缴罚款，听说景镇长出事了，这不，我骑摩托车过来了。我知道轮不到我说话，你们就算不找我但我还是要说，你们甭考虑景镇长之死是不是情杀。我第一次看到景镇长的时候，就看出来了，景镇长是好人。为什么这么说，相由心生，景镇长面善正派，都在她那脸上写着了。全镇都知道我这嘴巴大，瞎……

对不起，我又说脏字了，我收回。景镇长这么好的干部怎么就死了呢，她才三十七八，正是好时候。我接着说，我这个人说话和干工作不讲方式也瞎猜忌，开始我真怀疑一个女孩子，什么背景都没有就从妇联调来当镇长，肯定有问题呀！现在这个社会，有几个不是靠关系来提拔的，那句话怎么说来着，就是一个成功的男人背后肯定有一个成功的女人，一个成功的女人背后肯定有数不清的男人。可这话放到别人身上也许对，放到景镇长身上一定就他妈的不对。我和景镇长接触过几次后，就觉得景镇长绝对不是那种人。那种人眼角眉梢做事说话都带出媚态来。那个谁你知道不？县广播局的那个女主持人，咱们市里只要有晚会她都主持的那个，长得跟狐狸精似的，不就和他们局长在宾馆睡觉被人曝光了？原来……嗯，我是扯远了，我还是继续说景镇长。我说的你们不记记吗？你记吧！我们村里曾经出过杀人案，你们公安局的老宫，听说现在是刑警队队长了，他就给我做过笔录，他的行楷写得非常漂亮，我又扯远了。

景镇长人样子好，办事能力也强，在铁一局修建高速公路征用卢庄村土地的时候，景镇长挨家挨户地做工作攀交情，那真是"白加黑，五加二"，吃住在村里，补偿款发放公开透明，镇里都给这个丫头挑大拇指。

给你们说件事，就是征地的时候，我们村一千多户四五千人，可不好管理，也就是我能够在村里说道说道，妈的，就是这样，在征地补偿问题上我们庄有的户可不好做工作。就说卢三的老婆，那个娘儿们，别怪我说脏话了，我和这娘儿们有关系，她是我才出五服的三嫂，我没管她叫过三嫂，这哪是娘儿们呀！纯粹是孙二娘！八几年和卢三哥结婚的那天，我和几个兄弟晚上听新房，卢三那个死闷吭，没把女人给办了，让女人把他先收拾了，那娘们那方面才厉害呢，把卢三给折腾得喔喔怪叫，再后来，卢三实在坚持不住了，喊我们几个："耀，耀，你们几个上吧！"我受不了了，把我们几个小伙吓得撒丫子就跑，这三嫂以后就在庄上出了名。在这村上哪个小媳妇老娘儿们都怕我这张大嘴，唯独三嫂，你敢解腰带她就敢脱裤子，你敢骂街她就敢拿铁锨拍你，不好对付。这不，高速路占她吴家坟一亩六分地，镇里工作组、村干部这一趟趟鞋底子都磨穿了，就是死活不行。我去过几次，被她骂了出来，这个娘儿们，我是没辙了。乡里研究要是实在不行就准备动用派出所、司法所来硬的，这时景镇长说她去试试，我们当时就不抱着什么希望，乡书记老白也不想再浪费时间了。景镇长还是去了，也就奇了怪了，景镇长上午去的，和卢三一家子说了老半天，中午三嫂那个娘儿们也不知怎么换了个人似的，又给景镇长炒鸡蛋又烙饼的，没过几天卢三就签了补偿协议，按照县里补偿要求该多少是多少，一分没多要，真是奇了怪了。

　　景镇长这两年又引进资金，想把我们卢庄村打造成国家级著名的文化与生态旅游镇，马上就跟中国的周庄、乌镇、南浔齐名了，你们再来可以提我名字，不花门票钱，绝对不花，我卢大嘴巴好使。

　　景镇长不可能自杀，绝对是他杀！是不是有人投毒或者下迷幻药？这年头什么坏人都有，犯罪科技很发达。你们一定给我们卢庄一个说法，给景镇长申冤昭雪，我给你们送万民伞，送锦旗，哎，哎，你听清没有？……

四

尊敬的公安干警：

　　我是三家店镇一名普通干部，我向你们反映关于景一珊的一些问题。

　　景一珊绝对是被人害死的，原因就是她在妇联的时候，就和市委某位领导不清不白（那位市委领导曾经是她的直接上级，现在这个领导听说被双规了）。她一个师专毕业生，要背景没背景，要财力没财力的，离婚　年后怎么这么快就提拔到了正科？有几个离婚女人不是那回事？喊！

　　还有就是景一珊这个人得罪过不少人，在卢庄镇因为投标问题和宏远集团老总就发生过冲突，有的说是宏远老板拿钱给她买的官，景一珊当了镇长后却忘恩负义没有为宏远集团办事，有的说宏远老板包养景一珊好多年了，现在她翅膀硬了想脱身被宏远老板找杀手害死了。

我说的绝对有风有影，请公安机关详查，你们辛苦了。

补充：5月21日晚上9点34分，景一珊从舒城市银河路京隆饭店走出来。她穿着胸口绉花的那件白色上衣，黑色长裙，彰显身材的那种，皮鞋是米黄色高跟。送她出饭店的有市里一号、三号领导。三号领导就是在电视上经常主持会议的那个，一笑眼睛眯成一条缝，他应该有四十七八岁，或者保养得好实际年龄更大些。为什么着重说他而不说一号，因为我看到他送景一珊上车的时候拍了拍景一珊的左肩，这个小动作有相当隐秘的含义，代表什么呢？只有特别亲昵特别暧昧的关系才会这样做，你们警察应该碰到这种情况更多。噢，我不是讽刺人民警察生活不检点，我是说三号和景一珊的关系肯定说不清楚，拍肩或许是一种暗示，例如去开房，去喝茶，去KTV……为什么不是一号领导拍肩膀呢？耐人寻味呀！景一珊开车向北走市新北环，车子是她自己的黑色现代伊兰特，车号末尾四个数3256，然后车拐进了北环158号隆盛小区。车辆直接开到小区内，停到了七号楼下的停车位上。景一珊一个人进了七号楼，具体哪个楼层哪间房我就不清楚了。景一珊住处不在这里，怎么会有这个小区的通行卡呢？而且直到第二天早晨8点才开车出来。这会不会是某领导某老板包养景一珊的场所？会不会是景一珊贪腐的不当得利？会不会还有什么我们想不到的？

此致

敬礼！

卢庄镇一普通干部

五

警察同志，我这些天吃不下，睡不着，眼也哭干了。老头子瘫痪在床三年多了，一珊的事情我也没告诉他。告诉他干什么，我一个人担吧！你说我怎么这么命苦呢，一个姑娘一个儿子，儿子在海外留学，女儿吧，能说会道，工作上也顺，怎么就出了这档子事儿呢？你们可得给我个说法，我闺女死得不明不白的。传她自杀，我是死了也不信的，她那么开朗的人，怎么会选择死呢？

一珊最近回家勤了些，我还以为她工作不紧张了呢，到家就给她爸洗衣服擦身，我们娘儿俩有说不尽的话。这孩子就是有个毛病，有什么事儿怕我惦记着不和我唠叨。最后一次回来是多久呢？我想想……，今天是星期四，就是上个星期四，到家守着她爸坐了会儿，也没说什么，看样子是有心事。我以为就是工作又遇到什么难题了，我问她有事呀，她没说什么，给我放下个存折，说是工资卡，她说怕放在她那里忙慌慌的再丢了。这不，七万。

她不是累死的就是让人暗害了呀，现在黑社会多猖狂，一珊被他们下毒手也说不定。你们一定要给我做主，亲人们呀！你们和一珊一样是百姓的公仆呀！为人民服务就是这个结果呀，求你们了……

六

我叫宋继东，是宏远集团的董事长，37岁。我和景一珊是初中同学，一珊死亡的消息我知道了，也去悼念了，我们几个同学在一珊灵前守了一晚。

一珊去世的那天是21号晚上，我那天晚上陪广东的几位客户吃饭，然后又一起住宿在宏远宾馆，我住的是216，一晚没有出去，我爱人刘芳可以证明。

我20号全天的行程是这样的，上午8点到10点在市殡仪馆参加了一位前辈的告别仪式。11点到下午4点在公司。4点以后去市机场接广东客户，我的司机可以为我证明。

说心里话我暗恋过景一珊，上初一的时候我给一珊写过情书，都被她退了回来，当时自己觉得挺没有面子的，在学校都不敢抬头看她，怕被人家笑话。后来我发誓考上大学，到时候再来追求她。我们都是从农村出来的，一珊是在高中考入的师专，当时我还纳闷，她那么好的成绩应该可以选择上重点的。前几年我们同学聚会，我当着好多同学还问过她，一珊没有回答我，只是笑。她调到卢庄镇后，我和几位同学去过她那里几次，我自己也去过。镇里的好多干部和我也挺熟的，头几次是同学联谊，后来我就想在卢庄镇搞点旅游投资，卢庄镇的民居建筑文化悠久，有较好的开发价值。作为纯商人的我，之所以这么做，首先是为了自己的利益，同时也是为了支持同学的政治事业。

卢庄镇传言我和一珊怎么样怎么样，都是无中生有，因为我做人有我的原则，景一珊对自己这方面也挺注意，我们就是好朋友好同学，你们可以调查。一珊的死我非常心痛，前天我组织同学们去了她家，探望她家中的老人，留下点钱，以后我想为一珊做点什么，也为她挂念的卢庄百姓做点什么。

在一珊出事的前三天晚上9点，我们还通了半个小时电话，说的都是在卢庄镇投资的事情。我知道凭借现在的技术手段你们也可以查得出来。那天从一珊的话语中听不出什么来，她最后只是半开玩笑半当真地说，这次项目要是成功，真是为卢庄老百姓做了点实事，她一生都无憾了。现在想想真是一语成谶。

七

什么，什么，一珊死了，我不信，我不信……

是谁害了她，是谁？呜呜……呜呜……

真不好意思，民警同志，刚才我有些失态，请原谅。我和景一珊是在2001年春天结的婚，第二年有了儿子壮壮。我和她是师专同学，属于自由恋爱。当时我是学校七里香诗社的负责人，一珊的诗歌写得非常好，诗社有什么活动她总会参加。在大一学校举办的诗歌大赛上，我和一珊的诗歌分别获得金奖、银奖，当然她是金奖。我就有些不服气，就暗自和她比赛，在以后各种诗歌赛中有时我在前面，有时她又超越我，这就非常有意思。那时候，我们俩走到哪里都是同学谈论的焦点。如果一珊不从政，继续在文学道路上走下去，她一定会是位出色的诗人。大学毕业第二年我们就结了婚,我被分配到了村小学,她被分到了县妇联,后来……唉!

为什么离婚?很简单,因为我感觉自己与她越来越不在一个层面上了,其实也是我自己大男子主义造成的。随着她位置越来越高,我们俩的距离也就越来越大,相互之间的分歧也明显出来了。有时候看她感觉非常陌生,加上周围人风言风语的,我心里就不痛快,愁了烦了就喝酒打发自己,成了酒精依赖,想戒也戒不掉,脾气愈来愈坏,两个人见面就吵。我动手打过一珊几次……离婚是我主动提出来的,孩子归我,其实我心里舍不得她,到现在我也没有找别人,毕竟我们曾经……

我调到 G 市,离舒城市远了,但心依旧惦记着孩子他姥姥、姥爷,也惦记着一珊。她是典型工作狂,干起事来不要命,我知道她是个不服输的性格。曾经有人撺掇我俩复合,我也想过,但是,作为男人,她的工作我一点支持不了,在一起只能给她跌份。她还年轻,有精力和能力,找个更好的男人,有一天能攀上更高的高点。

沉默了十分钟。

有人说她自杀,我真的不信,她为什么自杀呢?我要在她身边就好了,我很后悔,后悔当年让她进妇联,后悔和她离婚,后悔这些年没有守着她,我很爱她,爱她……

八

你好,我是宋继东,我有新的情况向你们报告,就是关于景一珊的。对,好的,我就在公司。

我记得是在今年 4 月份,具体什么日期我忘记了,我带着两名设计员去景一珊的办公室,时间是下午,镇里快下班了。我进屋就看到景一珊的脸色不太好看,她正半倚在沙发上,好像才睡醒的样子。我问她怎么了?她说发烧好几天了,总不好,到医院检查了一下说是肺炎。我说那可得抓紧治,不行就打吊瓶。她说吃几片药就能挺过去,小毛病,说着她就吃药。我过去摸了摸她额头,当时我那两位设计员也在，挺烫的，我说你去医院吧！我劝她去，景一珊有些不愿意，说不去，小病不值得，事这么多，晚上再说。我一看她挺坚持，再多说让别人误会，就没说什么，然后我们就谈了谈民居规划的情况。两位设计员提供了图纸和课件，景一珊看过后非常高兴。大概一个多小时后，她说："继东，不行，我还真有些难受，今天就先到这里，晚上我去市里找位老中医调理调理。"我说那好，工作明天可以继续，病耽误不得，说完我和两个设计员就走了。我回头上车的时候，扭头看到景一珊站在她办公室的门口，注视着我，见我回头，向我挥手告别，以前没这样过。我停下来问："一珊还有事吗？"她喊我声音很大："继东，谢谢你。"在她的表情中我分明读出了别的意思，我有些担心。第二天我给她打了个电话，她只是小声告诉我说"正在开会"，就挂了。

就这些情况了，不知道对你们有没有帮助，我觉得她好像要和我说什么，但我再也不能知道了。有好几个晚上，我都梦到一珊向我招手的样子，喊我的名字："继东，继东，谢谢你，谢谢你……"

九

宫队，您好，我是技术室生化民警小王，我们通过对景一珊进行尸检和血细胞检验，发现其血液里含有大量癌细胞，同时我们对景一珊床头的药品进行逐一筛检，发现都是抗癌类药物。景一珊是在夜间1点左右因癌症疼痛引起猝死而过世的，也就是"过劳死"。报告我放到您的办公室了，癌，对，这个肯定的。

十

警察同志，我是卢庄镇办公室主任田继红，我有件事情要报告给你们，不知道有没有价值。我们景镇长出事前的头一天晚上，用毛笔

在旧报纸上写了一首诗,后来被我收拾屋子给扔了。我今天从垃圾堆把它捡回来,我给你们朗读一下吧:

三十七年沧桑

十五载辛忙

匆匆旧时光挥手自难忘

绿树黄花

白驹一场

……

清魂无处可去

如云朵流浪

风啊

你若懂我鞠躬未尽

定要引我归来

哪怕化作这只有七里的郁香。

手机变奏曲

世界上最遥远的距离，是我站在你面前，而你却在玩手机。

——引自当下最潮流的一句话

一

我去，李聿这个气呀！

李聿这个气确实不该生的，也就是说，让他生气的这件事儿真不应该发生。一部新买的三星智能商版手机，瓦灰色，高贵、典雅，一机在手，再配上名牌西装，系条卡罗兰浅蓝领带，那气质，极其适合在行政岗位做中层领导的李聿。这年头人不光看内在，也得看外在。穷得灰头土脸，谁注意你呀！得意！可李聿得意了才三天，手机慎用了三天，三天！触摸屏不知怎么搞的就黑了，黑了就亮不起来了。

"我勒个去。三千块钱，我三个月的精神文明奖金呀！"强调外在的李聿内在万分急躁。

李聿的骂人用语与他的行政工作极不对称。可这事真让他上脾气，李聿平时的脾气也不是多么恶劣，从外在的体貌到彰显气概的内在，他都是非常柔弱的一个人。

李聿拿着问题手机找回经销商那儿。从导购员到经理，统一口径，想退货没门，想维修就等着。按李聿的话说，那就像个个纯他妈的是诈骗犯。想想买手机的时候，那几个导购小姐还有销售经理，个个都跟青楼卖笑的似的，服务无微不至，态度超佳，都是你要不嫖她一次就对不起人家的那种服务态度。

经理叫什么？对，王烨，瞧他那个揍相，肯定是四肢发达、头脑糨糊、文化素质极低的玩意。李聿的内心一万分的恼怒。

也难怪，三千多买了个有问题的手机，谁能痛快啊！

李聿把手机、手机合格证、手机发票、手机说明书、手机包装盒，一件不落地放到柜台上，四下找人。售后导购小姐正坐在柜台下面，左手端着部卡通套手机，右手手指在屏幕上手写输入，在玩微信呢。这年头就是微信的时代，公交车上、地铁里、人行道上，所有人都低着头对嘈杂的社会视而不见，或是对着耳麦自言自语，或是两只手把弄着状态各异的机子。这年头，李聿也是忧国忧民的党政干部。

导购小姐见有人过来，站起身，她长得玲珑剔透，某些凸凹部位恰到好处，红嘟嘟的小嘴还没说话，浓郁的香水气息就扑面而来。李聿进门前的怨气就被灭了一大半。李聿说这手机怎的怎的了，女孩伸手接过手机摆弄了一会儿，见李聿之言非虚。在女孩摆弄手机的时候，李聿故意向前凑了凑。"真香"，李聿在心里说。女孩扭身进了柜台后面的经理室，十分钟后拿着手机出来，说话温婉得很："先生，经理说退货不可能，只能给您返厂维修。"

李聿说："返回东南亚呀？还得给手机办理护照呗！"

导购小姐歉意般地微笑一下，显然是那种职业的笑，来得非常耐看而自然："就是厂家，这是对客户负责，也是对我们销售商负责。"

第二次是五天后的上午。李聿再次找到那名浑身香水味的导购小姐。导购小姐的香水味道依旧，话语也相当依旧，回复李聿手机还在途中某个阶段，具体到哪个环节不清楚。李聿这次没有多留恋女孩的身体以及诱惑男人的芳香。李聿说："你现在给问问，我还要等到什么时候？"导购小姐转身又去了里间。

导购小姐从经理室飘然地走出的时候，手里多了一部90年代中期非常流行的瓦灰色大按键手机。

李聿："这是什么？"

导购小姐首先表达了经理以及该经销店所有员工对于要让李聿继续等待的歉意，后把大按键手机递过来："先生，这是我公司给您提供的备用机。"李聿差点把肺管气炸了："这是手机还是怀旧工具？你们刚从收藏室里踅摸来的呀？这东西要拿着在人前一露，还有人格尊严吗？"

李聿实在不能再容忍了。"我五天后，五天后，行吗？我要我那种三千七，商版的，新的，没有任何问题的翻盖双触屏智能手机。否则全价退钱。两者选一，否则后果自负！"说"后果自负"的时候，李聿正气凛然，所谓的顾客就是上帝，李聿想当然地认为自己是一位崇高的上帝。

李聿扭身就走人了。李聿其实也是给自己和对方一个台阶下，他想既然贼船已经上了，弄僵了也没什么香沾，自己不如再给对方五天的时间，也算是个缓冲。

李聿在乡镇上工作，从体格到性格都是弱势的一个，他轻易不惹事，也不想多揽事，遇到事情了总是宁肯吃点小亏，都能过去。这在乡镇工作中有好大的好处，虽然能力没多少，但领导用着可靠，加上李聿切实勤恳听话，办事虽然效率不高，但绝对不会抢领导的彩头，所以兢兢业业的这些年，他也弄了个中层主任干，也算混出了点名堂。

真就又熬了五天。李聿再来手机经销店的时候，接待李聿的导购小姐躲了，这次连香味都让李聿闻不见了。他问谁谁不搭理这个茬。是可忍孰不可忍！"我勒个去！"李聿心里暗骂，火头就上来了，"好，我让你们卖手机，我让你卖身都卖不出去。"李聿掐着腰在大厅就喊上了，李聿喊的无非是商户欺诈，客户受苦，谁买这的手机谁就是傻子……傻子没喊出来，他就想到自己首先就是傻子了。李聿怎么也是行政干部，他喊"同志们，谁买这店里的货，那就和我一起犯傻了"，傻子谁都不乐意当，听"傻子"一喊，想买手机的还真不买了，都看热闹了。

和李聿叫板的是店老板王烨。王烨是端着杯铁观音大摇大摆地走出经理室的。

王烨冲着李聿扬了扬手:"你别喊了,你别喊了。"

李聿正在劲头上:"我怎么不喊,我三千七打水漂了。"

"我是老板。"

"你就是老板呀,我买了部手机,可三天就黑屏了,到现在……"

"停,停,你别说了,别说。"王烨满脸的牛逼相,茶水端得相当稳,说,"手机坏了很正常,我们就这么个服务,两个答案,一是等着返厂维修回来通知你,二是你到消协投诉维护你所谓的权益,两者我们都欢迎。你再在这里大喊大叫,影响我的生意,我也不报警,我一会儿让你小子躺着出去!"王烨说这话的时候,用左手把T恤撩开了。王烨的肚子非常丰满,像足球,像充满气的足球。这足球上还竖着一道鲜明浅红的刀疤,至于是阑尾炎手术,还是沙场秋点兵留下的早已无从考证,但足以让李聿触目惊心。似乎李聿再稍做造次,那伤疤就会立马破开肉皮,张开血口把他吞噬嚼碎。

李聿注意到王烨的逼仄锋利的眼光,正张牙舞爪地逼近他,又觉得前后左右那些带着嘲笑狞笑奸笑的男导购同样凶神恶煞般地从四面涌过来。他的浅白色上衣顿时被汗水浸透了。

李聿躺倒在自家大床上,气不打一处来,他为自己的狼狈而逃而感到羞愧不已。三千七呀,三千七,凭什么呀!我凭什么就得受这个气。他寻思了一会儿,拿起电话就给在工商局工作的高中同学打电话。同学好像正在忙着什么,电话里面有推拉抽屉的声音。李聿说要投诉。同学说,李主任,投诉手续很多,身份证、申请书这个那个的,而且这年头谁还不知道这个道理,执法单位和商家都是千丝万缕的关系,到时候操作起来也并非多顺利。李聿说,这不是纯属欺负人嘛。同学说,揍他呀。同学在电话里说揍他的时候,发出点笑声,李聿知道笑声是什么意思。

李聿能揍谁呀,他这个小身子骨,上小学时被乡下的同学用石头揍过,中学因为和女生一起上学被初中老黑揍过,高中、大学倒没挨过揍,但也从没生过要揍谁的念头。他从来都是处于被揍的角色,他还能揍谁?

人活一口气，佛争一炷香。同学挂断电话的时候语重心长地说了一句，带着煽动感。

李聿拿着电话，歪着脖子，想想自己在家里也总是让老婆时不时挤对。李聿你是个爷们吗？李聿你和他们干……，李聿今天不忍了，忍无可忍了，我和你们干。

李聿从文件包里拿出本通讯录，迅速找到了一个名字，随后抄起电话："喂！大中，你舅舅家那户口的事情下周找我来，不过哥儿们，你说的那个亮子好使不？"

二

郭栓亮从小饭店踉踉跄跄地走出来的时候，没有听到后面饭店缠着围裙的老板娘冲着他的背影恶狠狠地咒骂了一句："王八羔子，活私孩子！""王八羔子"和"活私孩子"在华北北部是非常难听的词。两个词寓意有些雷同，就是对一些人出生来历的一种蔑称。这个人没有管教，行事做事不端正，没品行，就被人骂作"王八羔子"或"王八蛋"，如果再加上"活私孩子"，那就更说明问题的严重性了。"私孩子"就是私生子，是应该生下来就扔到河沟里、窑洞子里让狗扒吃掉的，可是这个有问题的人竟然没有死，竟然还活在世上，那就是大大的不该了。

可是郭栓亮没有听到，即使郭栓亮听到了，他或许也不会折回身子和店家理论。郭栓亮不止一次地在这个小饭店里吃霸王餐了，一盘鱼香肉丝，一盘宫保鸡丁，另加一瓶京东大高粱，主食一份素焖。就这么价值75元的饭，他郭栓亮也拿不出。可拿不出，郭栓亮也得去喝，隔三岔五地不喝点酒，他郭栓亮就不叫郭栓亮，他郭栓亮就在街上走着不豪横。

郭栓亮霸气，相当霸气。郭栓亮想喝酒了，没钱，没钱也能照样喝。

换别人，你不喝酒，你吃完两盘菜，囫囵碗焖饼，你耀武扬威地走到饭店吧台前,说:"真对不起,我没钱,赊账!"那怎么行!

人家知道你是谁,那甘肃外地老板两口子也是走南闯北的人,人家不看你没钱,人家看你脸,说:"呵呵,老板,我们不容易,小本生意。"

你能怎么样,你难道还觍着脸说,真不好意思,真没有?

甘肃那两口子会怎么样?一个仍然是笑脸相迎,喋喋不休:"老板哟,你怎么没钱哟,你莫要开国际玩笑,我们可不容易噢。"

另一个就凶相毕露,说:"你小子,没钱!"咔嚓把菜刀在吧台上一剁,"奶奶的,吃大户来啦,没钱休想走出甘肃菜馆。"

对于郭栓亮来说,这些罗列的情形,是从来不需考虑的。郭栓亮喝完最后一滴大高粱,把盘子的饼丝扒拉干净,晃动着身子站起来,黑跨带背心脱了下来搭在左肩上,后背到前胸文着一条吐着黑信、盘旋狰狞的巨型眼镜王蛇,让人不寒而栗,郭栓亮所要的就是这种视觉效果。

郭栓亮推门就走,谁问,也是老子没钱。

第一次是这样。

第二次这样。

第三次就是今天,他郭栓亮,还是送给甘肃两口子四个字:"老子没钱。"

甘肃那两口子没辙,没脾气,旁人都劝他,一个地痞无赖,为了百八十块钱,惹他干吗。是,人和畜生能一起理论么,甘肃两口子自我安慰地想想,对,畜生,也就算了。

虽然不要郭栓亮的钱,但每次小饭店那甘肃老板娘都会亲送郭栓亮八个大字:"王八羔子,活私孩子。"

郭栓亮这次不想进城,因为口袋里实在可怜。他郭栓亮在郭家集里可以折腾些小风浪,但要是夫城里郭栓亮还真明白自己也是瀚海的浪花一小朵。本来他想给城里的胡中打电话的,问问这一段有什么可以操作的事,可手机打不出去欠费了。郭栓亮揣着个手机无所事事,他只能到处游逛。他脑子昏沉沉的,头脑有些模糊,他在路边的电线杆上倚靠着。就看眼前过来一辆公交,几路公交郭栓亮没有看清,他看到好多人上了车，也就随着人流挤了进去。郭栓亮看到车门口有个座位，二话没说就一屁股歪上面。说实话，郭栓亮真的喝大了。以前他喝一瓶大高粱可以剩点，今儿个他觉得状态好，一点没剩就都灌进肚子里，现在才感觉自己也就最多能承受七两，这个一斤确实不应该轻易挑战。

小Q在哪里呢？郭栓亮去掏口袋里的大屏手机。他拽出手机，脑子里就想小Q的手机号。他头脑里思索了好半天，终于想起几个数字，正想去在手机上找那几个数字，想想，手机没话费了。

"这个女人"。他颠了颠手机，骂的是手机还是小Q不清楚，但他面临的重大问题就是任何女人都联系不上了。郭栓亮骂完这一句，然后用力拍了拍脑袋："真喝高了。"

公交车晃晃悠悠地到了城里，他还在犯迷糊。

"终点站到了，终点站到了！"卖票的妇女嚷嚷着。郭栓亮不理不睬抬起屁股下车。女人拽着他肩上的背心："买票呀？你还没买票呢？"

郭栓亮左胳膊扬了扬，嘴里嘟囔着："下回下回。"

那个女售票员还想跟他理论，旁边司机向她摆了摆手，女人对准郭栓亮的后背无声严厉地"呸"了下，回到车上去了。

郭栓亮走了几步，让外面小凉风一吹，他的胃里开始翻江倒海。他的脑袋发木发胀，"哇"的一声，嘴里的污秽直喷出去两三米。前面几个人惊得急忙躲到远处。郭栓亮胃肠波涛汹涌，口吐秽物。好多人凑过来看热闹。郭栓亮酒劲一股股地向头上涌。他真的没面子，成耍猴的了。"妈的，你们都看我干嘛，喝多了怎么着？怎么着？"郭栓亮骂一句，"哇"地喷一口，喷一口，骂一句，哇……妈的……哇……"

郭栓亮把肚子里的东西倒得差不多了，想挪挪地方，身体被一旁的汽车左后视镜挂了一下，踉跄了两步，他扭头看了看，是辆橘黄色的QQ汽车。牌照是00544。

郭栓亮一瞅QQ汽车直生气。小Q说："亮子，你什么时候买辆QQ呀，买辆QQ你让我怎么样我就怎样。"

郭栓亮可以聊QQ，可以玩QQ，但要买辆QQ，那就不现实了。

郭栓亮累活不想干，赚钱没路数，上学不好好学，混了个初中毕业，一直散漫在家。别人都有个稳定的职业，他不行，按照他的说法就是，人家有好爹，他不行。他爹是个老水利局退休职工，害他现在在家务农。他爹一个月就两千块，还不够治他妈的哮喘呢，更别提买辆QQ轿车。

月前他因为和别人斗殴，被为他交了罚款后的老爹从派出所领出来。他爹痛苦不已，老泪纵横，说："儿子，我们不指望你养老送终了，我们看到你好好活着就行了。"

郭栓亮不体会他爹的感受："你们没钱养我，生我干嘛？人家的爹不都是把孩子安排好，你呢？你让我上自来水公司去干活，是当爹的材料吗？"

现在他来回端详着QQ车，想起小Q那让他脸红心跳的话。00544，动动我试试！真叫板，动动我试试！我今天就动动你试试！郭栓亮就在地上四处寻找称手的家伙。恰好马路沿上有两块半拉红砖，郭栓亮弯腰捡起来，一手一个，照着QQ的挡风玻璃，使足力气拍了下去。

三

李聿中午吃完饭本来想舒舒服服地睡一场，哥儿们答应好给他摆平手机店的事情，至于怎么摆平李聿不用管了。李聿想先出气再说。他想，不干点出手的真无法在社会上立足了，这些年自己也大小是个副科了，怎么还那么胆小怕事，还让一个手机店的土老板给唬住了，传出去以后日子都没法过了。

正在床上辗转反侧的时候，家里电话响了，他连忙爬起来。电话是大舅哥打来的，说："手机怎么样了？"李聿想自己买手机的事情和老婆说了，老婆肯定和大舅哥念叨了。李聿就说手机店老板态度非常嚣张，还叫板了。大舅子显然是做大买卖的，很沉得住气，说："你现在就过去吧，我现在让'关系'给那个王烨打电话。"

李聿相信地产商大舅哥的能量。大舅哥没少在仕途上、生活上关照他，但他也不能什么事情都麻烦媳妇娘家人，自己大小也是个干部，什么都麻烦媳妇那头，会让家人看不起自己。

李聿放下大舅哥的电话，收拾利索就想下楼，念头一闪，从茶几上拿起汽车钥匙。李聿的QQ车户主是他老婆。李聿的老婆在家里说一不二，家庭贡献比李聿多，她在哥哥经营的房地产开发公司负责财务，亲哥对亲妹那差不了的。谁在家庭经济上占主导，当然就是谁说了算，李聿在单位以领导马首是瞻，在家里对老婆唯命是从。

李聿小心眼，他想开个车去给自己增加点胆色。他泊好车，怀着忐忑的心情进了通信手机店。他迎面就看到那个足球大肚子，但那个肚子已经被绿色新潮的T恤遮挡住。王大老板向李聿展示出一副春光灿烂的笑靥，李聿惊恐不安的心如尘埃落定。

双方紧张的关系被和平共处之风吹得烟消云散。王烨一口一个"李主任"续着茶水，导购也把一部崭新的手机递到了李主任的面前。李聿也会逢迎场面。两人从手机到电器，从电器延伸到武器，从武器延伸到国防政治，侃侃而谈。两人感情正从敌我矛盾迅速升温到革命友谊坚如钢的状态。就听外面"哗啦"一声，有人高喊"砸车了砸车了"。李聿当时也没往自己身上想。门口导购小姐（不是那位香水小姐），惊惶无措地推门进来。王烨问："怎么啦？"导购直接对李聿说："你的车，被砸了！"

李聿跑出店门口，见那个光膀子的小子手持板砖，正对自己的QQ爱车下着重手。他气血上涌，冲上去将那个男的用力推开："你干什么砸我的车！"

砸车人愣了一下，左手兀自高举砖头，保持炸碉堡的姿势："这个车撞了我。"

看着对方那个凶狠样子，李聿不免胆战，声音小了些："扯，什么时候撞的？"

"就是刚才。"

李聿一闻对方满嘴酒气，就知道他喝多了，没事找事。"你扯淡！我车刚出来，连个人毛都没碰上，从哪里撞的你。"

"你才扯淡！"对方无言狡辩！手里的砖头奔李聿的脑袋就砸。李聿向右一躲，砖头砸在了肩上。他吓得扭头就跑。

郭栓亮从后面举着砖头就追："妈的……我弄死你。"

王烨是打完报警电话后跑出去的，他不是爱管闲事的主，本来对李聿这个人没什么好感，但在自己店门口发生的事，而且和李聿这边也多了层关系，他得管。这年头就是关系社会、人情社会，你慢待了关系和人情，将来难免会撞到人家门口上。

看着李聿QQ车被砸的惨烈现场，王烨心想这个李主任也是够倒霉的，手机事儿刚消停了，这个车又好端端的弄成这样。

王烨心中生出些怜悯之情来。他可不轻易为谁蹚浑水，他在手机店可以发飙耍痞，那不过是针对外强中干的李聿这类人使用的，对付真正的地痞流氓，叫哪个帮手都没有警察快。王烨追上郭栓亮的时候，李聿和郭栓亮围着一块印着"城市建设人民建，城市环境人民管"的广告牌绕圈子。郭栓亮脚底发飘，有些不听使唤，李聿连吓带踹脸色如灰。王烨喊了两句没管用，就从背后双手抱住郭栓亮的后腰。郭栓亮手里已经没了砖头，扭头伸着巴掌抽在王烨脸上。王烨死命勒住郭栓亮的腰不松手。低着头就听郭栓亮喊："妈的，撒手！不撒手，弄死你，弄死你……"

李聿刹住脚累得瘫坐在地上，大口喘气，王烨还在撅着腚死死抱住对方不敢松手，喊："李聿，你找家伙削他小子，削他。"李聿想用右手撑起身子，可手和脚都在乱抖，不听使唤。

这时，警车呼啸着赶了过来。车上跳下几名警察，几下子就把郭栓亮给铐上了。郭栓亮低着头被押到车上，还肉烂嘴不烂："老子弄死你！"

四

"你的名字？"

"郭栓亮。"

"出生日期?"

"我有身份证。"

"身份证呢?"

"刚才你们搜身拿过去了。"

"你的家庭成员?"

"我爹死了,我妈改嫁了。"

"真的假的?"

"真的。"

"真的?"警察的问话带着不信任的口气。

"假的。"

"混蛋!"

郭栓亮仰了仰脖子,想回骂过去,可他看到两个警察的眼睛直视着他,又把话咽回去了。两个警察注视了郭栓亮几分钟,年长的那个笑了笑,非常平平的微笑,让郭栓亮心生疑窦。

"你为什么砸车?"

"那个车撞了我。"

"什么时间撞的?"

"是去年。"

"去年?"

"去年。"

"什么时间,在什么地方?"

"就是在县城。哪个地方我记不清了,时间好像就是去年。"

两个警察问几句就互相会意一下,这样持续了十几分钟。放在桌角上那部大屏手机"丁零"地剧烈响起来。

"够吓人的。"年轻些的警察幽默了一句。响铃提示灯继续闪动着,在幽暗的屋里非常刺眼,警察直起身拿起来摁了下拒接键。

郭栓亮说:"能接不?"

警察摇了摇头:"不能。"

郭栓亮说:"我手机只能接不能打了,我接一下,找个人给我办出去。"

"等讯问完了，现在不行。"

"是不是得通知我爹妈啊？"

"你不爹死、娘嫁人了吗？"年轻警察揶揄了一句。

郭栓亮脸皮发烫："我乱说的！"

警察随后又问了郭栓亮喝了多少酒，有没有前科。郭栓亮开始想来个死猪不怕开水烫，后来被问得一点底气都没有，横下心想，出来混早晚该还的，还不如坦白从宽，真要让警官们给我上点手段，自己真还挺不过去。

郭栓亮打开话匣子，将事儿一件件地往外倒。交代的同时，他的眼睛始终不离自己的手机。郭栓亮期望有人给他处理这件事。他的酒醒了，他记得上次差甘肃饭店几百块饭钱，还把人家的汽车给砸了，是胡中帮他摆平的。胡中是他的人哥，就是老大，有钱有产业，带着他们七八个人经常搞点昼伏夜出的勾当，夜里给人院子扔个炮仗，白天下药弄死狗，或者为两边调解调解事儿，中间抽个钱。郭栓亮这些无耻卑劣的事情没少干。他想刚才那个电话是胡中打来的吗？还是小Q？小Q估计够呛，小Q不知道又上QQ联系哪个去了。郭栓亮脑子里又想起他爹，他爹来了肯定就算变卖家产也要把自己赎出去。今天他爹带着他妈去医院复查去了。郭栓亮想今天要是陪着妈去看病哪有这事出现呢，可现在什么都晚了。这次要出去得拿多少钱呢？

警察在电脑上记了又记，又来了高个子警察，那个稍微年长的起来出去了。"郭栓亮，你还有什么情况没有交代？"

屋里安静得让郭栓亮觉得压抑，他发了发呆，想了想，所有干过的事应该都吐落干净了。

"我叫李聿，男，1985年4月15日出生，汉族，系河北舒城市新杜各庄乡人，住舒城市乡镇长小区3号楼5单元203室。"

"你的车什么时间买的？"

"今年的2月份。"

"牌照号多少？"

"冀R00544。"

"这牌照不错。"做笔录的小警察自言自语。这牌照李聿真还没有仔细品味过。他驾驶汽车的概率并不高。至于QQ车牌子怎么弄成这个号，李聿想了想，这个东西没有太刻意吧。

"你认识刚才殴打你的那个人吗？"

"不认识。"

"那他为什么打你？"

"他说我的车撞了他。"

"你的车撞过他吗？"

"他纯粹胡说，我的车别说撞人了，就是猫狗都没有撞过。"

"他刚才怎么打的你？"

"用砖头砸在我的肩膀上。喏，你看看，你们看看。"说着李聿解开衬衣扣子，"这里，这儿。"他指点着身上青肿的部位。小警察用相机咔嚓咔嚓拍了几张照片。

"你需要验伤吗？"

"需要。"

"你的车哪里损坏了？"

"我的车前挡风玻璃整个粉碎，两侧的反光镜，还有前机盖都被他砸了。作为一名守法公民、副科级干部、共和国纳税人，我要求严惩这个酒后滋事分子。"

李聿言辞凿凿，尤其说到自己是共和国纳税人的时候，备感神圣。他站起身来双手摆动配合自己的语言。两名警察如同两位听导师讲课的学生。李聿比画了一阵，胳膊隐隐作痛。他低头瞧见两个警察脸上会心的微笑，颓然地坐了下去。

王烨的笔录相当简单，他如实地把事情的来龙去脉讲述了一遍。他用手帕擦着脸上不太明显的伤痕，也没有要求验伤。整个调查取证做完了，李聿和王烨一前一后走出讯问室。李聿说："王老板，这事让你跟着受了委屈，真，真不好呢。"

王烨活动一下肩膀，拍了拍李聿的左肩膀："这点事算什么呢！"两人快步走出派出所的时候，李聿忽然想起什么，又折回来对着其中一名警察问："能不能让那小子先把车给我修了？"

警察回答："李主任，案子到什么程序，我们会及时通知你的，先去验伤吧！"

李聿还想张嘴，王烨说"别丢人了"，把李聿推出了派出所，上了自己的丰田轿车。王烨边发动车边说："过几天问清这小子是跟谁的，我找人把他废了。"

李聿心里非常复杂。听到口袋里的手机响了，李聿一看来电号码是社会上混的那个哥们，瞥了王烨一眼，打开手机。

"哥们，我正处理事儿呢，等会再联系。"

"那个亮子我打了几次联系不上，你那事过几天再搞好不好？"哥们说。

"嗯，嗯。"李聿生怕王烨听出些端倪来，压低声音，双手捂住手机，"算了，先别联系了，再等我电话啊！"李聿说完就赶紧挂了电话，侧过头去看王烨。王烨正麻利地挂上高速挡，车子呼啸了一声向前窜出去。

"晚上吃顿饭，叫上你大舅哥，我给你压压惊。"王烨说。

李聿心不在焉，随口应着："嗯，嗯。"

王烨屁股后口袋里的手机震动响起来。王烨说："谁他妈的这时候来电话呀！"他稍稍低了下头向右歪了一下身子，把最新款苹果手机从后口袋内掏出来。他右手扶着方向盘，左手将手机贴到耳边听电话。

"谁？小中呀。"

李聿直着耳朵听着王烨的电话，当听到王烨说出"小中"的时候，脑袋"嗡"的一声就大了。

"什么，谁想弄我？"王烨架着手机，眉毛上挑，小眼睛睁得溜圆，思想就溜号了。

飞驰的丰田车"咣"的一声巨响，狠狠撞在横穿马路的行人身上，那个白上衣女孩正在低着头玩着手机，瞬间被汽车撞成一道弧形，呈抛物状缓缓落地。在空中，女孩的短裙被巨大的力量高高掀起，白皙的大腿和蕾丝内裤毫无保留地展现在早已窒息的李聿视线中。李聿的嗅觉器官顿时被香气与腥气所包裹，生理上瞬间迸发出几秒战栗般的高潮。

车子已完全失去控制，继续直冲，"轰隆"一声，撞进印有美女广告的手机经销店内。

　　而此时，派出所留置室内郭栓亮反拷双手望眼欲穿。他的手机在另一间屋内的桌子上时不时地震动着。一位穿便服的警察走进来捡起手机，关了几下都没有关掉。他随手把手机扔进靠墙的档案柜中。手机在里面挣扎着响了几次，最后像一位失去斗志的人那样悄无声息。

三　婶

春节前，我在市医院门口碰到我们村会计老七哥。老七哥拎着个收电费的黑提包来到市里看病，大老远望见我就扯开嗓子喊我："小兄弟，到你这里还不管酒喝呀？"

我忘了当时我是干什么事情，是看病人还是去医院盖个病例章，一看是老七哥，情绪立马跟进："七哥，这话说的，到你兄弟地面上了，你不吃饭，我还和你没完呢。"

老七哥就等着我这句，满脸乐开了花。

我太了解郭七了，每天不喝几杯就睡不着觉，走到哪儿喝到哪儿，十足的酒乱子。那天赶上我单位上的事情不多，有闲工夫。中午请他喝个酒也花不了多少钱，还打点他个欢喜。我们就在附近找了个不大不小的饭店，要了四菜一汤、一瓶二锅头。这个老家人就是这样，你千万不能怠慢，你对他们好三分，他回村里就给你宣扬成十分。你哪里要做得差了，那可就了不得了，你这个人品就在村里传开了。我发小王二喜，在市农行当了个信贷科长。前年村里红白理事会想找他摊个钱，几个头头坐车去市里找他。王二喜压根没有把村里人放眼里，听门卫打电话来说是老家来人，就怕沾上好歹，在电话里推托有事，把村里几个人给晾了。今年开年王二喜的二伯脑梗去世，出殡那天，村里几个管事的就撂了挑子，说你们老王家用不着村里人，王二喜那家伙在市里牛逼闪闪鼻孔朝天，这么大的势力，自己家的事情自己办得了，把王家孝子们噎得浑身哆嗦，但没辙，只得叔伯哥几个挨家挨户地磕孝子头。王二喜丢人丢大了，又请吃饭又给送烟，说了一火车的吉祥话才算把事弄过去。

郭七果然是个酒乱子，酒才入肚子二两，他的话匣子就打开了。村里大事小情，这家生孩子长了个胎记，那家挖菜窖掘出个古董都清楚得很。从我光屁股一直到现在有多少个人混得有出息了，哪几个人人品、职务不错，哪几个人品性操蛋，例如王二喜，他都清楚。又从村科技队闹狐仙，讲到前几天乡镇某个镇长和村里谁家媳妇搞破鞋被人发现，婆家集体去镇里上访，最后把镇长拉下马，女人撵出东成堡，那唾沫星子滔滔不绝，话题不断。我也是好长时间没有回村了，对村里的人和物心怀眷恋，被这郭七带得情绪也上来了，说着说着三转两转的这话头就扯到了三婶头上。对，就是从那个媳妇搞破鞋的话茬儿开始，郭七的话题就层层链接到三婶那儿。郭七说那小媳妇，比三路家差远了，三路家那媳妇那奶子那屁股一捏一股水，他说一股水的时候，摇晃着脑袋，淫相十足。

在东成堡村形容谁的长相，就会用到具体的人或物来做比喻，例如说，你看刘麻子的眼睛跟牛蛋子似的，那吕老汪的嘴跟驴一样。但说到女人参照物却成了三婶一个人。谁家闺女长了个三婶的身条，胸脯是三婶的胸脯，屁股比三婶的小些或者瘪些甚至更圆翘，谁那眉眼和三婶有一比，眉毛没有三婶的弯，眼睛里没有波澜，不像三嫂的会勾引人。这些话有好听的，有赞许的，有糟践的。最形象最有渲染力的就是，谁家媳妇夜里和男人办事叫床声和三婶有一拼，活像说这话的人，三婶行房办事时他们就在现场，或者曾经也和被举例的人办过，这个问题就值得探究了。

村里人的排比简单且直接，许多年过去了，用三婶做比喻的话依旧没有因时代的变迁而中断。三婶在岁月荏苒的河流中，没有被阻断淹没，她仍然承担着为村里墙头下、酒桌上、小卖部里、某牌局上提供丰富谈资的重任，而且有愈演愈烈的趋势。甚至后来好多没有见过三婶，不知道话头由来的年轻人也参与其中，乐此不疲。

如果三婶知道她仅仅住了两年的东成堡，用这么个方式传扬怀念她，真不知道是什么感受。我有时候反过来想，这也难说是件不好的事情，若是一个人能存留在一方人们的生活记忆中，也算此生不枉了！

  我爱人是个城里人，在村里住过几年，和村里那些老少娘们搞得相当融洽。吃完晚饭就出去在街上顶着星星月亮，拿着马扎坐在东邻胖嫂的门口前面和邻家的妇女们扯东道西，和家乡的女人们一起为白天喧嚣的生活总结或是谢幕。她虽然是从小城市来的，但她喜欢村人的朴实和直白，村里人也乐意和她这样不谙世道的人交谈，这种交流颇有种相互谋求与信任的味道。

  那天晚上老婆进屋上炕，显然有些意犹未尽，坐在炕头问我："三婶是谁呀？在村里影响这么深远。"

  我回答得有些小心翼翼："你是不是听村里那些老少娘们说什么了？"

  "嗯！这个三婶那样，那个三嫂那样。这个三嫂长什么样儿？怎么有这么大的魅力呀！"

  "三婶子呀！……"

  "听说和村里好多男的都有事，是真的吗？"

  "别听他们扯淡呢，一个个的边都沾不上，三婶那是什么人呀，多好的人，村里这些人吃不上豆腐就落个嘴瘾呗！"

  其实和村里许多人一样，三婶也存在于我的人生记忆里。

  三婶家和我家就隔着一条大街，她家在街北，我家在街南。尤其记得三婶院中茂盛的金丝枣树，每到白露时节，那红灿灿的枣子垂满了枝丫，煞是喜人。

  三婶是安徽人，具体哪个地方人我记不得了，我娘说三婶是三路叔当兵的时候好上的。三路叔人精，脑瓜活，那两只小眼睛，一笑眯成一条线，嘴皮子利索，特能说。人勤快，加上嘴上能扇呼，很快就赢得了上级领导的信任。

  三路叔一年后就成了连队上的司务长，这活可是肥差，就跟我们单位后勤处一样，油水多多。就算当年三路叔遵守革命纪律意如钢，不捞油水不腐败，估计也是可以多吃点好东西的。三婶娘家爹妈在市场里卖菜，一米二去就和三路叔密切了军民关系。三婶好像在一个小学校里代课，闲了就给爹妈看看摊。可能是哪天三路叔采买的时候就碰上三婶了。三婶珠圆玉润，腰身匀称，语调正经，不酸不妖。三路叔多贼呀，就动了鬼心眼。你想，三路叔他家那时候那个穷，穷得一家人过冬都做不上棉衣裳。兄弟多，大路和二路都还没找上媳妇，他要在家找那更是甭指望了。

三路叔上心后，腿脚更勤快了。小伙穿着军装也神气，在小钱上也不计较，三婶的爹妈打心眼里喜欢这个北方小伙，加上自己的丫头也有意思，便有意招他为婿。两个老人在部队上一打听，三路叔这个人还真不错，将来前途还真不可估量，更坚定了想法。三路叔把军队伙食建设搞得好不好不清楚，我只知道他一年半就把三婶给弄到手了。

当时那个轰动呀！可让整个乡里村里都沸沸扬扬，老人们都说三路叔缺德，拐骗妇女，人家这姑娘既漂亮，还有文化。有同龄的人看到三路叔领了个花姑娘来，真是羡慕嫉妒恨！三路叔带着三婶回来结婚的那天，街上男女老少那个热闹，街筒子里都是人，都来看新媳妇，男人们组队到三路家来闹新房，把三路叔一家人美得都冒出鼻涕泡了。

我那时候小，七岁，别人吵吵什么我也不懂，就是趁机下手拿了几块玉米糖，中午跟着我妈在三路叔家里吃了顿折箩菜，狂吃了两碗，撑得我后来肚子疼，甭提多好吃，现在喜事上七个盘子、八个碗都是鸡鸭鱼肉的，但吃什么都没以前的滋味了。

结婚当晚好多人去听三路叔的新房，年轻后生们黑压压爬了一墙头。我也去了，可是我个小，我让二狗子在墙下蹲着，我踩着他上墙，二狗子不乐意。后来电工吕球子也赶来听新房，见我和二狗子在这里，把我和二狗子给连骂带推弄旁边去了，说小孩子家家的听什么听。这个混账东西，看他那个急赤白脸的样子，真跟个狼狗差不多。

第二天话就传开了。村里几个后生历经一整夜辛苦，不负众望终究听新房成功，一个个说得绘声绘色，说洞房之夜三路叔和三路婶在炕上男上女下持续战斗到天亮，其间三路婶呻吟之声不绝且悦耳撩人，三路叔纵横驰骋流尽最后一滴精血后方才下马。此段相当黄，也极其少儿不宜，吕球子等人添枝加叶渲染杜撰，一时成了村里最来劲的故事桥段。人们听完既过瘾又愤慨，都说："三路这个狗怂。"具体是贬低还是诅咒就不清楚了。

结婚十多天后三路叔就回部队了，走的时候在村口三婶拉着三路叔的胳膊依依不舍。家里就剩下三婶子住在后街，开始时，三路的叔伯小姑子英子陪着三路婶住。后来英子好像嫌弃三婶太爱干净，适应不了，就找个借口搬出去了。三婶一个人倒也安逸，日常除了和我妈结伴下地干农活，就是在家待着看书、绣花、做鞋，不像别的媳妇那样东家串西家走。我记得她总是在炕头上放着书的，具体哪些书我没仔细看，我那时候注意力没在那里。

三婶和我娘谈得来，有时候地里的活不找大路和二路，就过来喊我爹。我家里养着只骡子，是干农活的好把式，而且，爹做农活是把好手，也好说话。后来三婶总是喊我爹干活，我娘就有些不乐意。二婶有一次到我家，想让我爹去给她把地耙了，我娘瞥着个眼扯了个谎。三婶好像也从我娘的眼里读出什么，以后就不再叫我爹，而是去找两个大伯子了。因为这个事，我爹后来和我娘吵了几句，我娘也觉得做得过了些，三婶自己一个人毕竟不容易。第二天我娘让我给三婶端过去两条油串好的鲢鱼，三婶高兴地接下了，下午就给我娘拿过来几个绣着鸳鸯蝴蝶的鞋样，这是村里轻易看不到的，我娘着实欢喜了一番。后来娘和三婶的关系逐渐升温，三婶有些话也乐意和娘说，娘也觉得这个南方小女人心眼虽然多，但明事实诚。

三婶做饭好吃，我那时候爱跑到三婶家去，蹭吃蹭喝。三婶做什么都比我妈做得好。有次赶上她正在锅里烙茴蒻饼。三婶说："小小子，馋了吧！来。"说罢从盖垫板上给我撕了一角，我打扑打扑手接过来就塞嘴里了，几口就吞进了肚子。

"还有呢，不急。"三婶看到我的样子扑哧笑了，"慢点，慢点，别噎着，好多呢……"

三婶家小屋非常干净整洁，一进屋鼻子里就会嗅到薄荷的味道，让你想打喷嚏还打不出来，痒痒的又让你特别舒服。我从窗台上看着她家院子的大枣树，枣花都没有这么香。

以后，我总是有意无意地在我家吃个半饱，然后去三婶家扫荡一次，三婶好像看穿我的小诡计，我去了后，她总是指着那个小方马扎："拿来，坐下，吃吧！"

"拿来，坐下，吃吧！"三婶说这几句话时表情特别丰富，说得特有节奏感，勾我食欲，开始几次我还有些腼腆，后来就脸皮一抹无所谓了，随后就是忘我地趴在桌上大快朵颐。

三婶还教给我读古诗，背古诗，她先让我读课本里的，我就读："锄禾日当午，汗滴禾下土。谁知盘中餐，粒粒皆辛苦。""鹅，鹅，鹅，曲项向天歌……"

三婶会的多，我记忆最清晰的就是三婶背过手，像小老师那样为我朗读那段白居易的《长恨歌》："上穷碧落下黄泉，两处茫茫皆不见。忽闻海上有仙山，山在虚无缥缈间……"当时哪里知道这是《长恨歌》呀！感觉三婶太伟大，嫁给我们三路叔真屈才了。

"好好读书吧！读书才有出息。"

我嚼着吃的重重地点着头，其实那时我才小学二年级，才不懂读书为了什么。

"三婶，有出息干吗？"

"娶媳妇。"三婶扑哧笑了。

"娶媳妇"这个意思我还是能理解。"行，我以后要娶三婶做媳妇。"说完脸腾地红了，其实我想说，读书有了出息要娶长得跟三婶这样的做媳妇，但一急说说秃噜嘴了。三婶笑了一下，伸手在我的鼻尖上刮了一下，脸上忽然变得凝重起来，转身回里屋去了。

经常去三婶家的还有电工吕球子，吕球子这个人挺混蛋的，村里没有多少人待见他。他的长相特夸张，粗胳膊大脑袋大眼睛，细长脖子，人还挺张狂。但村里家家户户大事小事的，都离不开他这个农电工。记得有年村里架线，吕球子顶着铝盔，腰上系着大宽布皮带，胯上别着改锥钳子等电工工具，脚上套着镰刀形状的脚扣。他在手上呸呸啐了两口唾沫，腰身下塌，双手抱住粗灰的电线杆，脚扣扣紧杆柱，蹭蹭几下就到了顶上，身手非常敏捷。这小子电工技术还真硬，让村里一些人望尘莫及。村里谁家有点事就得请他喝酒吃饭或者送两包香烟。有句话，求大爷，求大爷，这话用他身上最合适不过，"球"大爷，"球"大爷！真难求的"球"大爷。

我是百分百地厌恶他，他这个人比我还不讲究，见着三婶做啥就跟着吃啥，有时候去的时候我正在，他就直接坐在桌前使劲瞪我一眼，然后抄起筷子就吃，三婶只好站在一旁不吃不喝地陪着他。他总是在三婶面前张口闭口就说是和三路叔光屁股长大的，那样子好像在三婶面前露出屁股才能显示出他和三路叔友谊的真实性似的。

要不说三婶这个人就是精呢，有时候吕球子一个人跑到三婶家，三婶就在大门口喊我娘："广嫂，让小利过来，三婶做好吃的呢。"我一听就美得不得了，放下手里的碗筷，跳起来就向街北跑，而我妈也会喊一嗓子："听到啦，他过去啦。"

我知道吕球子也不待见我，可我和他在饭桌上不犯冲突，他的大眼珠子叽里咕噜地在三婶身上瞄，让我非常恶心。他吃饭的时候还兀自咂巴嘴。我一个小孩子过来吃饭就算了，你有家有室的过来干吗？

别有用心！

吕球子有时候就给三婶修修灯泡，整整这个那个，他还包着村西的机井，哪家地到了季节需要浇的，都得先找他排个队，不哄他给他点好处，那你家想要水浇地就等着吧！让你小麦玉米地里水星都看不见，急死你。

他给三婶干这个干那个，一味讨好三婶："弟妹，你东岗地我昨天给浇完了，你的电费我先给垫上了。"三婶脸上就一红一红的。吕球子说的话东一榔头西一棒槌一点边都不挨，眼睛使劲地瞄三婶的身上。

"枣树该夹了。"

"嗯呢。"三婶应着。

"我有刀子，我哪天夹吧。"

"就麻烦球哥了。"

"麻烦什么，麻烦什么，三路不在家了，有事你就张嘴，他的活我全包了。"说完吕球子嘴里发出嘿嘿的似笑非笑声。

三婶的脸一下子就红了，扭身进屋里去了。

现在该进入主题了，前面讲的我是有些啰唆了。

转眼间三婶家的枣子又熟了。三婶来的第一年，我去给三婶家打枣，三婶推着我的屁股，我吃力地爬到树上去，拿根长长的竹竿，一下下地抽打着树上的红枣。三婶把凉席铺垫在地上，戴上个草帽拎着个竹篮在下面捡枣子。

那天中午，池塘的青蛙止住了鼓噪，知了过了秋也鲜有响动，我躺在炕上翻来覆去，有些莫名其妙的浮躁。后来实在躺不下去，我便溜出了家门，跑到了后街上。蓝蓝的天上没有丁点云彩。三婶的门虚掩着，我伸着脖子看了看枣树尖头还挂着一大串红枣，红得娇艳，我咽了口唾沫，从墙外的砖垛上爬上了墙头，抬腿跨上了枣树。

我爬到树杈中间的时候，听见下面门轻响了一下。我看到吕球子罗锅着腰鬼鬼祟祟地进了三婶院子。他轻轻关上门，又插上门闩。很显然，他不是来蹭饭的。我就在树上一动不动注视着他。

吕球子蹑手蹑脚进了三婶的正房，我可以透过窗户看到三婶从里屋迎出来，问："谁？"

吕球子上去就抱住三婶的身子，用手堵三婶的嘴，三婶喊不出声来，使劲和他撕扯着。吕球子拥着三婶向里屋里走，三婶显然力气不够，被他推搡到里屋。我在树上看得心惊肉跳，我急不可耐却又毫无办法。吕球子粗暴地几下就把三婶摁倒在炕上，一只腿压着三婶的身子，双手撕扯三婶的上衣。三婶被压在下边，双手乱抓挠着，脸上看不出表情，她慌乱中抄起炕上的书抽打着吕球子的脸，吕球子抬起胳膊抵挡着。

我的手上急出了汗，伸手想扯根树枝子，却摸哪里哪里都不得劲。我急得没了主意，右手突然摁在树上的一只八角子上面。这只外表如微型海参的绿色生物，学名叫作刺蛾幼虫，全身布满了毒刺。它正虎视眈眈地伺机而动，我顿时被它蜇得疼痛难当，大叫一声，从树上栽落到院子里。我趴在地上号啕大哭，显然把屋里给惊动了，三婶衣衫凌乱地从屋里跑出来。随后满头大汗面红耳赤的吕球子，连忙扎紧裤腰带，打开大门落荒而逃。

三婶把我抱到屋里，将我的跨带背心脱下来，用湿毛巾擦净我背上的尘土，拿出红药水擦我胳膊上、腿上的被树枝划破的血口子。我龇牙咧嘴地举着小手，手上被八角子蜇得起满了红红的小疙瘩，火烧火燎地疼。三婶又从抽屉里拿出风凉油，轻轻地抹到我的手背上，凉飕飕的，透着清凉的香气。我止住泪水，感觉真好。三婶捋了一下额头的一绺乱发，把我揽在怀里，我能听到三婶的心怦怦跳动。她的呼吸很重，喷到我的头上痒痒的。我的小脸贴到她心口上，真美妙呀！三婶的上衣扣子已经不知去向，她白皙的脖颈，丰满圆润的胸部让我一览无余。我的双手鬼使神差地摸在三婶的饱满的乳房上，我的头变得晕晕的，满鼻子透满香气。我把脸拱到她的怀里，嘴吸住她的圆圆晶莹的乳头，像婴儿那样吮吸，小手仍然不安分地揉摸着她的双乳。三婶身上颤抖，双臂紧紧地把我埋在她的身体里。我脑海里一片空白，不知不觉睡了过去，做了好长好长的梦，那个梦白蒙蒙的，醒来舒畅无比。

我发誓不会将这件事告诉任何人，就像现在，三婶的名字我不会写出来，三路叔我也用的是化名，当然那个吕球子就没必要用化名，让他遗臭万年好了。

两个月后，三路叔从部队回来了，开了辆绿色吉普，三婶大包袱小包裹地上了车，用一根穿钉大锁锁紧大门，汽车扬尘而去。邻里几家都搞不懂发生了什么事情，想过去说句话的机会都没有。娘和爹叹了口气，怎么连个话都没有就走了呢？我一直在村口注视了很久，回头看到三婶家的枣树，渐渐枯黄叶落。

三婶第二年春节回村里住了一天，到我家里还坐了一小会儿，我当时去给我姑家拜年，没有碰到。

以后三婶跟着三路叔又回来过几趟，先前几年还给我捎过糖糕，那时候我上了高中又没有见到她。过了两年三路叔爹妈都没有了，三路叔在部队上当了大官，两口子也就不轻易回来了。去年听说三路叔转业后当了三门峡市的某个局局长，三婶好像也被分到市里某个学校。我们村里好多人都去找过三路叔，想沾上点什么，几次都被门卫挡在大门口。村里人直骂娘，把三路叔贬得没了人样儿。

现在关于三婶的好多事情应该都是这些吃不上葡萄说葡萄酸的人

编排出来的，或者就是去找三路叔而被拒之门外的那些没沾光的人埋汰出来的。我压根儿就不信那些乱七八糟的事情三婶能够做出来。每当想起三婶，我的心里就非常悸动，而那只手就隐隐作痛。那只让人发毛的八角子，它在关键时刻能够出场，难说不是件好事呀！

我媳妇听完故作惊诧："原来你还舍身救婶呀！唉！原来你的第一次不是给了我，是给了三婶呀？"

"去你的，那时候多小，懂那个吗？"

"行，今天晚上滚你的蛋，想你的三婶吧！"我媳妇佯装恼怒，给我一个雪白温暖的后背。

郭七又连着喝了几口酒说："你三路叔的房子我给张罗着卖了，好几家想买，后来吕球子找我好多次。事情快成了，只是两家还没有写文书。那时吕球子家的大小子大伏天光膀子给棉花秧子打甲胺磷农药，回来出了一身大汗洗了个澡，结果农药沁入了血液，在医院没几天就死了。三婶的房子就卖给了村南头的瞎东宝家。"

"吕球子自打儿子死了后，一下子变得魔怔了，也不满村里牛逼哄哄到处串了，成天就坐在家门口看着来往的人们傻笑，笑一阵就哭，哭哭就笑，后来被送保定的精神病医院了。"

"该！"郭七解气般地一口把小酒盅里的二锅头干掉，"吕球子这小子前几年和我们说把三路家的给弄了，全村想上三路家的不少，就他得手了。"郭七显然对自己没有弄上三婶而愤慨。他说完又惬意地斟满自己的酒盅，端起来对我说："干完，干完。"

我端着酒盅迟疑了一下："吕球子弄上三婶了吗？"

郭七说："弄上了，弄上了。"

我又跟进了一步："他扯淡！吹牛逼，什么时候？"

"妈的！吕球子和我们说得真真的，说有天晚上他帮着三路媳妇浇地，顺便把三路媳妇的身子也给浇了。"他把话说完，直脖将酒干了下去。我迟了会儿，拿起酒盅抿了抿酒，又慢慢地放到桌上。我的手怎么又疼了？

幸运就在你身边

一

她那天起晚了。

她从来没有这么晚醒过,昨天晚上她可能因为翻来覆去地想事而耽误觉了,等好不容易睡着了,睁眼醒来就发现已经睡过了点。她匆忙地梳洗了几下,麻利地穿好衣服就往楼下跑。地铁站就在出了小区东侧几十米的地方。她快速地走下通道,伸手掏IC卡,上衣里空空的,翻找包里也没有,不仅IC卡,就连钱也没有带。她想起钱和卡都在昨天穿的外套里。她心里暗暗骂了自己一句"猪脑子",心想怎么办,这时她一眼就看到了他——她的学员。

这学员好像就是为了应急而来的,怎么就这么巧。

他说:"老师,早。"

他是她的学生,虽然他的年龄比她都大,但确实是她的学生。我应该先介绍她的工作单位以及职业——教育学院的经济学讲师。

她勉强笑了笑,自己都感觉笑得有些僵,她带着自嘲说:"忘了带卡了,得回去拿去。"

他说:"别跑了,我这里正好有两块钢镚。"随后,他从胸口口袋内捏出两个钢镚,不由得她说话,到自助取票机那买了张地铁票。

拿着票的手一挥："走！"她和他一前一后进了地铁站，一号线，他们的方向是一致的，目的地也是一致的。

上班高峰期客流量很大，他在地铁中晃动着肩膀挤出了点空间，像根坚实的墙柱，墙柱的功能就是将别人阻挡开。她有些不好意思，但没有说什么，她想这个人挺会照顾人的，心里就有些温润的感觉。这时她在想，一会儿他就得找她说点什么，这种人应该是个健谈的人。她心里想如果他说话，她就敷衍几句。可是车开了三站，他也没有和她说一句，只是依旧保持一个动作：手紧紧攥着上面的塑料扶把，双眼直视着时明时暗的车外。

她这是第一次和他近距离接触，以前只知道他是自己任课班里的学员。她每年带五六个这种成人班，人员来自东西南北流水一般，四个月的学期，聚散分合的。

她刚才还想是不是以后还他这两块钱，最后想想，如果那样是不是显得自己太矫情了，两块钱在谁身上都不算个钱了，算了吧！

他们双双走进学校的时候，没人注意他们。她一向对男女间的事情比较敏感，尤其是自己身份特殊，她不想被别人说三道四。

这个人还行，和她走进学校的时候，都没怎么有亲近的表现。比如和她大声说笑，和她距离过于贴近。

进入教室的时候，她还是刻意瞅了一眼他桌上的姓名牌——祝幸运，让人充满向往的名字。

世上有好多偶然和必然的事情，有些故事就是在偶然和必然之间发生，有些故事哪怕偶然性和必然性缺少任意一个，可能都不会发生。

她和他自从第一次相遇后，后来的日子里，几乎天天遇到。他好像故意在等她，又好像不是，可有意思了。

例如，她那天故意提前了半个小时坐地铁，你说多怪，她刚上一号线的地铁，祝幸运随后就一脚迈了上来。

又例如，她星期四那天下了通道，进入地铁站，她舒了口气，没有见到他，她感觉有些安然和隐约的期盼。当她在复兴门转四号线的时候，突然发现，哇，他斜背着个褐色的挎包，像个小商贩一般笑嘻嘻地站在她面前。

"玄了。"她心想。"玄了。"他摸摸头,颇感意外。他摸头的表情特傻,像个小孩子。

就这样恍惚地过了一个月,说心里话,即使这样,她都没把这个大男人放在心里,他只不过是脱产学习四个月的企业老板,这种结业班人和人在一起就是热闹过后然后各奔前程。这些唯利是图的人没有利益谁还记得谁?更别说自己只是个任何价值都没有的讲师呢?她想,自己和祝幸运之间就如同这个地铁一号线,每天装填吞吐着大量的人,东西南北的,来去匆匆的,今天遇到明天再也不会记起。

晚上她心情又不好了,一思忖起往事她就情绪压抑,是你的任你怎么样,想甩都甩不掉,忘也忘不了。她索性跑到小区公园内亭子下独自煮凄凉,果然就无端地来了几股西风。她打了两个喷嚏,受凉了。

她体质太差了,第二天浑身发冷,头疼欲裂,起床的力气都没了,她勉强穿上衣服,想下楼或者去小区门诊拿点药吃,可是她动不了,站不起来,一直腰脚无力,眼前天旋地转。

她想了半天也想不起该给谁打电话,是想不起有谁能托付。这时她想起了一号线,她想,祝幸运现在应该就在地铁站附近。她庆幸自己包里还夹着学员的通讯录,她强撑着身子拨通了他的电话,说出了自己的家庭住址,最后加上四个字:"江湖救急。"

他是跑着上楼的,上气不接下气,脸都白了。她吃力地为他打开门,说:"你到得真快。"祝幸运说:"我喘喘,咱再走。"

现在她也顾不得许多,她需要他的帮助。祝幸运没一点扭捏的意思,背着她下楼,打车,上医院,然后化验、缴费、检查,楼上楼下地折腾,直到她输上点滴,他才安静下来,在一旁守着她,像她的丈夫。

"40度,你烧到这么高,时间长了可不得了。"

她在床上笑了,想说多亏他了,但强忍住了,她心里想哭,不是被祝幸运感动,是觉得自己真的太可怜了。

"祝幸运,谢谢你。"一句谢谢让祝幸运特别地难为情,他低下头,又摸了摸头发,脸上呈现出助人后的满足。

两天两夜,他一直在病房里照顾她,做得周到又得体。比如她要去卫生间,他就去找护士或者同病房陪护的女性扶着她去;比如晚上,他说回家去睡,其实就在楼道外面铺上个废纸箱壳躺上一晚。

她康复后,就想请他吃顿饭,上大饭店吃顿大餐,好好谢谢他,也犒劳一下自己。在地铁里她问:"你喜欢吃什么?"

他扬了扬头想了想:"我爱吃面,你请我吃拉面吧!"

他那劲头挺憨挺真实。她扭过脸,忍不住笑。

她在牛街找了家最有名的清真面馆,请他吃面。他吃面的样子好夸张,她心里说这个人还真好打点。

等他满头大汗地吃完,她问他:"住院的时候,你垫了多少钱?我给你。"她知道这钱不少,应该还给他的。她说着打开钱包要拿钱还给他,他一副无所谓的表情,扬手道:"不值得不值得,你多请我吃几次拉面吧!"她就没再坚持。她带的这些学员,哪个不是经理、董事,都是大佬一级的人物,经济上自然不差。她不想占这个学员的便宜,觉得应该找个机会补偿回去,例如可以做个朋友,给他买个什么礼品。

但她也隐约觉得有些事情不大对劲。比方说,他吃面的样子哪像一个有实力有身份的大老板呢,就像个打零工的。从他的言行举止来看,也不像大老板,倒是像跑传销的、送快递的、修天然气的。可她又一想,嗨,当今的土豪们哪个不是从底层一下子成了暴发户的,那些草根习气就是再有钱也难以一下子磨掉的。

二

星期天的帝都,极其罕见地碧空如洗、白云悠悠。天气好,她的心情也格外好。她给他打了个电话,不是那个叫祝幸运的人,是另一个,是才认识一年多的人。一个让她非常纠结却又难舍的人,她承认这个人在她心里分量非常重,不是一般的重,是要将自己的未来交给他的重中之重。他们的关系明暗未定、若即若离，不太明朗，也不太晦涩，说是在恋爱吧也不像，说是好朋友吧，有时还挺想念对方。当初她发烧的时候，就是先想到的他，可是想想他不远不近的态度，她忍住了。可她当时虽然忍住了，其实内心里真期望是这个人背着她去医院，去陪床，而不是那个叫祝幸运的人。她想如果没有这个祝幸运，她最终还是得打电话给他，他是不是能够及时来呢？不会吧？肯定会的！他也是个有责任心的人，否则早就和自己划清了界限。现在这状况说明对方还在意她。和他接触这么久，就算是块石头也该捂出温度了吧！她自己就这么一厢情愿地谅解了他，也劝慰了自己。十多天没有和他联系了，给他打个电话吧！

电话打了，本来心情蔚蓝的她，让这个电话弄得烦躁了，自己给自己添烦事儿呢。第一次嘟嘟响了一分钟，对方没有接，他总是这样，忙。经常是她打过去他都不能及时接听，即使接了他也说"很忙"或"正忙"。过半个小时或几个小时，甚至更晚他再打回来。没有比等人电话更纠结的事儿，任何人都一样。

让她纠结的不仅仅是电话，还有他对自己的情感。她承认喜欢他，她要嫁人的话，第一选择就是嫁给他。这个冷漠的社会，令她感到害怕。她不想此生无所依靠。他有位置——某局领导班子成员。有社会位置就有经济位置。这些社会不可或缺的位置，让她多少产生些倾向性。她是个知性人，感情是放在首位的，并非他有了这些那些位置，人格或者其他方面上就可以一无是处。他对自己也时有关切，只是这些温暖的关切少了些。

临近中午，她不耐烦了，把手机扔到床上，然后又捡起来，看看屏幕又放到书桌上，反复了几次。她最终不再等待，叹了口气，走进厨房为自己做午饭。

百无聊赖地吃完午饭，她就在餐桌上捧着碗独自发呆。此时一缕阳光照射进来，餐盘上流淌着一片釉光，折射到她脸上，晃了下她的眼睛。这时候她想起了以往的场景，温馨的，思念的，伤痛的。这就让她心底的疮口又迸开了一丝裂痕，她的泪花又难以抑制地在眼眶中打着旋，最后她再也把持不住自己，小声地哭出声来。

她哭了会儿，身心感觉轻松了许多，眼泪是疗伤最好的良药。她想明天，明天去修修手机吧。那个手机，那个记载着点点滴滴往事的手机，去了一趟潮湿多雨的南方，回来就坏掉了。这让她很烦恼，也满怀幻想，现在的科技如此发达，应该能恢复如新吧？前几天她找过一家手机维修店，人家说手机主板坏了，得找厂家指定的维修机构，这真是个大问题。偌大的北京要找指定维修机构，不是简单的事？正好与人打交道是她的弱项，谁能够陪她走一遭呢，她自然又想到了祝幸运。

祝幸运确实是个随叫随到、有求必应的人。她在电话里和祝幸运说："你不必勉强，实在没时间我自己去也可以，叫上你是想有个主心骨。"祝幸运显然对这个任务有些欣喜和意外，电话里一口一个没问题，答应得非常干脆。她放下电话再想，要是那个人有祝幸运这般热度那真太好了。

祝幸运找了中关村三家维修手机的店。第一个家首先技术上不过关，技术员毛手毛脚的，她第一印象就感觉不牢靠。她给祝幸运使了个眼色，祝幸运立马心领神会。从这家出来，祝幸运又带着她坐电梯到五楼，然后返回楼下负二层找第二家，找呀找，怎么也找不到。祝幸运打400查询第二家电话，400说第二家搬了，搬到朝阳了，这样祝幸运准备带着她千里走单骑。她一算中关村和朝阳那处的距离，穿越整个帝都中心区域，好几十里。她说算了吧！祝幸运说没关系，还有第三家，祝幸运像游击队向导似的在前面开路，出了电器城向南又向西又向南徒步走了大约一个小时，可算找到了第三家。她想这个祝幸运简直就是"包打听"，真给力！这第三家可是最后的希望了。

第三家的环境好，客服态度也好，看两位技术人员从形象到谈吐都非常标准前卫，她和祝幸运都比较放心。

手机拿上去，她和祝幸运坐在长椅上等结果，其间祝幸运出去接了好几个电话，叨叨的不知说的什么，反正是乱七八糟的事，她没在意。大约快到下班点的时候，结果出来了，技术人员推开维修室的门，摘下蓝口罩，神情沮丧，说数据恢复不了了，他们尽力了。技术人员说到"尽力了"，她仿佛又看到当年在总医院抢救室的情景，医生摘掉口罩默默地对她说:"对不起,我们尽力了。"

她的眼泪和当年一样,夺眶而出,说:"这是我唯一的寄托呀,有没有办法,求您了。"

医护人员,不对,应该是技术人员说:"真对不起,即使返厂也恢复不了。"她难过得很,祝幸运则非常爷儿们地拍了拍她的肩膀,语气同样沉重:"回吧!"

两个人默默走了好久,也不知道向哪个方向走,她流了好多的泪水。祝幸运默默地走了好大会儿,就说话了。

"你这样哪行,活在过去的记忆里是自找痛苦。"

祝幸运一个字一个字地大声说,"你这样只会让自己的生活充满灰暗,没有谁的幸福是建立在回忆之上的,我们应该把握好现在……"

祝幸运还说:"你的路还很长,我们面前的黑暗只是暂时的,明天依旧灿烂。"

后来祝幸运的语气暗了下来,对她说:"我早知道修不好。"

"为什么?"她止住了悲戚。

"因为老天不让你活在过往中,这就是命运,命运不会让一个人永远痛苦,它会在特定的时间将人解脱出来。"

她越听越觉得玄。

祝幸运把手从她的肩上放下来,她这才发现祝幸运始终拥着她的肩。这个该死的家伙竟然趁机占了她便宜,她不好发作。祝幸运若无其事地说:"我给你讲个故事吧!"

以下就是祝幸运讲的故事:

  爱神伊洛斯的殿前有对守护神,他们是幸运之神和善良天使,他们不仅仅给人间传播勤劳、真诚及智慧,也给予人类快乐和幸运。

  每天在天堂上看着尘世间的人群,神和天使时不时地发出感叹和赞许。一日,善良天使对幸运之神说:"如果我是个尘世间的女子,那谁会用他真挚的情感来对我呢?"幸运之神深情地望着天使说:"我会,我会用我的真心,来爱你一世。"天使激动地拉着神的手说:"如果真的有那么一天,那我会在尘世间等你。"

不久伊洛斯发现了这个秘密,恼羞成怒,把神和天使打入天牢。神和天使面临被贬入凡间的危险,身陷囹圄的天使对神说:"尘世间我们会在一起吗?"神坚定地说:"我们一定会的,我一定会爱你一生一世。"天使说:"到了尘世,不知我们会是什么模样,我们怎样才能找到对方?"神隔着冰冷的囚栏紧紧握住天使的手,眼泪从她的脸上滑落下来,滴落在天使的手掌上,渗进了天使的皮肤。神悲痛地说:"我就用我的眼泪唤醒你,让你知道我在你身边。"天堂执刑的人将他们推下天堂的刹那,幸运之神为了多记忆起往昔,在穿越时空时转身回了回头,看他和天使曾经朝夕相处的地方,那里曾留着他们两个许多美好的回忆。在时光隧道里这匆匆回眸的一瞬,却是凡世间的几年。

神来到世间,长大成了个年青有朝气的小伙子,做了修鞋匠。小鞋匠辗转流浪到了一个城市,在一家很富有的住所的门前,继续他的生意。一天的上午,从院里出来个很乖的小女孩,拎着一双女士皮鞋,来到鞋匠面前修补。鞋匠如往常一样,让小女孩下午再来取。到了这天下午,皮鞋修好了,从这家门里出来位美丽的少妇,对鞋匠说:"我来取鞋子,是我女儿放在这里的。"鞋匠把鞋子递了过去,不经意地抬了抬头,他的心忽然悸动起来。面前的女士气质高雅,皮肤白皙,光彩耀人。原来这就是他苦苦寻找的天使,只是少了那对翩翩洁白的羽翼。

鞋匠回到他的临时住所,他心情低落,他爱的人已经成了别人的妻子,有个很美满的家庭。他既高兴找到天使,又悲哀自己的迟至。鞋匠一夜未眠。

鞋匠这天看到富人家的太太自己一个人出门,就迎着走过去说:"太太,打扰您,我就在您家对面修理鞋子,我想租您家门旁的小屋做生意，不知道可不可以？"年轻的太太看着眼前朝气俊朗的小伙子说："我和我先生商量一下，我想应该可以的。""那真是麻烦您了。"

过了几天，太太告诉他："我和先生商量好了，你可以租住了。"鞋匠兴奋极了，他当天就把那个屋子收拾利落，把自己的物品搬了过来。

约翰先生在一所医院里工作，做内科医生，而安琪太太在一个慈善机构里工作，他们的孩子上幼稚园。

就这样过了好长时间，一个冬天的夜晚，鞋匠在自己的小屋里听到先生和太太在激烈地争吵。鞋匠很担心发生了什么事，就跑过去在门外听。原来太太所在的慈善机构要去国外救助正饱受战争之苦的人民，那个国家不仅贫穷，而且充满瘟疫、饥饿、种族暴力、战乱，时刻威胁着人们的健康和生命。太太已经报了名，办理了各种手续，因为她觉得那里更需要她。她执意要去，而约翰先生没有太多的时间照顾孩子和家务，两个人正因为这件事争论。

鞋匠走进了房门，拉着一旁惊慌不安的女孩小玛莎，对先生说："先生，您让太太去吧，请您相信我，我会照顾好这里的一切的。"先生沉默着，没有回答。太太看着鞋匠，这个年轻人就恭恭敬敬地站在那里，像在接受考验。

安琪太太上车走了，而鞋匠站在那里望着车消失在路的那头，伫立了很长时间，凝视很久。从那天后，鞋匠修理鞋的时间短了，俨然成了这个家的用人，里里外外收拾得井井有条。先生每次回来都会有可口的饭菜，孩子也和鞋匠处得非常开心。鞋匠总是从先生和孩子的口中，得到太太在外平安的信息，他很高兴。

不幸的事情最终还是发生了。一天，一辆车开到门前，安琪太太输着氧，吊着点滴，被人用担架从车上抬了下来。她患上了那个地区的一种传染疾病，已经用了世界上最好的药品，都没有效果，回到家里也就是等待死亡到来了。鞋匠心里万分焦急和痛苦，但面对着先生和孩子，他努力控制自己的情绪。太太也知道自己时日无多，躺在床上看着无微不至地照顾自己的丈夫，苍白的脸上露出一丝苦笑，手抚摩着女儿，无比悲伤。鞋匠在门外看着，心里一片怅然。但他又有什么办法呢，看着心底的爱人生命将要逝去，他还能做些什么呢？唯有一次次在午夜跑到后山上对着夜空乞求上天，希望老天解救她的生命，可是上天紧闭着眼帘不给他一丝答案。

他悲哀沮丧，碰到了可爱的女孩玛莎。玛莎哭着对鞋匠说："叔叔，我妈妈是不是要离开我们了？我是不是永远没有妈妈了？"鞋匠悲伤地回答她："不会的，你妈妈是世界上最善良的人，她不会离开你和你父亲的。"

"真的吗？"孩子止住眼泪天真地看着鞋匠。

"是真的，叔叔向你保证。"

鞋匠昏睡在小床上，一缕清风从窗外吹进来，爱神伊洛斯出现在他身旁。爱神对着幸运之神说："我知道你们相爱，才会让你们与凡人一样尽受轮回之苦。现在我赐予你能量，你可以将天使带走了。"鞋匠在梦境中醒来，回味着爱神的言语。

鞋匠轻轻地走进太太的卧室。安琪太太一脸倦容躺在床上，面色苍白，仿佛老了许多。太太微微睁开双眼，对着面前的鞋匠："谢谢你这些天的帮助，我和约翰已经商量好把你的租金免掉，真的很感谢你。"

"太太，您不要这么说，您和先生对我很好。我这是应该的呀。您的病一定会好的，上帝不会让您这样的好人离开我们的。"鞋匠眼里已经有了泪水，只是忍着不让它落下来。

"你再为我吹个曲子吧，你的曲子很美。"太太的话里全是哀伤，约翰先生也向鞋匠点点头。

笛子吹了起来，悠扬缥缈，万物静籁。笛声中，鞋匠的眼里仿佛又看到了天使的笑容、天使的影子，那曾经在天堂里共度的欢乐时光。长长的一曲吹完，太太已经在笛声中昏睡过去。疲惫的先生伏在病床前痛哭。鞋匠慢慢地靠近床前，轻轻地握住天使的右手，看着天使，他一生所爱的人。他不想让她离开这个世界，看着看着，眼泪簌簌地落下来。泪水滴落在太太的手心上，渗进了皮肤。

　　太太感觉做了场梦，自己好像来到了梦幻的天堂。在朦胧的宇宙里，有个模糊的面孔对着自己深情地说："我会用我的眼泪唤醒你，让你知道我爱你。"说罢，那人的眼泪滴在了太太的手掌上，太太身体有说不出的舒畅和轻松。奇迹发生了，太太醒了过来，所有的医疗仪器都显示生命体征正常。她坐起身，看着丈夫握着自己的右手在一旁熟睡着。太太恍然彻悟，前生的那句话又回到了脑海。她激动万分，与丈夫紧紧地拥抱在一起。

　　而第二天鞋匠就不见了去向，没有人知道他为什么离开，到哪里去了。他可能还在背着鞋箱独自流浪，也可能回到了他生命的天堂。

　　祝幸运坐在她面前叙述这个故事的时候，她正一边喝着一碗甜米粥，一边陶醉在故事里。她喝完最后一口粥的时候，祝幸运正讲完最后五个字："生命的天堂。"她说："这个好，这个好，你在哪里看来的呢？"

　　"我编的。"祝幸运说完扑哧一声笑了。她也笑了起来："这个家伙！"心情变得舒畅起来。

三

　　她感觉这个祝幸运真的挺会开导人的，真的假的都说得深入人心，自己怎么说也算个教育工作者，却让祝幸运一下给影响了。

她那天没课，在林荫道里无头绪地散步，看到前面的长椅上，祝幸运一个人坐在那里悠然自得。

她觉得祝幸运很奇怪，为什么他不去和那些商界大鳄们吹捧交流，广结人脉？上这种课不就是为了强强联合吗？这个祝幸运也确实有些特立独行。

她走过去，一下坐在祝幸运旁边："你是不是挺了解我？"

祝幸运没瞅她，依旧望着前面的树梢，满脸傻了吧唧："指什么？"

"别扯别的，怎么知道我结过婚？"

"这个呀。"祝幸运满脸的狡黠，"嘿嘿，你自己呗！"

"我自己？"

"你自己，当然还有我聪明的大脑，我会推理。"

"你怎么推理的？"

"嗯，这样，你说你又不丑不傻不瘸的，竟然一个人住单身公寓，只能说明你以前有过婚史。"

"你才不傻不瘸呢。"她故作生气。

"第二，你有病了竟然喊我，而不招呼别人，说明你现在还没特别亲昵的伴侣。"

"嗯，有道理。"

"第三呢，你维修那个手机，就是还想着曾经的爱人，说明那个爱人不是和你离婚的那个人，你有不幸。"

她黯淡了下来。

祝幸运今天没有刮胡子，颇显沧桑感："还好，你遇到我。"

"遇到你，想什么呢？"

"切。"祝幸运脸一红，"谁说那个方面了？"他扬了扬长着参差不齐胡子的尖下巴，向她身边凑了凑："告诉你个秘密？"

"什么秘密？"

"我不是祝幸运。"

"去你的。"她哈哈地笑了起来，"你不是祝幸运你是谁？"

"我是幸运之神的化身，你信不信？"

"好了，好了，别神神道道的了。"她一扭头，不再听祝幸运满嘴跑火车，起身就向教学楼走去。

"记住幸运就在你身边，美好的生活马上来了。"

祝幸运在后面喊了一嗓子，"哎，哎，哎"地叫了她几下。她没回头，一提生活她心里挺烦的。

她两天没有课，在家里整理教案，课题是《西方经济学流派与东方物质经济的共鸣与冲突》。正进行深思时，手机来条微信，原来是那个人的，那个人就是她现在正谈着的这个人。这个人就像以前说的那样，挺适合吧，又感觉对方不那么认真；说他不好吧，又找不出不好的理由。总之，她和这个人的关系时断时续、忽远忽近。她想放弃却舍不得；主动些吧，对方又马上退到很远，纯属鸡肋！

这条微信又唤醒了她的情绪的味蕾。对方说："有时间吗？中午吃个饭。"她10点多才吃过，中午就没打算出去吃，但他好久没主动约自己了，不如再试试。虽然她已经试过了三四次了，但还是想再试试。她放下眼前的教案，抓紧时间沐浴、更衣、化妆，着实地打量了打量镜子中的自己，确定没有任何瑕疵后就带上门去了尚品尚酒庄。

她等了半小时后，这个人才匆匆赶到，又一次姗姗来迟。亏她是个耐心人。"我需要这么忍吗？"她扪心自问。

他说："对不起，临走的时候单位上有点事儿，这个公务员现在不好做。"

是，他是穿制服的公务员，而且40多岁就副厅级了。她不清楚自己喜欢的是他的儒雅派头，还是他的权力。

"我有这么势利么？"

她确实有些势利，这也是为什么她总心存期盼的因素之一。她这个副教授在这所高等学校里地位卑微，但暂时卑微不等于一辈子要卑微，卑微也要区分一时卑微和永远卑微。

他拿刀叉的动作优雅而熟练，让她看着受用，不像祝幸运那样胡吃海塞，不管不顾。他的谈吐也舒缓有序，让对方能够有充足的时间思考，还可以随时插进话来，不像祝幸运那么我行我素。他买单从容的派头都让别人感到舒服，不像祝幸运……

怎么自己会时时把他和祝幸运联系到一起呢？有什么可比性？

她和他，从这么高大上的酒店出来。她和他，就着阑珊的夜色你说一句他说一句地走。她真期望他能够主动一下，她好把自己的手挽进他的臂弯，哪怕他给自己一个细小的暗示，或者小玩笑小动作，都可以。她期望过三次了，可对方一次机会都没给过她，这就是为什么她每次带着幸福的念头去，却每次又拖拉着失望的身体回来的原因。上次祝幸运是怎么对自己的，天！她忽然想起来了，祝幸运竟然半搂着她的肩膀走了好远好远，这让同事或者让他发现了怎么得了。"这个该死的祝幸运！"她在内心里又骂了祝幸运一次。

祝幸运好几天没来上课了。

同事小吴说祝幸运请假一个星期，说公司有要紧的事需要处理。

有什么要紧事呢？她想了一下就不想了，这些公司、财团的老板们谁拿这个课当回事啊。

她有些百无聊赖，不去想祝幸运而又开始去寻思昨天的他，自己如祝幸运所说不丑不矮不瘸，也是别人眼里的窈窕女子，怎么就不入对方的法眼呢？

她看了会儿书，又打开电脑在论文上打了千八百字，然后就给自己做午饭，再然后睡觉，再看书，再打字写论文，再然后晚上饭没吃，又睡，醒来已经是晚上9点了。

她拿起手机，理所应当地给祝幸运发了个信息。

"祝幸运，这几天你没上课，干什么了？"

她放下手机，头还没枕到枕头上，手机叮咚一声，有信息过来了。

"这几天处理处理公司的事，有指示？"

"没有，祝幸运，问你个问题，你孩子多大了？"

"一个9岁，一个5岁。老大男孩，老二女孩。老大生于2001年8月，老二生于2005年8月。两个孩子出生的那天天气一般，没有雷鸣电闪、流星追月等异常现象，所以俩孩子和我一样——非常一般。"

她让祝幸运逗得突然觉得索然无味的一天都变得旖旎了。她又和祝幸运聊了好久，祝幸运都乐此不疲地回答着，真逗。

"祝幸运，怎样才能搞定一个对你稍有感觉或没感觉的男人？"她忽然将这个无法解答的问题丢给了祝幸运。

"这个取决于男人是什么样的类型以及女人的形象和手段。怎么，有目标了？"

"嗯，就算吧！有个人我自己挺满意的，但对方时好时坏，对我不来电吧！还有点，有点吧，不够痛痛快快的，有什么法子能够短时间出结果？"

祝幸运过了一分多钟就回复了："我得先了解这个人的面相和基本条件。"

"你会相面呀？好的，我传给你他的照片。他是湖北人，政法学院毕业，现在在区分局任副职。"她将简介和照片传过去，躺在床上闭着眼睛，心里想祝幸运会怎么回答呢？

她早晨醒来的时候一看时钟8点多了，急忙穿衣，麻利地洗漱，出门打了辆的士就上了路（这次没坐一号线）。到了单位还好，没有迟到。她在办公室里为自己倒了杯水，喘了口气，拿出手机一看。黑屏！才想起晚上忘了给手机充电了。

她边充电边打开手机，看是否有祝幸运的回信。奇怪，手机里一条信息都没有。

祝幸运的信息是在两天后发过来的。他没有解释为什么那么晚才来信息，只是在短信中密匝匝地列了三点：

一、观此人相貌，仪表虽堂堂，但双眉紧缩，眼睛有神，却潜藏阴鸷，说明此人心机够重。再者天上九头鸟，地下湖北佬，你是北方人，南北人情人性相通不易。

二、你说此人对你不冷不热，说明你不属于他认为重要的人之列。重要之人，时时刻刻地想，朝朝夕夕地盼，不可能对你的信息、电话、邀请如此怠慢。你想，一个你认为重要的人给你发个信息，你是过几天再回呢，还是立马回复他？

三、以上只是个人建议。你和他交往一年多了，你应该是非常心仪他的。也可能我说得主观，人的性情不同，他处事方式不同，不像我们这样的没心没肺。再者人家是领导层，你嫁给他，对你未来的人生是有所益处的，希望你找到个好伴侣。

她看完短信感觉祝幸运说的都是模棱两可的话，没多大的意思，一想自己也真是的，自己的事情他祝幸运能够帮得了什么。

秋天过得有些快，星期四她给众筹与商业模式创新高新研修班上最后一堂课，发现祝幸运的位置仍然是空的。她想下课问问领课代表，结果才下课手机就响了，是那个他，"九头鸟"分局领导打来的。

"九头鸟"分局领导说："晚上一起去看电影。"她本来打好主意甩他一次的，可是一听到人家的声音，她竟然又答应了。她骂了自己一句立场真他妈不坚定，随后又解脱了，和自己较什么真儿。

看电影前后和欣赏影片过程中，他都没有给她期待的暗示。她这次故意穿得前卫了点，低胸裙、香水，香肩都表现到位了。虽然自己的表情依旧板得那么革命意志坚如钢，内心的长城其实早垮掉了。可是再破败的城墙也需要对方主动翻越上来呀！能让城墙主动扑向对方吗？

她到家冲个凉水澡，把心里的瘴气好好地冲刷了一下。然后她赤裸着身子，站在穿衣镜面前，恶狠狠地对镜子里的自己说："你，别让我看不起你。"

她发完毒誓，栽倒在床上，心里还不甘。干点什么事儿才好呢？给祝幸运打个电话吧。她发现自己使唤祝幸运还真不客气。手机响了好大会儿，对方拒接了，然后信息就过来了："接电话不方便，发信息吧！"

她估计祝幸运在家，人家老婆、孩子都在身边，说话肯定不方便。她开始发信息："果然如你所说，那个人太冷淡了，今天看完电影，走了一道没说几句话。"

"看电影期间没有摸摸手、搭搭肩吗？或者别的什么。"祝幸运这条信息有些无耻。

"没有，难道我一点女人魅力都没有吗？"

"不会，你很女人呀。我想起来了，你们这些自恃文化高的教授们就是太刻板，总是觉得自己学历高文化深，外表板得冷若冰霜，内心其实春波荡漾。听这话，看来你是想把自己交给对方了。"

"滚！"她佯怒。

"想搞定男人，你得会军统女特务那些招数。"

她马上换了副嘴脸，有点不要脸："什么招数？"

"例如你和他欣赏电影的时候，要有意无意地把腿向他腿那儿搁，身子自然向他倾斜。你得主动亲昵！"

"我做不来，还有别的法子吗？"

"有欲擒故纵、暗度陈仓、兵不厌诈……这些都是爱情兵法。现在教给你一个小招，足能一下子让他和你亲近了。"

"真的这么灵？"

祝幸运唰唰唰地发过来几十条恋爱指南加完胜攻略，她真算是大开了眼界。后来两人切磋交流到凌晨2点多。她终于支撑不住了，说："困了，困了。"祝幸运说："好的，那就晚安。"

天亮了，真是个爽朗的清晨。她对着镜子中的自己说："战斗，开始吧！"右手攥拳夸张地做了个霸气的动作。

她重新温习了一下祝幸运的爱情攻略，随后啪啪啪地在手机上左右开弓开始打字："你好，'九头鸟'同志。我的马桶有点问题。有时间吗？过来看一下？不急，什么时候歇班过来一下都行。"

……

一个星期后，"九头鸟"同志带着母亲去医院看病的时候，她竟然出现在医院的门口。

"咦，你怎么在这？"

"……"

"伯母怎么了？"

"……"

"那我来吧！"她推着轮椅，东跑西颠地联系医生，无微不至。"九头鸟"同志的母亲开始还有些意外，后来就看出来点门道了。她被这突如其来的热情周到的体恤关怀感染了，对"九头鸟"一个劲儿暗示点头。

……

又是某天,"九头鸟"领导和区里领导走访一个农村务工子弟学校,刚进校门,就被一段优美的钢琴声给吸引住了。园长介绍说,这位赵教授是我们园里特聘的音乐教师,每月都义务过来教课。"九头鸟"领导定睛一看,愣住了。

……

战术我们就不一一罗列,总之一切都在改变,都在焕然一新。

仍然是尚品尚酒庄。

她,到现在了,我们还是把姓公布出来吧,赵老师一袭素装面对着庄重的"九头鸟"钟先生。钟先生依旧风度翩翩:"你点菜。"她浅浅笑了一下:"先不急,我给你讲个故事吧。"

她讲的是祝幸运那天讲的那个故事。

她讲完最后几个字"生命的天堂"的时候,眼含泪花,注视着对方:"我想有个人来爱我,不希望他来自前世,只期望是眼前之人。"

…………

紧随故事的,是一场风花雪月的电影盛宴。欣赏者充满对人生对爱情的包容与尊重、对双方的认可与感动。接下来该是什么了?

她和他徐徐地走在夜色中。她非常自然地伸出手去,笃定地挽住了身旁恋人的胳膊。对方先是有些不适应,后来就适应了。

她要结婚了,日期就定在了新年。她和他都不想惊动太多的人,可她想好了,必须要邀请祝幸运。她和未婚夫拍完婚纱照的那天下午,她给祝幸运打了个电话,可祝幸运的电话关机了。她又发了条短信,说:"祝幸运,我要结婚了,记得在×月×号来参加我的婚礼。"

她的信息发出去后,两个星期都没有见祝幸运的回复。婚期临近了,她想不行就给祝幸运的公司打个电话问一下,看他是不是换了手机号。她在学校的资料室里翻祝幸运的资料,当她找到那个叫祝幸运的资料的时候真被吓了一大跳。

那个叫祝幸运的人的电子档案里,照片上的人却不是祝幸运,而是一个肥头大耳谢顶的男人,而且联系电话也不是祝幸运的那个。她被搞得糊涂了。她拨通了上面的手机号,问:"请问是祝总吗?"

对方说:"是呀,我是祝幸运。"

"你是那位上 IBN 班的祝总吗？"

"我是！"

她明明听到的是另一个祝幸运的声音，绝对不是那个她所要找的祝幸运。

"噢。"对方恍然大悟似的，"你是说那谁吧，那谁，他早让我炒了。"对方明白过来，也不遮掩，在电话里对她说。

"那他现在在哪儿？"

"谁管那个呀，这倒霉鬼，老婆和别人私奔了，自己带俩孩子，还成天给我耽误事，代我上课都没上完整，不炒了他炒谁。"

她挂掉电话后，突然想起来祝幸运神秘兮兮地和她说过他不是祝幸运的这个话，想起来那个假祝幸运在电话里说的乱七八糟的事，想起祝幸运那狡黠的眼神和灿烂的笑，原来……，可那个祝幸运又是谁呀？

婚礼那天，亲朋好友还是来了不少，都夸赞两人是珠联璧合。她在人群中寻找，期待有个人出现，可是直到婚宴结束也没有看到他的影子。

她穿着婚纱找到一个安静的角落，给祝幸运发了最后一条信息："我结婚了，谢谢你。"

她端着手机等着对方回复，她觉得她欠那个祝幸运两个钢镚，还有住院费，还有许诺的大碗拉面，还有些无法计算的东西。这些东西可能再也不能还给那个祝幸运了。她失落的样子让新郎察觉了："怎么了？"

"有个朋友没来。"

"没关系，可能忘记了也说不定。"他拥着她说。

她把手机放回了包里。丈夫说："换个新手机吧！我不想让你活在过去的记忆里，没有谁的幸福是建立在回忆之上的。"

丈夫的话说得挺刚硬，她听着觉得非常熟悉。她点了点头，把手机放回到包里，外面响起鞭炮声，人群再一次热闹起来，即使来电话和短信，也没人会在意了。

寻找岛田纪夫

当李茂群嘴里说出岛田纪夫这个名字时,以前人们所不相信的关于李茂群打死过日本人的事,现在我都信了。

以下是李茂群弥留之际和我的对话:

"小四儿,日本地方有多大?"

"不大,就是个岛国。"

"有个叫九州的地儿不?"

"有。"

"有没有九州省佐贺县大保田町这个地方?"

"佐贺这个地方有,大保田町就不清楚了。"

"小四儿,我估计我活不长了。"

"老姑爷。"李茂群和我家是老亲,论亲戚我管他喊老姑爷。至于那个老幺姑奶奶,我打小也没看到过。"你的身体没问题,别乱想了。"

"小四儿,找找我说的日本这个地儿。"

李茂群有些激动,气有些短,大口喘了几口气,歇了小会儿,撩了撩眼皮看着我。

"小四儿,你信我打死过日本人吗?我觉得你有学问,我讲给你这些,你一定信我的话。对么?"

"老姑爷,咱这门上的人都信你打死过日本人,别人信不信能咋样。"

李茂群扭了半圈脖子，瞅了一眼屋里的人："今儿我说真话，我没打死过日本人。"全屋里都是我们一个家族的人，只有我年轻些。李茂群打死日本人这件事，是他自己传出来的，几十年来在我们村里都让人将信将疑。今天李茂群公开承认没有打死过日本人，也没让大家多么地惊讶。就李茂群这个矮小老实的人，当初听三奶奶说他打死过日本人，我就非常怀疑。

"可我和日本兵动过手，我有证据，可是这证据1966年让我给弄没了。"三奶奶盘腿坐在李茂群的身旁，带着气头问了一句："有证据丢了，和没有一样。"

李茂群从来都是看三奶奶的脸色行事的。三奶奶在我们家族里是掌舵的，什么事她都要掺和掺和。这次李茂群没有搭理三奶奶，只是看着我："小四儿，那个日本人死的时候告诉我话儿了，我没给人家实现，你去日本代表老姑爷实现了啊。"

"嗯！"我应了一句，心想说的什么呀，嘴里先应付着。

那个人叫岛田纪夫。

李茂群是在1940年来到我们村的，他原籍是任河县前碑楼村。他之所以能够留在我们村，全因为他来的那天带着我们老崔家门上的姑奶奶幺妹。关于幺姑奶奶是怎么和李茂群在一起的，在这里我不做赘述。有了幺姑奶奶这层关系，有我们老崔家庞大的家族做保证，李茂群就落户到了我们村。

李茂群怎就从家乡出走了？据我幺姑奶奶给娘家人的解释就是李茂群的家人都让日本人给杀了，李茂群后来杀了个日本人就逃这里来了。幺姑奶奶这个解释让族人以及全村人非常振奋。在我们性情豪烈的桑树屯村里，自闹义和团起，到直奉大战，再到抗日、解放，行伍出身的人很多，现在军队上就有好几位原籍在我们村的将军，都是从枪林弹雨的战争年代里走出来的。可过了几年，人们感觉李茂群不像幺姑奶奶说得那样像个汉子。

幺姑奶奶在解放战争胜利的两年后得风寒死了，鳏夫李茂群自己生活了六十多年。失去了依靠的李茂群在村里愈发没有地位，性格变得愈发窝囊透顶。

"文革"时候红卫兵没批斗对象，就算计上了软弱可欺的李茂群，理由就是说他为什么看到日本人杀了自己家人还跑这里来。李茂群开始分辩说自己杀了日本人怕报复。这一下更坏了，红卫兵揍得更可劲儿了。"都说你老窝囊废杀过日本人，在哪里杀的？""在齐会！"红卫兵有懂历史的："齐会战役是有，打日本人也有，可那是八路军120师干的，和你老光棍子李茂群有什么关系？你还参加过八路军吗？""我没参加过八路。""没参加过八路怎么弄死的日本人？""我给家人报仇！""呸！桑树屯最废物的老满堂抽你几个嘴巴子你都吓得给他磕头，你还杀日本人？"李茂群有口难言，幸亏当时我父亲等几个人听说得早，赶过去理论，差点和对方干起来，这才把李茂群救了。

自打那以后，李茂群的脑子好像被打傻了，天天神神道道的，见人就辩白说自己是好人，杀过日本人。村里人也不和他计较，揶揄他几句，顺着说几句，就赶紧躲开。小孩子们追着他屁股喊他软蛋泡、老神经。我上小学的时候也喊过，后来让我三奶奶给叱责了一通，说："要是你幺姑奶奶还活着的话，非得剥了你们的皮！"

李茂群和我家走动得最多，或许因为我父亲当过村民兵连连长，为人正直，能担事儿，没少照顾他。李茂群在八几年刚散队的时候曾想过迁回前碑楼村，和我父亲念叨了念叨，我父亲就上了心。有一次去蠡县开会，父亲特意去了趟任河县前碑楼村。和村里人一打听，问有没有老人认识这村叫李茂群的人。村里人都摇头，都不记得有这么个人。后来有人告诉他："甭问了，这村老人在闹日本兵的时候都被杀光了，活着的当年也是啥事不知道的小孩子。"父亲回来和李茂群一说，李茂群那几天大门不出二门不迈，最多跑到幺姑奶奶的坟上望着任河县的方向。

我大学毕业后留学日本，鲜少回家，即使回国也就是在城里待着。最近老爷子打了两次电话给我说李茂群找我，总是念叨我，说有重大事儿跟我说，估计神经病又犯了，一天准跑我家一趟。老爷子让我快回去一趟，否则他和我妈的清静日子没法过。

我在电话里说："他找我干吗？这个老头子。"

李茂群从来没有像今天这么清醒过，可能是回光返照吧！

"前碑楼惨案"发生的当天，在任河县打长工的李茂群就听到了消息。他急慌慌地跑回村里，被眼前的一幕给惊呆了。村里房子都被火烧成了残垣断壁。大街上、水井旁、大门口都横倒竖卧着被枪打死的村民，街旁的树上捆着几个人，都被割掉了头颅，肚皮剖开，肝脏血淋淋地在身上挂着。在村西头的水塘中堆着一百多人的尸体，年轻些的妇女都被扒光了衣服，小孩子身体都被刺刀捅得烂碎。李茂群胃里一阵又一阵翻滚，吐了好久，眼前天旋地转。等他冷静下来，附近村街的老百姓和教堂的人都过来收拾了。李茂群在尸体堆里好不容易扒拉到爹娘哥嫂小侄子的尸首，在没烧干净的家里找几条破被子席子卷裹好，埋到了自家坟地。李茂群哭了老半天，心里一点主意也没有。这边哭着，那边齐会战役的枪炮声就传到了耳朵里，李茂群想家里一个人都没了，自己活着有什么意思，走，杀几个日本人报仇去。

李茂群还没走到齐会村，迎头就遇到逃难的老百姓。有人说，小伙子，别过去了，小心让炮弹炸死。让人这么一喊李茂群又胆怯了，跟着逃难老百姓就跑，跑着跑着前面就遇到一队穿黄衣服当兵的，有人喊了句"日本人"，人们哗啦一声四散奔逃。李茂群就听到头顶子弹嗖嗖地乱飞，他连滚带爬地找到一个小河沟，蜷在那儿就不敢动了。枪声响作一团，夹杂着咣咣的爆炸声。沟顶尘土乱飞，硝烟弥漫。就在李茂群惊恐不定的时候，一个穿黄军装的人从沟上扑通栽了下来，正倒在李茂群身边。李茂群头皮发麻，仔细一看，那个日本兵胸口咕嘟咕嘟地冒着血。李茂群一看到血，仇恨就涌上胸膛，抄起沟里一块青砖就拍日本兵脑袋。日本兵嘴里呜里哇啦对李茂群喊，双手攥住李茂群的手腕。两个人就翻滚厮打起来。李茂群没吃没喝体力不支，不大会儿被那个日本兵摁倒在身下。那个日本兵从背后拔出军刺。李茂群想这次不但没报成仇自己命也没了，可这日本兵手中的刺刀举了会儿又慢慢地垂了下来，嘴里说着瞥脚的中国话"老乡，老乡"。李茂群正闭着眼等死，听出老乡俩字来，睁开眼瞅着日本兵。这日本兵满容秀气，年龄恐怕比李茂群还小，胸口的血流淌了一大片，血沁过军装滴落在李茂群身上。"老乡，我奶奶你们中国，你们中国。"

李茂群听成"你奶奶的中国人"了，扭动扭动身子，想还嘴骂他，后来见这个日本人的表情不像是骂人。日本兵从李茂群身边滚了下来，解开上衣，左胸口那里有个血窟窿汩汩地冒血。日本兵从背包里拿出白纱布往胸口上放，嘴里呜呜地哭出声来，让李茂群不知所措。周围的枪声渐渐远去，李茂群撑着身子望着对方。日本兵停住哭声，张了张嘴："老乡，我奶奶中国人，我快死了，中国我爱，我是被逼，被逼，你的，明白？"李茂群晃了晃脑袋。

日本兵闭上眼睛，斜躺在沟坡上，半边脸沾满了泥土，脸色逐渐发白，气息渐渐微弱。李茂群呆呆地看了会儿，见对方一动不动，就猫着腰小心翼翼地过去用脚踢了踢对方的身子。日本兵的眼睛又缓缓睁开了些，左手颤抖着从怀里掏出个什么东西。李茂群仔细一看是张照片。当时李茂群只是在城里老板那儿看到过照片，觉得特神奇，这个日本兵拿着照片向李茂群这边送。李茂群清楚这日本兵快死了，也就不惧怕了，他伸手接过照片一看，是一张七八个人的合影，男人女人小孩子都有，至于哪个是这个日本兵，当时没有端详出来。日本兵说话断断续续了："老乡，中国好人，后面有我的家，拜托，拜托……转告我的奶奶、妈妈、弟弟……我在这里，死，要回家……拜托……"

后来日本兵实在说不出话来了，眼睛闭上再也没有睁开。天色渐暗，血色的太阳沉入地底，李茂群拿着照片，脑子里一片空白。

第二天天刚蒙蒙亮，旁边的日本兵身体已经开始发僵。李茂群把照片揣到怀里，才发现照片背面写着一行汉字。李茂群是不识字的，后来李茂群回到城里找到一家店铺的账房先生，账房先生告诉他这写的是：日本九州省佐贺县大保田町岛田纪夫。

李茂群说完这些非常疲惫，他闭上眼睛仿佛睡着了。父亲以及家族的人们都听得入了神，互相小声吵吵起来。

大约半个小时后，李茂群又醒了，三奶奶给他倒了碗白开水。李茂群强咽了一口，对三奶奶说："三嫂，我快找你小姑子去了。"三奶奶说："人都有这么一天呢。"

趁着李茂群还清醒，我忙问："老姑爷，这照片现在在哪？"

"没说吗？没了，闹动乱的时候，让我给放粮柜底下，被老鼠给咬碎了。"一听照片没有了，我心里不无遗憾。

"那日本兵的家住哪我倒背下来了，这些年不敢和别人说，怕吐露出来挨斗。"李茂群瞅了眼我父亲。

"老七（父亲在族辈里排行老七），我家的坟在碑楼村南李家岗子，我埋那儿，你幺姑肯定在那边和我不对头。"

父亲大咧咧地说："埋哪儿不是埋呀。"父亲不乐意幺姑的坟成孤坟，再者李茂群回前碑楼村埋葬也行不通。

李茂群有些不甘心。"人老了得归根，死了也得回家守着爹妈，哪里的土都不如家里的土睡着香。"一句话让全屋的人唏嘘不已，我的眼圈也红了。

"小四儿，咱一个庄稼人哪能给那日本兵办得了那事儿，想都不能想的事儿。这几年听说你能去日本，就勾起这码事儿了。你找找这日本兵的家，告诉他家一声。"

"老姑爷，那这日本兵尸体埋哪里了？"

"县大队后来赶过来了，看我身边躺着尸体，就问我是不是我打死的，我就点头说是，县大队就把日本兵的刺刀、炸弹拿走了。我说：'人呢？'他们说：'日本人有纪律，他们一会儿就得来收尸。'县大队的人走了，我就躲在远处等日本人收尸，结果等了一天也没来。我也不能总是等在那里，就不管他了，走了七八里越想越不得劲儿，又返回去。幸亏返回去了，否则那尸体就让狗给啃了。我就把这个日本兵的尸体埋在齐会村北两棵大杜梨树中间了。"

"后来呢？"有人问。

"后来我就到咱村来了。"

三奶奶在一旁插了一句："就遇到幺妹了吧？"

李茂群咧了咧嘴，想笑又不是笑的样子。三奶奶挑一下眼角，揉了他一句："你和幺妹的花花事儿别跟小辈们说了，今儿到这儿吧！"

李茂群在天明时咽了气，三奶奶说是寅时一刻。家族按照门户摊钱出殡，隔辈中我算是老姑爷常说的最有出息的，自然也得多表示。李茂群平常没什么花销，活着的时候舍不得吃，舍不得花，三奶奶在粮柜里翻出两万块钱和一百多块过期的粮票，一场殡下来全报销了。老姑爷的骨灰一半和幺姑奶奶埋在了一起，另一半用骨灰匣装好。我和父亲开车傍黑跑到前碑楼村，把骨灰埋在村南李家岗子菜地里，那里一个坟头也没有，也不知道李茂群家人埋的具体方位，不管怎么样一家人算是团圆了。

处理完李茂群的后事，我和父亲又特意去了任河县齐会村，在村周围转了几个来回，也没有看到那两棵杜梨树。

我手里攥着写着李茂群告诉的那个地址的纸条，联系在九州居住的大学同学，让他查查二战期间佐贺县阵亡的名单里有没有一个叫岛田纪夫的人。

五天后，朋友给我打电话，我当时正在三奶奶家里听她讲古。朋友遗憾地告诉我，查了作战阵亡名单，根本没有这个叫岛田纪夫的人，更让人失望的是佐贺县也没有大保田町这个地方。

三奶奶插话："人死还能说假话不成，这么匀实的事儿李茂群编不出来。"

朋友提议在日本做个叶落归根的广告，或许岛田纪夫的家人能够看到。

三奶奶在炕上兀自叨叨："你说这日本兵也算是咱们中国的外孙了，都是亲戚，还杀中国人干吗，奶奶的。"说完又满眼的怜悯，"这日本兵死在这儿也可怜着呢。"

黄粱一梦

一

星期天是同学孩子结婚待客的日子，黄粱五天前就接到了请柬，可任谁见到这些"红色罚款单"都会有些发怵吧，尤其这临近春节，结婚的多。这月的份子钱就占了黄粱三分之一的工资了。县级市里的经济水平有限，黄粱在安全局消防办好不容易混了个主任，可就算是上了20年的班又当了点小官，一月薪水也才两千多块，这过日子清汤寡水节衣缩食，省来省去都省到婚丧嫁娶红包上了。

因为对钱财较吝啬，黄粱不怎么好结交朋友，来往的都是高中或中专里面的同学或单位曾经的同事。至于那些退休了，还有调到其他单位的前同事，黄粱基本上都不怎么来往，见面点个头，笑一笑，打个招呼敷衍一下，表面上和风细雨，内心里谁都不会在意。即便这样，作为一家之长的孙三娘子还嘟囔着让他少在外面接触人。"接触那么多人干吗？咱家就一个孩子，还留在外地，以后老死也不和这些人往来，没有多大意思。"

孙三娘子是典型的唯物主义者，看问题直截了当，说直白些就是唯利是图，性格属貔貅的，只进不出，占人家点便宜就高兴，自己稍微付出一点就觉得亏大了。

这不才从菜市场买菜回来，她脸上就黑云四起。正在刷牙的黄粱没敢搭理她，尽量不触孙三娘子的霉头。孙三娘子在厨房里又是踢凳子又是磕碗，嘴里骂骂咧咧："真他奶的，今天真是恶心死了，韭菜多算了两块钱，这小买卖人真就打不了交道，下次再到我那里办事看我怎么挤对他！"

黄粱一听就清楚了是和菜市场里卖菜的老蔡干上了。老蔡是残疾退伍军人，从对越自卫反击战战场上下来的，属于民政部门的优抚对象。发放的优抚金在孙三娘子的手掌心里攥着。孙三娘子买菜一般都是去老蔡那里，嘴上说是买点放心菜，其实不言而喻就是图能沾点小光。老蔡两口子只能赔本赚吆喝，不敢怠慢。

"小兔崽子。"

黄粱一听，猜出又是老蔡的儿子惹到他老婆了，他老婆买菜一般都是在老蔡两口子在摊上的时候才去。这次不知什么原因老蔡夫妻没有到岗，而是他们的儿子在那里看摊，老蔡的儿子是个头不抬眼不睁的主儿，或者说是不买他老婆账的家伙，对他老婆的职权视而不见，两斤韭菜、五斤黄瓜、两个西瓜的账面算得很清楚，曾经有一次五毛钱零头都没有抹，让平日里吃尽小甜头的他老婆真是难以接受。

黄粱刷完牙，自己到厨房里盛碗米粥，弄碟咸菜。孙三娘子瞥了他一下，目标就对准他了："中午老钟家喜事你们随多少？"

"大家商量好了，都是500。"

"多少？500。去年张清家的姑娘结婚那时候不是300吗？"

"现在不是水涨船高了吗，哎！我刚才做了个梦……"黄粱想转移话题，省得老婆对份子钱唠叨个没完没了。

"你做什么梦？又做和办公室吕菲菲的春梦了吧！"

"扯淡，滚旁边去。"黄粱脸上一红，"挨人家吕菲菲什么事儿。"

吕菲菲和黄粱是一个科室的，去年从城区办事处调过来，童颜巨乳型的。据说和市里某个大领导有特殊关系，孙三娘子见过一回。当时黄粱带着吕菲菲去一家企业检查工作，中午在一家饭店里吃饭的时候，正好撞到孙三娘子也和单位的几个人聚餐，场面有些尴尬。到家后，孙三娘子刨根问底地质问黄粱，黄粱解释了老半天。老婆将信将疑，黄粱最后逼不得已地来了句自嘲式回答："我这样要权力没权力，要银子没银子的，谁能跟我有事儿呀。"孙三娘子当然也是故意试试黄粱，自己老头子骨子里有多少能耐她还是清楚的。

"咱儿子那时候才200，两年多就500了，我看你们都是吃饱了撑的，高中同学来往个什么劲呀？"孙三娘子又将对话的主题扳过来，说得有些咬牙切齿。

黄粱不再理老婆的话，话多无益，现在沉默最好。他刚才思绪一瞬间真的转移到吕菲菲的身上了。

孙三娘子收拾完屋子，提上挎包准备出去，一个单位的姐儿们前天给了她一张免费美容卡，今天上午约好一起去做个护理，临出门又喊了一嗓子："少喝点酒，别忘了，晚上我妈生日，你去订个蛋糕呀？"

黄粱答应着："行，行。"

二

黄粱在家又看了会儿电视，脑子里寻思去哪里订生日蛋糕。他负责管理的片区有三个蛋糕房，分别是：新兴路的特香面包房，银丰路的水果乡村蛋糕店，银河路上的喜利来蛋糕房。黄粱权衡了一下，首先不能去特香面包房，那是局长的兄弟开的。水果乡村蛋糕店也不能沾，老板娘自称是单位副局长的表妹，现在"表妹"就是个表面称谓，谁知道是不是真的，别因为一个蛋糕找不自在。去香椿街喜利来吗？前不久岳父生日的蛋糕也是在那拿的，总去一家好像有些不妥当。

黄粱记得第一次去喜利来蛋糕房，恰好是吕菲菲过生日。

老板去单位拿消防证。将消防证递给老板后，黄粱就借题发挥，说："阿周（老板姓周，福建泉州的）呀！今天我们科室的菲菲大美女生日，你不总是说请大家吗，现在好了，机会来了，你也别请我们大家了，你给美女安排个蛋糕吧！"

这话说得挺大气，当着办公室所有人的面。表达得尽善尽美，不卑不亢。黄粱说完还故意瞅了下旁边的菲菲。那个菲菲颇感意外，脸上欢喜得不得了。阿周老板自然不能怠慢，把黄科长的指示落实得非常好。当天下午黄粱和吕菲菲开着车过去取的时候，阿周还特意为黄主任安排了一盒糕点。两人上了车，黄粱对自己这一出借花献佛感到志得意满，说："祝我们单位的女神生日快乐。"吕菲菲脸上红云一片，坐在副驾驶上"啪"地吻了黄粱脸一下。黄粱脑子顿时缺氧了老半天。那天晚上黄粱满脑子都是吕菲菲的大腿、胸、臀。

黄粱后来又常常利用单独和吕菲菲外出检查的机会，不是摸对方一下就是蹭某个部位一下。甚至有一次在车上，黄粱忍不住摸了吕菲菲的乳房一把。吕菲菲的脸上当时就变了色，说："黄主任，您注意下影响好不好，别放着好日子不过？"

一句话惊得黄粱冷汗直流。这话寒气逼人有所指向，把黄粱弄得面红耳赤无地自容，心中却愤然。装纯？谁不知道你是个浪货！黄粱再一想，现在的女人哪个不讲究实际，白玩，谁干呢，自己都快当爷爷了，真是异想天开，还是本分点吧！别抓不了狐狸还惹身骚。

黄粱在家里又分析了当前市内政治形势，得出结论，还得去阿周开的喜利来蛋糕房。阿周两口子人很老实，媳妇儿也会说话。外地人也没什么背景，岳父生日那天去取蛋糕看人家两口子那态度，蛮实诚，还一口一个承蒙多关照。黄粱再一想，说关照其实从没关照过。

黄粱是打车去的酒店，到了那里的时候还没开席。同学老钟满脸红光，人逢喜事精神爽，握着黄粱的手兴奋地不松开。老钟是个钢厂老板，这两年建筑市场活跃，老钟自然赚了个盆满钵满。人越有钱越好场面，对吃公家饭的同学旧友面上就高看，见面不喊老黄，总是喊黄主任，这颇让在金钱上处于劣势的黄粱感到满足。

黄粱当然和同学们坐在一桌，吃到半截的时候，听到背后有人喊他："老黄，老黄。"这让黄粱心里膈应，扭头一看，却是在市委办公室的吕菲菲的爱人，叫刘什么来着，黄粱不记得了。黄粱没想到在这里碰到他，想想自己和吕菲菲的一些事儿，就脸上发烧。黄粱站起来，脸上故作欢喜："小刘呀！"小刘端着个啤酒杯走过来，走到黄粱的桌上敬酒。黄粱心里说："这个小绿帽还算懂事。"就起身和同学们介绍说："这是市委办的小刘。"

"不，不，我不在市委了，已经调到民政局任副局了。"小刘立马为黄粱更正了。

黄粱反应还算快，心里骂了一句小人得志，表面故作惊喜："噢，升了，升了，年轻有为呀！"

同学们都起来回敬现民政局刘副局。刘副局扬了扬手，立马有了副职的派头，说："主管安置办和光荣院了，老黄呢，和我爱人在一个单位，工作上没少给予她照顾。大家都是老黄的朋友，大家有事儿找我提老黄的名字就行。"

黄粱听到小刘那个"照顾"的词就好大的不得劲。这小子总是"老黄老黄"地叫自己，才混了个芝麻大的官儿，就闹不清东西南北了。黄粱对桌上人说："小刘就是我们单位美女吕菲菲的爱人，菲菲大家都知道吧，咱们市里的大名人。"

"噢，知道，知道。"有人开始随声附和。有同学就开始向黄粱挤眉弄眼。黄粱心里窃喜，他要的就是这个效果。心想，"妈的，你媳妇陪人睡觉给你弄了顶绿乌纱帽，看你还嘚瑟不。"

黄粱让小刘闹得挺腻歪，喜酒喝了两杯就有些头晕。后来是一个同学开车送他回家的，到了家他就躺床上睡着了。

三

黄粱迷迷糊糊地就做了个梦，朦朦胧胧地就感觉自己到了蛋糕房。店里阿周两口子正在忙碌。订蛋糕的客人很多。阿周老板看到黄主任来了，赶忙热情地打招呼，说："黄主任来了，订什么蛋糕？"黄粱客气了客气，在店里转了转，和阿周聊了几句话："阿周，员工要加强安全意识，生意再忙也得抓安全，抓消防，你看你这里，你看你那里，都不符合安全规定哟。"

阿周跟在黄粱屁股后面，说："是是是，一定加强加强。"

黄粱最后又说了几句加深感情的话，然后指着一个水果蛋糕说："这款式多少钱？"黄粱说这话时脸上又有点发烧，就尽量不瞅对方脸上的表情。

阿周说："黄主任到这里还谈什么钱不钱。老婆，给黄主任立马现做啊。是为老人还是孩子准备？"

黄粱："为老丈母娘。上次老丈人的就在你这里弄的，两位老人都说你这里的好吃，这不还让我订一个，总是给你添事。"

"没关系，没关系，说明我的蛋糕有市场嘛！老人是爱吃水果的？还是沙拉？西式还是传统的？"

黄粱眼皮一抹搭，心说既然要了就要个好的。"水果的吧！"

阿周说："你等会儿，马上就好。"

说罢，跑到操作台后面忙碌起来。黄粱怕遇见熟人不好意思，找了个偏僻的角落坐下摆弄手机。

黄粱在手机里看了一段微信段子后，阿周那边蛋糕就做好了，蜡烛、纸蝶、刀叉等都给打好了包。阿周女人给黄粱拎了过来。黄粱接过蛋糕，嘴里假模假式地说："老板娘，我这次得给钱，多少钱？"然后往口袋里摸。阿周急忙过来摆着手："不要钱，不要钱的，就当我给老人的寿礼了。"

黄粱见店里有几个客人，都瞅着自己，掏出了一张100元的票子就向男人手里塞。男人连推带搡地说什么也不要。

阿周的女人这次一反常态，在一旁看着没吱声，不说要也不说不要，弄得黄粱挺尴尬，心想把钱给人家吧，几十块钱不值得！把钱就塞给了女人，女人顺手就放在围衫的口袋里，随手给黄粱找回来20。黄粱接过钱，心里那个堵就甭提了。走出店门时，耳朵里传来阿周在店里大声呵斥女人的声音：

"你以后还想干不？把他们弄腻歪了，三天两头的查咱，让你整改让你停业，到时候损失比这个大。"

"不能养成他们这个习惯。"阿周女人今天火气很大，顶撞她男人起来。"他们要查就查，咱规规矩矩地做生意，不犯法不违规。今天这个要蛋糕，明天那个来拿点心，咱一天到晚辛辛苦苦的，赚点钱还不够给这些人贴补的呢。老娘我今天就收了，明天要是还有人想来占便宜，我也照收不误。"

男人气急败坏，骂那女人，"这些人就是占小便宜来的，都是小人。咱出来挣钱不和他们斗，把钱退回去好么？"

女人就是不肯，男人没辙，从自己口袋里拿出几张票子，追出来，到了黄粱跟前，赔着笑脸："黄主任，我们哪能要你钱呢。"说罢就把钱往黄粱上衣口袋里塞。

阿周女人在后面吼叫了一声，从店内如阵狂风般冲了出来，手里高举把白晃晃的水果刀，叫喊着跑到黄粱近前，一刀砍在他头上，顿时血流如注。黄粱"哎呀"一声从梦里惊醒了。

四

醒来的黄粱抹了下脸上的汗，发现枕头都被洇湿了，咂摸着梦里的事儿，看看手机的时间，已经是下午4点多了。客厅里孙三娘子又尖声喊："快去吧！马上到饭时了。"

黄粱不是个迷信人，但心里也犯嘀咕，洗了把脸，骑着车子就出了家门，不大会儿就来到了喜利来蛋糕房，他整理了一下衣服，走进店内。

店里那阿周两口子正在忙碌。快过节了，店里订蛋糕的客人络绎不绝。阿周老板看到黄主任来了，赶忙热情地打招呼，说："黄主任来了，订什么蛋糕？"黄粱客气了客气，在店里转了转，和阿周聊了几句话："阿周，一定要有安全意识，生意再忙也得抓安全，你看你这里，你看你那里，都不符合安全规定哟。"

阿周跟在黄粱屁股后面，说着："是是是，一定加强加强。"

黄粱最后又说了几句加深感情的话，然后指着一个水果蛋糕说："这款式多少钱？"黄粱说这话时脸上感觉有点发烧，就尽量不瞅对方脸上的表情。

阿周说:"黄主任到这里还谈什么钱不钱。老婆,给黄主任立马现做啊。您是为老人还是为孩子准备?"

黄粱赶紧说:"为老丈母娘。上次老丈人过生日的蛋糕也是你给做的,家里吃了都说不错。这不还让我订一个,总是给你添事。"黄粱会说话。

"没关系,没关系。说明我的蛋糕有市场嘛!老人是爱吃水果的?还是沙拉?西式还是传统的?"

黄粱说:"水果的吧!"

阿周说:"你等会儿,马上就好。"

说罢,跑到操作台后面忙碌起来,黄粱真有些担心遇到熟悉的人,找了个偏僻的角落坐下,低头在手机里找微信段子看。

黄粱在手机里看了一段微信段子后,阿周那边蛋糕就做好了,蜡烛、纸蝶、刀叉等都给打好了包。阿周的女人给黄粱拎了过来。黄粱接过蛋糕,嘴里假模假式地说:"老板娘,我这次得给钱,多少钱?"然后往口袋里摸。阿周急忙过来摆着手:"不要钱,不要钱的,就当我给老人的寿礼了。"

黄粱说:"上次已经免费了一次,你这个也是有成本的,总这样下次我怎么敢再来呢!"说完掏出了100元的票子就往男人手里塞,男人连推带搡地说什么也不要。

阿周的女人这次一反常态,在一旁看着没吱声,不说要也不说不要。黄粱想把钱给人家吧,可又觉得花几十块钱不值得!于是把钱就塞给了女人,但女人顺手就放在围衫的口袋里,说:"黄主任,你等会儿,我给你找钱去。"

黄粱一看阿周的女人麻利地收了钱,心里那个堵就甭提了,但也不能说什么,就在这边等着阿周女人找钱,只听阿周在里间大声呵斥女人:"你以后还想干不?把他们弄腻歪了,三天两头的查咱,让你整改让你停业,到时候损失比这个大。"

"不能养成他们这个习惯。前几天那个叫菲菲的骚女人一下做了两个都一分不给。今天他又来,拿我们当什么了?"阿周的女人今天上了脾气,顶撞她男人起来。黄粱听了满耳,感情那个小骚女人也经常白吃白拿的呀！自己带着她来了一次，真是引狼入室，圆了别人损了自己。

"他们要查就查，咱规规矩矩地做生意，不犯法不违规。今天这个要蛋糕，明天那个来拿点心，一天到晚辛辛苦苦的，赚点钱还不够给这些人贴补的呢。老娘我今天就收了，明天要是还有人想来占便宜，我也照收不误。"

黄粱不能再在店里待着了，别一会儿两口子真因为这事儿打起来。那样，自己跟头可就栽大了。黄粱推了一下里间的门，说："阿周老弟，弟妹（黄粱改了称呼，显得亲近），钱别找了，上次钱没给你，按说这钱都不够。"说完，黄粱出了店门，骑上单车使劲地向前蹬去。

阿周在后面追他，喊他黄主任，可黄粱没停，车轮飞滚。他脸上火辣辣的，是臊的还是怎么的不清楚，烧得厉害，烧红了他的耳根，烧红了他的48岁的脸，烧红了他干瘪的心脏。

黄粱飞快地向前奔驰，两旁的景物向后倒去。小刘、吕菲菲、同学老钟、单位局长，楼下看门老头……好多熟悉的陌生的人都在注视着他。

这时，他看到老婆孙三娘子正拎着一袋豆角站在窗户那里大声呼喊他的名字："黄粱，醒醒，醒醒……"

第九件警情

2012年3月31日，周五。

舒城由县升级为市后，钟克明所在的城镇派出所被一分为二：城镇派出所和城区派出所。顾名思义，城镇派出所管辖着原来镇所属的村街，城区派出所则负责市城区所属辖区。

钟克明在派出所待了17年，从以前的小钟到现在的老钟，从人们嘴中成熟的钟哥升级为熟过了的钟叔。钟克明同志就这么任劳任怨地干过来了十多年。钟克明的警衔10年前是二毛一，到现在仍旧是雷打不动的二毛一，工作20年，竟然连个"长"都没有挂，说明了许多的问题。而且这许多问题应该很严重。

有句广告词挺适合钟克明的，也着实阐述了钟克明职业生涯的境况：恋人结婚了，新郎不是我，同事升职了，我还是原来的我。

近期，同事们私下不再称呼钟克明为老钟或者钟哥，而是钟九、九哥。因为只要逢钟克明当班，每天的接处警就一定有九起，九起过后，基本风平浪静。现在，我们一起为钟克明记数：

一

第一起警情是在8点40分接到的，单位8点30分接班。报警的是名高一学生，她说她母亲不见了，她母亲非常漂亮。对了，这个女生是在小伙伴们的陪同下来到派出所的。正在值班室擦桌子的民警薛正问:"你们找谁?"女生怯怯地说:"警察叔叔,我来报案。"女生给钟克明出示了她母亲的照片,照片上的女人搔首弄姿、楚楚动人。钟克明脑子里闪现出"妖娆"两个字来。协警李伟说:"够风情万种。"女生作仇恨状地瞪了李伟一眼,李伟吓得缩了脖子。钟克明让李伟给这女生做了报案登记。钟克明把照片上的形象反射到脑子里,立马联系上了"婚外情"三个字。女生说,她妈和她爸分居半年了,妈妈带着她在别的小区租了处两室一厅的楼房。女生住校,可是今天早晨回家,没看到妈的影子,屋子也像有好长时间没有人住过了。以前妈妈出去还会留个纸条的,这次什么都没留。是不是被人绑架了,或者被坏人拐走了?

　　钟克明为了确定女孩不是报假案,开车和李伟到了女生家里看了看。看了家的情况后,钟克明更加笃定自己的判断。钟克明对女生说:"我想这一定不是个绑架走失或者什么凶杀案子,我想这个应该是……"女生瞪着眼睛看着钟克明:"警察叔叔,你说我妈怎么了?"钟克明知道现在武断地说出猜测来,对当事人和自己都不太合适。钟克明沉住气,对女生说:"这个也难说,什么事情都有可能发生,咱们也不能主观臆断的,不过应该没什么大问题。"女生点了点头,钟克明又安慰了女生几句:"再等等看看,找找你母亲的朋友或者亲人,看有什么线索。"钟克明看到女生的样子打心里就为她感到凄惶。

　　第二起是二中学校打来的,打电话的是二中学校政教主任丁胖子丁世在,时间是9点17分。丁世在和钟克明是老熟人了,毕竟钟克明在派出所待了10年多了。他来电话说:"钟所长,又是你值班呀。你们派出所派过来俩人,到我们学校转转吧,有几个穿得花里胡哨的小混混总在学校门口转悠,别聚集打架。"钟克明说:"世在,没有像你们学校这么实在的单位了,一到星期五就给转转。给转转,不费油呀?我们的经费上边也不给拨,都给你们搭上了。"丁世在说:"不是说好了吗,一年给你们5000块油钱。你们不转也没关系,打起来也是你们的麻烦。钟所长,你们可以不来昂,不来拉倒!"丁主任那边还来劲儿了。钟克明也是和丁胖子开个玩笑。每到星期五住宿生放假，就有社会人员去学校周边滋事。所里规定每到星期五上午都要例行去学校附近巡逻一下。钟克明说："你这个丁胖子，还拽上了。听着，别所长所长地喊了，我就一大头兵。""怎么？还没给你解决副所长？还不如教育部门了。老钟，想当年咱哥俩一起进城，我现在怎么也是校党组班子成员，你看你混的。放着钱干吗？该送就送送。"丁世在在电话里好一通奚落。

"送什么送！我给儿子买根冰棍也不给那些王八蛋送一个子去。"

"好好，你不送，你高尚，你先过来给巡逻吧！"

钟克明留下薛正值班，带着民警小石和两名协警去了二中，到了那里转了两圈，没有发现什么。不一会儿，丁世在穿着个灰色风衣从学校里快步走出来，双手作揖状："辛苦辛苦。"学校门口站着几名接孩子的学生家长，还有本校的教师。丁大胖子的作揖明显是作秀，有高人一等的意思。钟克明坐在副驾驶上瞥了他一眼，没搭理他。丁世再一拉车侧门上了警车，挨个给车上人散烟。钟克明拿过来没吸，瞅了瞅说："丁主任果然进班子了，看烟的牌子都不是当年的利群了。"丁世在笑了笑，把头探出车外，对门口几个老师喊："小邱，你们几个盯好了，别让家长和闲杂人等进校。"

又回头对钟克明说："现在学校政教也不好管，说白了，和你们公安工作一样，也是抓防范抓管理。"

钟克明想笑，他明白丁胖子在人前显摆的心理，不好戳破。

丁胖子说："老钟，你们这车也实在太破了，看外表还能唬住人，里面就实在过不去了。"

协警李伟说："什么人都拉，什么人都坐，好人也上，坏人也装，死人也盛。"

丁大胖子脸上一变："怎么还拉过死人？"

李伟说："嗯呢，一个月前，在带状公园也不知谁把个死婴扔到公园假山那儿了，我们和民政局的几个人拉着扔白马河沟里了。"

丁世在听完就有点不实在了，屁股扭了三扭，拉车门下去了，说："老钟，中午喝回？"

老钟说:"值班呢,喝什么喝。"

"改天?"

"改天。"老钟回答。车子围着学校又转了一圈,向所里返程。

车子还没回到所里的时候,对讲机就喊:"城区派出所,城区派出所,听到请回答!皇都花园有人报警,发现有一辆可疑车辆停放在小区里,报警电话……,请回复应答人姓名!"

"钟克明!"

巡警李立伟应答完毕后,对钟克明狡黠地笑了笑:"钟叔,三起了。"

钟克明扬手想抽他,说:"你快点开(车)吧。"

小区保安金大结巴,见派出所的大面包车过来,把保安帽摘下来在手里摇晃着。

"钟,钟所长,钟,钟所长……"

金大结巴总爱给老钟戴个高帽,有时候也喊钟克明、老钟。后来可能是感觉喊老钟虽亲切但透漏土气,也影响称呼者与被称呼者的层次,还是给人戴个高帽好些,既显得正式,又能提高自身价值。

钟克明跳下车去问:"什么事?这么咋咋呼呼,你报什么警,直接打我手机不就行了?"

"110不是免费不?打你手机还得花两毛。"

钟克明斜了他一眼,知道老金活得精打细算,但对工作尽职尽责,各小区物业都应该多几个像老金这样的人,虽说是麻烦点,但绝对的平安和谐。

"怎么回事?"

老金"咔"的一个立正,煞有介事地打了个敬礼:"报告钟所长,小区发现一辆无牌照的桑塔纳轿车,停在小区两天了,占着车位,给我们公司造成了重大的损失……"

"停,停。"钟克明打断他。"你带我们去看看。"

老金意犹未尽,紧了紧武装带,正了正保安帽。显然,他因还没有在小区群众面前完全展现威风而有些遗憾。随后,他挺直着腰板晃着肩膀,带着派出所的人向小区里面走去。

拐过两栋楼，就见 7 号楼停车位上站着四五个人，在那里你一句他一句地说着什么，见老金带着警察过来后忙住了嘴，都等着看警察怎么处理这件事儿。钟克明用手一指说："就是那辆？"老金说："嗯，停了好多天了，业主们意见非常大。"钟克明过去围着那辆蓝色桑塔纳转了一圈，又摸了摸车门车身，手指上都沾上了尘土，证明这辆车好长时间没有人动过了。钟克明问了问旁边的业主："谁知道这车放了多少天了？"

老金正想说话，旁边一个小伙子嘴快："得有七八天了，也没见人动过，停得当不当正不正的，你说多腻歪人。"旁边几个人也跟着七嘴八舌："给它拖走，拖走！"还有人踹了汽车轮胎几脚。

"这栋楼的住户都问了吗？"

"基本都问了，还有几个长期不住的、两家租房的没有联系上。"老金说。

钟克明又用手拉了拉车门，见锁得紧紧的。民警小石凑到车玻璃前往驾驶室里瞅，也没发现什么。

老金说："钟所长，不如你们拖走得了，在这里放着，小区人也不干。"钟克明说："小区人不干，我们拖走了等车主过来找我们就好了？"老金被噎了个窝脖，脸上一红。

钟克明嘴上是这么说，但知道要是解决不了问题，物业和自己完不了，这小区业主们自然也不愿意。钟克明对民警小石说："把挡风玻璃那儿的车辆识别号抄下来，查查车主信息。"

"车不挂牌子是不是扣 12 分，还罚款呀？你们就得给他拖了。"刚才说话的那个小伙子装着挺懂的样子问钟克明。协警李伟说："嗯，一会儿你们还接着打事故电话，别麻烦派出所了，让交警过来处理。"

小伙子瞅了李伟一眼，想和李伟理论几句又把话咽了回去。

小石在车前挡风玻璃那儿抄下了车辆识别号，给所里值班的民警薛正打电话，让他在车辆信息网里查该车的基本信息。这期间，钟克明拿出香烟来给老金一根，又递给了那个小伙子一根。小伙子本来还咂摸着李伟的话，见老钟这示好，心里一下气就顺了。把烟接过去,小伙子用打火机打着火,给老钟和金保安点上了。

不一会儿,所里打电话过来说,这辆桑塔纳是盗抢车辆,在一个月前丢失,立案单位是刑警一中队。钟克明一听,挺痛快地拿出手机就和刑警一中的队值班民警联系。老金和几个小区里的人瞅着车就骂街。"犯罪分子已经潜入到小区来了。"老金说:"晚上要给巡逻队开会增加警力。"小区人说:"老金你别光白话,你们得负起责任来。"钟克明打完电话也过来数落金大结巴:"这车怎么进小区的?你们小区车辆出入不登记呀?"老金说:"门口有监控,我一会儿带你们过去倒倒监控去。"

老钟说:"现在成了刑事案件了,我们不去了,刑警队的人会过来,你在这里盯着点,有什么情况你再和他们说。"

老金说:"行,行。"

老金说"行,行"的时候,钟克明几个人就上了车。李伟将车发动,说:"钟叔,咱回所?"

"回所。"老钟闭着眼睛说。

警车开到国税路口的时候,钟克明对李伟说:"去我家。"李伟打方向盘变了车道向右拐进入邮政小区。

钟克明家住邮政小区3号楼2单元四楼。到了楼下,钟克明让李伟几个人等他一会儿。他上了楼进了家门,一看还是早晨上班时的样子,知道媳妇儿还是没有回家。赵青前天和钟克明又吵了个热闹,原因自然还是老话儿,嫌弃钟克明不能赚钱。赵青前年从邮政公司下岗后,在家待了半年就想干点事儿,开始卖服装,后来又经营化妆品,干什么败什么。钟克明就劝她,愿意干事儿就找个地方打工,不想干事儿在家待着也行,有钱就多花,没钱就少花。可赵青心里好胜,一股脑地想赚钱。她的话就是,指望公务员那点工资,拉不了窟窿也得受了活罪。半年前同学聚会上,遇到了一个做贸易的大老板同学,赵青不知怎的就羡慕上了,不是讲这个同学怎么怎么有钱,就是说他怎么出手阔绰大方,为人怎么怎么讲究,弄得钟克明挺烦。

钟克明说:"我在单位上见到的这种人多着呢,嘴上一套心里一套背后一套，看似人五人六，你还是离着这种人远点。"

赵青就骂钟克明心肮脏。"你以为都跟你们遇到的流氓一样呀，我看这个世界好人多着呢。"钟克明就懒得和她理论，眼不见心不烦。

最近一段时间以来，妻子经常早出晚归，弄得钟克明心神不宁。他前天晚上10点多统一行动回来，就看儿子一个人在家里泡了碗方便面，就着个面包趴在桌上写作业，家里冷冷清清的，就问儿子："你妈回来了吗？"儿子摇了摇头说："打我妈手机关机了。"

钟克明就上了火，但孩子在身边，只得把火头向下压。他给爱人打电话，还不错，手机倒是打通了。可通了好长时间却不见对方接电话，钟克明就有些冒火。过了几分钟，他又重新拨了一次。刚响了一下，对方就拒接了。

钟克明恨不得把手机给摔了。随后，他到客厅里喝了杯白开水，消消气，这时，门"吱呀"一下开了，爱人回来了。

钟克明把赵青一把拽进了卧室。妻子满身的酒气，脸上还化了妆，再看穿的衣服，更让钟克明来气，白纱套裙里面黑色乳罩若隐若现。钟克明一把将妻子推倒在床上："你是陪唱去了还是卖身去了？"

钟克明以为会把赵青吼住，可是，赵青"嗷"的一嗓子先和他急了。

钟克明在厨房里给儿子热了热昨天的蒜黄炒鸡蛋，把米饭在电饭煲里给弄好，然后给儿子留了个纸条，就下了楼上了警车。李伟说："刚才所里来电话，说市政府三楼有上访的，巡警们弄不了，让咱们过去。"钟克明把警帽摘下来，说："咱们过去就好办了？"民警小石是新分配来的大学生，说："钟哥，我就觉得派出所真不好干。"钟克明说："行，小石，你马上出师了。记住了，可别在派出所干长了，糟践人，耽误前程。"小石眨了眨眼睛说："钟哥，我们这批人上面早说了，锻炼几年就回市局。"李伟开着车扭头对小石龇牙咧嘴地笑了笑："你们这批人镶金边啦？"小石在后面用橡胶棒给了李伟后背一下："你埋汰我们都是尿盆子呀！"

警车直接开进了政府大院，大门口的门卫看到警车来了早把电动门打开了。平常这政府大院门口的保安可是冷若冰霜，想进去找个人都难过他们这道关，可只要有上访闹事的，碰到他们搞定不了就来请警察。

钟克明带着几个人往楼上走。到了三楼楼梯口那儿，见一个老太太领着一个五六岁的孩子坐在台阶上。几个巡警在旁边站着束手无策，见钟克明来了，有的喊钟叔，有的喊钟哥。钟克明正想问问怎么个情况，口袋里的手机就响了，是巡警大队长冯队打来的。冯队说："九哥，你过去了吗？"

钟克明说："冯子呀，我到了。"

冯队说："九哥，市里刚说了，让把这个闹访的老太太拘留了。"

钟克明说："我刚到这儿，还不了解情况，我等会儿问问……"

冯队说："你别问了，硬弄走拘留她。"

钟克明心里就有些别扭，对冯队说："冯子，这个老太太看样子都过了70了，还带着孩子。我这要强制带离还得想想办法。这拘留，老吕知道吗？"

老吕是派出所的所长，钟克明的意思是告诉冯队长，你巡警大队没有权力支配派出所。

冯队说："吕所也知道了，不是咱们能左右的事儿，是市领导的意见。"

钟克明看了看身边没有人注意，走到了一个背人的地方："冯子，市领导大还是法律大？"

冯队说："九哥，干了这么些年，怎么还这么不开窍？市里让咱干咱就干，出了事有他们呢。"

钟克明不想和冯子在电话里扯淡，把手机挂了后，走到老太太近前，蹲下身子摸了一下孩子的头，说："大娘，你这是怎么了？"

老太太早看到钟克明来了，话儿早就准备好了："你来啦，你是多大的官？"

钟克明说："大娘，我不是官，我就是个跑腿的。"

"哦，你不是官不主事儿，就别和我谈了，我今天就是想见见市委刘书记，见不到刘书记，你说破天我也不动。"

钟克明说："大娘……"话儿还没说完，手机又响了。

钟克明一看，是赵青的电话。他擦了脸上的汗，又走到角落里，说："赵青，你在哪儿？"

赵青说："你能回家吗？"

"不能，我正在出警，饭做好了。晚上回去说。"

"你现在回来，工作第一还是咱家第一？"

"现在正忙着。"钟克明知道妻子在家，心里就踏实了些，说完就把手机挂了。电话刚挂手机又响了，钟克明心里很是烦躁，但仔细一看，是吕所长的电话。

吕所说："钟哥，你在现场是吧？"

"是。"

"你带了几个人？"

"算上我四个。"

"想办法把老太太强制带离。刚才市委办主任给局长打电话了，刘书记非常生气，后果很严重。想办法把老太太带所里去，取证拘她。"

"怎么强制？带着个五六岁孩子呢。"钟克明有些为难。

"让人看着孩子，巡警不都在那儿么？还弄不了个老太太？"

"我看看吧。"钟克明对这种事儿打心里就抵触。关掉手机后，钟克明嚯了口牙花儿，皱着眉，走到老太太身边，还没说什么，这时楼道东面过来个掐着腰腆着肚子的干部。李伟说："钟叔，钟叔，那个人叫你。"

钟克明一扭头看见对方。只见那人左手掐腰，伸出右手，用中指和食指对着钟克明勾了几下，那意思是让钟克明过去。钟克明认出是市委办公室戴主任。他心里暗骂："瞧你个揍相。"

钟克明问："戴主任有什么指示？"

戴主任把钟克明叫到了办公室，坐在办公椅上，双手放到桌子上，用力往下捶了几下说："这个南杨庄的丁春女无理闹访，刘书记刚才正在接待外地投资商户，这丁春女一闹影响了我们市的形象，我要求你们现在就把人带走，拘了她。"

钟克明向前探了探身子，说："这丁春女在楼里有什么过激行为吗？"

"在台阶坐着就不行。"

钟克明说："戴主任，我一会儿过去劝劝老太太，让她赶紧走。"

"走？不能让她走，必须拘留。"

钟克明也严肃起来，说："她手里有个孩子不好强制。"

戴主任显然对钟克明这么回复他有些恼怒，站起身子就走。"你们自己去想办法。我已经和你们局长说了，拘完向我们汇报一下。"说完戴主任气势汹汹地推门走了。

钟克明在后面"呸"了一声。李伟这时进了屋："钟叔，你出来看看，谁来了。"

钟克明问："谁来了？"

"丁大胖子。"

丁世在是跑着上的三楼，脸上热汗直淌。钟克明出屋后见丁大胖子蹲在那里正在搀老太太起来。钟克明过去问："老丁，这是你的什么人？"

丁世在用着劲儿说："克明呀，咱大姑。"

钟克明心里顿时敞亮些了："大姑呀！"

"来。"钟克明招手让李伟和旁边几个巡警过来帮忙，几个人七手八脚把老太太搀扶起来。丁春女的劲头又上来了："世在，你别管我，我今天就得见刘书记，见不到就死在这。"

丁世在说："大姑呀，你别添乱了，好歹你侄子也是国家干部，是个学校领导，你听我劝好么？"

钟克明也跟着配合："大姑，大姑，你看你，有事儿就找丁哥不全给你办了吗，怎么还亲自跑，让丁哥给你找刘书记，该办的全办了，丁哥的能耐……"

丁世在拦了一句："克明，你别说了，看好我大姑的孙子。"

丁世在想把老太太直接拉回家去。钟克明拉了拉他衣角，说："世在，真不行，上面有话儿，人得先去派出所。"钟克明没有和丁世在挑明上面要求拘留，否则丁世在这边再有个变故就不好弄了。

丁世在说："克明，怎么？还处理呀？"

"处理什么呀，到所里走程序问个笔录，和所长说说，下班就回去呗。"钟克明现在得稳住丁世在。

老太太说："世在，你甭管你大姑，任杀任剐我头也不低。"

李伟在一旁说："老太太硬气，赞！"

把老太太和孩子带到派出所后，钟克明考虑得挺周到，没有把人直接带到询问室，怕引起老太太的反感，还是稳定一下老太太的情绪再说。老人进了值班室，钟克明给老太太端了杯水，小石从自己办公桌里拿出几块糖，给孩子递过去。

钟克明一看时间12点了，让李伟到食堂给老太太打点饭来。丁世在说："克明，真不好意思，给你们添麻烦了。一会儿去外边吃吧？"

钟克明拿出个饭盆，对丁世在说："你先陪大姑说着，我去扒拉几口饭。"

钟克明打饭的节骨眼儿，老太太在值班室的床上盘腿一坐，嘴里唱起了《红灯记》："爹爹留下无价宝，怎说没留什么钱。爹爹的品德留给我，儿脚跟站稳如磐石坚，爹爹的智慧留给我，儿心明眼亮永不受欺瞒。爹爹的胆量留给我，儿敢与豺狼虎豹来周旋……"

李伟和几个协警唯恐不闹腾，还配合鼓起掌来，让端饭回来的钟克明狠狠瞪了一眼。

钟克明把丁世在叫到办公室，说："大姑这是怎么回事儿呀？"

丁世在掏出烟又满处看了看，见墙上写着"严禁吸烟"四个字，问："吸烟没事吧？"

钟克明咬了一口馒头，说："我在这吃饭，你别吸了。"

丁世在把烟卷又重新放到烟盒里，说："大姑家的老三，就是我三表弟，两个月前给人家孙村聚氨酯厂换彩钢顶子，结果从上面掉下来，当场就没气了。这不是家里就一个孩子吗，五岁了，表弟妹肯定还得找主儿，大姑受得了吗？人死了，又赶上聚氨酯厂和施工队谁都不舍得掏钱，乡里调解了几次也没成，大姑就往市里闹来。现在不流行上访吗？上访万一能管用呢？"

钟克明一听，心想老来丧子得有多难受，心里面更加同情老太太。

"厂子和施工队愿意给多少钱？"

"合起来才10万。现在10万哪行呀？"

"十万是少点，不行就打官司呀。"钟克明说。

丁世在说："怎么打官司？打到何年何月？"

钟克明叹了口气，现在得和丁世在挑明了。"世在，是这么回事。大姑呢，多次去市政府，弄得刘书记那里不高兴。好像是市里和乡里正给办着，市里没有不想管的意思，可是大姑今天闹得有点过了，市里让局里严肃处理。真要把老太太处理了，那不把老太太坑了吗？"

丁世在见钟克明说得正式，知道钟克明不糊弄他，一听也发了愁，问钟克明："克明，你看怎么办？"

"先找找吕所，然后再找找那个戴主任，让他跟市领导吹吹风，就说老太太现在也后悔了，也认识到自己的行为过激了，保证以后不闹了。"

"好，好，那我找找。"丁世在挺着急。

丁世在出去给所长打电话。钟克明把门儿关上，急忙先拨了所长手机。所长那里正乱哄哄的，让酒的声音此起彼伏。

钟克明说："吕所，人带到所里了。"

吕所长在那边说："先等会儿，我找个安静地儿……好了，你说吧。"

钟克明把老太太的情况说了一遍，然后又为老太太开脱了几句："首先年龄超了七十岁，首次采取拘留不能成立，再者老太太刚没了儿子，咱们要是真把她按照市里的意思给拘留了人道上也过不去。而且这个老太太还是丁世在的大姑，一会儿丁世在要给你打电话。"

吕所说："行，行，先让老太太在所里待着，别有个好歹，上边问起来咱就说人给控制起来了。"

钟克明放下电话，下了楼又看了看老太太。老太太看着打来的饭发呆。钟克明问："大姑，怎么不吃呀？"

老太太白了他一眼："我绝食。"

钟克明笑了，对值班的人说："照顾好老太太，喝水给水，想躺着就躺，想唱就唱。"

老太太把孩子抱在腿上，孩子不一会儿就睡着了。钟克明从自己宿舍里又拿来个毯子，给孩子披上。老太太眼里噙着泪，说："大侄子，你是好人。"

钟克明每天午饭后是必须要补充睡眠的，哪怕眯个10分钟，下午上班就有精神。钟克明也就是眯了半个多小时，就被敲门声吵醒了，是小石喊他。"钟哥，钟哥，走，有打架的。"

钟克明起了身，戴上帽子把八大件系好，到值班室看了看。老太太和孩子都在值班室睡得正香。他让值班的人认真看着点，别让他们在所里出意外。

李伟打着哈欠发动着车："联通营业厅有人把营业员打了。"

联通营业厅和派出所都在古城道上，距离也就是500米，这次出警时间都没到5分钟。

车子刚停稳，里面慌慌张张地跑出几个联通公司的职员，对民警们说："你们可算来了，可算来了。"

钟克明问："人在哪里呢？"

"在里间办公室。"小姑娘们说。

钟克明几个人快步穿过业务大厅，向里间办公室走。进了屋以后正看到一个穿防寒服的小伙子和三个女柜员吵吵着。一个制服款式和其他职员不同的女孩儿应该是联通的小头儿，她对钟克明说："你们快点，快点，把他抓走抓走，他把刘艳给打了。"刘艳是旁边那个高个的职员，哭得稀里哗啦的。

钟克明和小石打开肩上的执法记录仪。钟克明问："小伙子，怎么回事？"

这小伙子看警察来了一点都不在乎，说："怎么啦，警察来怎么啦？"

钟克明从不会被当事人压住气场。他嘴角一歪，脸上肉就横起来了："怎么了，警察来了不怎么？有人报警就得过来，小伙子，你是哪里的？"

"你问我哪里的，我还得问你哪里的？"

钟克明清楚遇到人事儿不懂的家伙了，不给对方点颜色看看，场面还真震慑不住。他将右手故意摁在手枪的枪柄上，左手一指对面小伙子的脸："现在人民警察对你进行盘问，你要配合我们的工作，如果你不配合，我们只好对你采取强制措施！"钟克明说话的时候，李伟和小石分别将伸缩棍、催泪瓦斯握在手。

小伙子一看这阵势就有点畏缩，马上改口说："叔，叔，你们别着急，我不是来闹事的，我是来反映问题的，她们无故挂我电话，还不给我解决问题。"

"那你为什么动手打人？"钟克明冷冷地问。

"叔，我没打人。"

"你就打了。"那个刘艳插了一句。

钟克明一挥手示意刘艳不要插话。那小伙子接着说："我就是推了她一把。是这么回事，我家里宽带到期了但没人通知我。联通每个月还按照80块钱收取费用，我一次没有用过，你说我多冤。我来找他们，他们不给我答复，还说不缴费到时候就到法院起诉我。"

钟克明听了个大概意思，就对双方当事人说："行了，谁也别说了，都去派出所。小伙子你跟着我们走。报案人你自己和当时在场的同事过去做笔录。"

小伙子跟在民警后面上了车，到了车上还是有点不服气，问："怎么不让他们一块上车呢？"

没等钟克明说话，李伟吼了一嗓子："你哪这么些个废话，让你走就跟着走。我看你就是欠收拾！"一下把这小子给吼住了。

联通公司副总申东峰到派出所的时候，钟克明和小石刚刚问完齐楠楠的审讯材料。笔录中齐楠楠一口否认打了柜员刘艳，始终说只是推了对方肩膀一把。钟克明在询问室接到申总电话，出来后在值班室和申总打了照面。申总一看值班室里还有个老人和孩子，说："克明，你们派出所成了光荣院啦？"

钟克明赶紧带申总出来，说："是上访的，上面要求拘留。你们柜员刘艳过来了没有？"

申总说："没有，去住院了。"

"住院了？"

"嗯，有高血压病史，这一挨打又着急上火住院了。"申总解释。

"我说哥呀，我刚出的现场，有那么厉害吗？最多是个治安案件，把钱扔医院有意义吗？"

申总一脸无辜："我也没办法，人家家属过来，说在营业厅被打的，上着班发生的事情，要求去医院，我总不能拦吧？"

钟克明这个烦，现在好多案情，其实并不复杂，但当事人都总是想当然地认为谁住院谁花钱多就占理，本来可以现场调解的事情，最后搞得难以解决，劳民伤财，还显得公安办事效率低。

钟克明说："那你先让在场的员工过来，还有把监控视频给我们拷过来。"

申总就给营业厅负责人打电话，过了会儿，对钟克明说："录像马上送过来。"

小石让齐楠楠在笔录上签完字后也走出来了。钟克明向申总介绍说："这是我们所新分来的民警石庆斌。"

申总"噢"了一下，忙把手伸过去，斜着脸问钟克明："正式的？"

钟克明笑了一下："正式的，刑警学院侦查系高才生，公务员招录。"

申总眉梢又向上挑起来了："不错不错，我申东峰，以后联通有什么事儿，您尽管说话。"

小石脸上一红，自己比李伟和几个协警年龄还小一两岁，就因为是正式民警别人才这么尊重自己，心里沾沾自喜。

旁边李伟咳嗽了一声，吐了一口唾沫。

在场的柜员用U盘拷过来了当时的事发录像，小石和申总守在电脑前查看。录像上显示齐楠楠进了营业厅，问："刚才谁挂断我的电话?"刘艳站起来说:"我!"齐楠楠过去伸手就打了刘艳肩膀一下,然后刘艳还手就打齐楠楠。看视频齐楠楠应该是让刘艳的气势给震慑住了,没敢再还手,最后刘艳抄起个纸箱子扔了过去。齐楠楠跳到一旁躲开了。这时,所有柜员将齐楠楠围在中央,有人就打了报警电话。

小石用眼睛瞅了瞅申东峰:"申总,这个要处理就得双方都处理。"申东峰也没想到情景会是这样,说:"他去我们营业厅纯粹是寻衅滋事吧!"旁边李伟吐了下舌头,白了申东峰一眼走开了。

小石解释:"不是这样的,对方是因为网络费用问题和你们发生的冲突,这个寻衅滋事构不上,只能按照殴打他人来处理。"

申东峰说:"那就按照殴打他人拘他。"

小石有些着急,面红耳赤:"不是,不是,你这柜员也打了对方,按照治安处罚法也会处理的。"

申东峰说:"这个哪行?哪有这么处理的?"

这边俩人正理论着,钟克明从厕所出来就向办公室走。丁世在风风火火地走进一楼。钟克明问:"怎么样了?"

丁世在说:"所长那边是没问题,但他也主不了事呀!事儿都在市委那边。"

钟克明说:"要不你找刘书记说说去?"

"刘书记哪认得我是哪头蒜呀。"丁世在实话实说。

钟克明沉头想了想,让丁世在跟着自己到了办公室。屋里俩人还在你一句我一句的。申东峰见钟克明进来,就说:"克明,你说这事儿怎么办?"

钟克明说:"我先看看视频。"小石又给钟克明重新播放了一次。钟克明说:"好办。"

申总说:"好办吗?"

钟克明手掐了一下腰:"好办。"然后又说:"申总,我介绍一下,这是我好哥们儿,四中主任丁世在。"

"丁主任,这是市联通公司申东峰申总。"

丁世在、申东峰都是场面人,互相客气了一番,握了握手。

钟克明说:"申总,你看楼下的那领着孩子的老太太就是丁主任的亲大姑,就因为儿子干活意外死亡所以去县里上访,挺不容易的。"

"真是挺不容易。"申东峰也附和着说。

"申总,你这事儿我准办好了,但先把咱朋友的事儿给办了。你和市委戴主任是高中同学,我知道,你说话好使,你替老太太说点好话,让戴主任在刘书记那里上点眼药,就说老太太在派出所已经认识到自己的错误,保证以后不再来上访,就是再要反映问题也按照正常渠道进行。"

申东峰一看现在这节骨眼儿,想推辞都不能,嘴里说:"没问题没问题。我给戴主任打电话。"

申东峰打电话期间,下面值班的民警薛正说:"钟哥,又有个警要出,文化街有打架的。"

钟克明给丁世在挑了个眼色,让他在这里等申东峰的话儿,自己就带着李伟和小石两个人出文化街的警。

小石在车上问钟克明:"钟哥,你说这件事怎么给他们处理?"钟克明闭上眼头枕着靠背回道:"好办。"

李伟驾驶技术非常了得,警笛喇叭不停地摁。

钟克明又对开车的李伟说:"不急,开车注意点行人。"

二

15时45分。

王璇才从东北老家来舒城没几天就惹了这么件事。舒城是王璇的姥姥家。自从王璇的父亲进了监狱后,母亲将王璇留给奶奶后就独自一人回到了老家河北舒城,在舒城开了一家麻辣烫餐厅。王璇在东北刚读了一年高一,就因为聚众斗殴差点被派出所处理了。当妈的一听说儿子这样,哪还舍得把他放在东北呀,打了个电话,让儿子过来自己守着,既然上学不行,跟着自己忙活这个店少招惹是非就好。还甭说，这个王璇浑是浑，但孝顺，听妈的话。小伙子在受累上不怵头，这些天在店里还挺本分。谢素敏看着也高兴，上学上不出来，在身边不惹祸干点生意也非常好！

下午店里客人散尽后，王璇就乐颠颠地收拾垃圾，满满两大桶垃圾王璇一手拎着一个。小伙子壮实，有的是劲头，走到公路边一瞅："咦，垃圾桶呢？"

王璇喊："妈，垃圾桶咋没啦？"

谢素敏才想起来垃圾桶让西边正在搞装修的手机店小老板给拉走了。谢素敏说："让西边手机店给拉过去了。"

王璇放下桶，扭头一看，垃圾桶正放在西边30多米的地方。王璇走过去，就把垃圾筒往自家这边拉。拉了也就是10米后，后面就有人喊。

"哎，哎！你十吗？往哪拉？"

王璇停住步回头，看手机店的那小子灰头土脸地在后面喊。王璇说："往我那边拉拉。"

"没看我用着吗？"

"你用着就得放你这儿呀？这是公共设施我得放回原处。"

"你小子怎么这么说话的？"

"怎么说话？"

郭东火头上来了，对面这个东北小子说话忒刺头了，自己这正从屋里往外边倒腾着废料，他过来说拉就给拉走了。

郭东结婚不久，在社会上也混了几年，也是横脾气。郭东过去就拽住垃圾筒檐子往回拽。

王璇眼珠一瞪，"你撒开，你给我撒开！"

"我凭嘛撒开？"

"信不信我削你！"王璇嘴一撇。

"谁削谁还闹不清呢。"郭东也不是吓大的。

东北人最不爱听骂街，王璇一听郭东带了脏口绕过身来就和郭东动了手。俩人拳头巴掌互不相让，王璇个子猛，几拳头就把郭东的嘴打破了。郭东嗷嗷怪叫，双手拽住王璇的衣领子一扑，把王璇摁倒在绿化带上。谢素敏在屋里正捣鼓着账，听外面有打架的声音，赶忙跑出去，见儿子和邻居小伙撕扯在一块。谢素敏就用手拉压在王璇身上的郭东，拽了好几下，拉不起来。谢素敏虽然是个女人，但在东北生活快20年，阵仗也见得多，加上心疼儿子，反身从屋里拎出两个空啤酒瓶子，对着郭东后背和脑袋就砸，其中一个砸在郭东的脑袋上。郭东捂着脑袋就直起了身子，抬腿给了谢素敏一脚，把谢素敏踹地上了。王璇从地上翻了个身子爬起来，一见母亲挨打，脱了衣服光着膀子，跑进厨房抄了把菜刀出来，照着郭东就冲过去了。

谢素敏挨了一脚后，也没再动手，就对郭东说："你打我家孩子干吗？"

"是你家孩子先打的我！"郭东捂着脑袋和谢素敏理论。正这时，王璇眼带凶光从店里冲了过来。谢素敏心里一哆嗦，想着这下子坏了，要闹出人命来了。对郭东喊："还不快跑！"

郭东一见明晃晃的菜刀在王璇手里高举着，知道今天怕是要出大事，听谢素敏一喊转身就向西跑。

王璇就在后面追，谢素敏从后面就追自己的儿子。手机店里出来几个干活的，应该和郭东都有点关系，见郭东衣服也扯坏了，让后边人追得挺狼狈，急忙拉郭东进了手机店里屋。郭东在里面插上门销，王璇拿刀一晃前面想拦他的几个人，直冲进去，对着屋里的包厢门一通乱砍，嘴里喊："你大爷的，你给我出来，我砍死你。"

谢素敏脸上煞白，进屋就抢儿子的菜刀，说："儿子，儿子。"王璇大脑充血，根本听不进去，伸手把谢素敏推一边去了。他正想接着用菜刀砍那门，就听身后有人喊了声："别动，再闹我们就不客气了。"

王璇扭头就骂："我操你……"

他眼前站着三名穿着警服的警察，中间上点岁数的那个，手里擎着一把锃亮的手枪。

王璇领教过东北警察的手段，他们不仅嘴上说话混账，收拾犯罪分子的手段也狠。王璇此前已经对此深有感触。所以当钟克明三个人出现的时候，王璇脑子的血压"唰"地就顺下来了。谢素敏趁机把刀给拿过去。王璇手软了嘴里还没软，对前面的三个警察说："别拿枪吓唬我，你打我试试？"他的话刚说完，对面拿枪的钟克明几步并作一步地就到了近前，手枪入套的同时，右手就伸到了王璇臂弯内。还没等王璇反应过来，钟克明就单臂别肘把他给摁倒在桌子上。小石后悔自己没先上，失去一次在外人面前亮亮自己擒拿术的机会，忙跟过去手铐哗啦地就给王璇铐上了。

三个人将王璇往警车上带。谢素敏撕扯了钟克明两把，被李伟晃了晃手里的伸缩棒后给吓住了："你再闹就是涉嫌妨碍执行公务，小心让我们一起带走啊！"谢素敏吓得不敢动了，掏出手机给家人打电话。

郭东从屋里出来，看到警察把对方带车上去了，胆子又上来了，嘴里大话就甩出开了："小东北崽子，就算警察弄不了你，我找人也弄了你！"这个那个的瞎嚷嚷。钟克明在警车里黑着脸吼了他一嗓子："别闹腾了，有事没事？身上哪里有伤？"

郭东凑到车前，殷勤地对钟克明说："叫你哥呀还是叫你叔呀？"

"别套近乎，问你哪里有伤？"

"我这个，胳膊，肩膀上，衣服你看，都让他撕扯了，胳膊都青了。"

"胳膊青了不是我弄的，是他在绿化带砖牙子上磕的。"背铐着双手的王璇为自己分辩。

钟克明扭头瞪了王璇一眼，转过身来对郭东说："你耳朵听力有问题吗？"

"没有，应该没事。"

"小伙子，这样，你要是别处有什么伤该检查就赶紧检查。如果你耳朵觉得有问题，需要做耳镜检查的话，必须在我们民警的视线之内。现在我问你，你做不做耳镜检查？"

"哥，噢，叔，我耳朵没事，不做那个。"

"好，你先去检查，没什么事儿了就去派出所接受询问，我们是城区派出所的。"

"噢，噢，巡警大队的头儿和我是亲戚。"

钟克明最腻歪出警的时候，当事人不分场合地说关系。钟克明面无表情地说："你就算和谁是亲戚，我也得依法办事。"

王璇从车里下来，瞅了一眼派出所门口的警徽，心说这下坏了，到姥姥门口上非得脱层皮了。

李伟推了他肩膀一下："快你妈进去。"

王璇老老实实地进了派出所。

钟克明是最后一个从面包车里下来的，他掏出手机一看，有俩未接电话都是赵青的。钟克明转身在所门口角落里给赵青回电话，电话却关机了。

他向门口走的时候，申东峰和丁世在迎了出来，没等他俩说话，钟克明就主动问申东峰："联系得怎么样？"

"没事了，没事了。你们拿着戴庆成当个官，可我们之间多牛逼也是同学，他的意思就是让老太太写个保证书，就如你所说，保证不越级上访，不再去市委无理取闹，再提供个保证人，然后就回家得了。"

丁世在恭维着申东峰："多亏申总，有水平有能力，我来当保证人。"

钟克明跟着附和："那是你今天遇到贵人了。"

申总说："克明，还是你最辛苦。你看你忙活的，做买卖行了。"

钟克明进值班室让薛正给丁春女打了份保证书，准备请老人签字，又让丁世在写了份担保书。这些都做完后，老太太还有些不情愿，但看到侄子丁世在一脸的苦相，知道这事儿不这样也脱不了身，老人无奈签了字。丁世在扶着老太太上了车后，又返回来，对钟克明和申东峰说："今天当兄弟的什么都不说了，克明你定日子，我得大方地安排一顿。"

钟克明说："行，今天我值班是肯定不行，明天，明天，不是请我们，是请申总，没他这上层关系还真麻烦了。"

申东峰脸上放光，挺满足，嘴里客气了几句："不用，这不是小事儿嘛。"

丁世在确实是实心实意："那就定明天，叫上吕所长。"

车子开走了，钟克明和申东峰双双进了值班室。地上床上都被老人和孩子给弄得又脏又乱，薛正拿着抹布正在收拾。

钟克明问申东峰："你这边怎么样了？刘艳人能过来吗？没什么事儿就过来，咱们趁热打铁给调解了，否则你联通公司也麻烦。"

申东峰点了下头："刚让班组长和刘艳说了说，刘艳本人同意调解，就是她婆婆这边的人都是市里的坐地户（当地土生土长的人家），没受过气，说非得要个结果。"

钟克明说："要什么结果？把视频让他们看看，让他们明白明白，要处理也得全处理。"

申东峰说："我把刘艳和她家里人叫过来吧，到时候还得你来谈。"

钟克明点了下头："行，你让他们过来吧。"

十多分钟后，刘艳被十几个亲属簇拥着到了派出所。刚进门口，当中有俩中年妇女就嚷："让打人的出来，我们看看谁打的，他家是不是多长了几个脑袋？"

申东峰一看这架势忙躲一边去了。钟克明迎过去就给了他们几句："吵什么？你们是打架来了还是解决事儿来了？这是派出所。"

一个戴着近视眼镜的妇女说："我们不管派出所不派出所，打了我们老刘家的姑奶奶，我们就和他没完。"

钟克明想着和这些人发生冲突也没多大必要，"扑哧"笑了一下："行了，大姐，我看你家这姑奶奶倒没事，你这个姑奶奶倒是惹不得。"

那个女的让钟克明一句话说得舒服了些，口气也缓了些："兄弟，我可不是冲你，别怪我没文化，我们老姑在单位无故挨打，是上班期间，也没有违反纪律，也没招谁惹谁，现在这年头，没有打了白打的，今天我们就得要个说法。"

钟克明没接她的话茬，把这伙人全都请上了二楼办公室。屋里男男女女的坐满了，钟克明让小石把视频完整地给这些人看了一遍，说："你们看看，如果按照《治安管理处罚法》，双方都得处理。当然按照社会道德范畴，确实对方不对。我和申总今天征求你们一下意见,如果你们认为刘艳的行为没有一点过错,要求我们依法办事,我们就按照程序该问笔录就问笔录,该怎么取证就怎么取证。案子流转到法制部门,如何批就不好说,有可能双方都要采取措施,当然我也希望只拘留对方,但我们谁都不能预料到结果会怎样。"

钟克明一口气说完,这伙人大眼瞪小眼,你看着我,我看着你,目光都集中到那俩中年妇女身上,中年妇女的眼神又迂回到刘艳那里。刘艳张了几下嘴,想说又不敢说。

钟克明和申东峰都看出来了。钟克明和申东峰互相瞅了一眼。申克明先表明了一下态度,开口说道:"刘艳,你先说你身体有没有问题。有问题你该看就看,钱由公司负责,事情出来了我全权代表公司负责处理这事儿。钟所长也是我的老朋友,大家就放心,有什么要求就说,咱联通公司还斗不过私人吗?"

大家一听申总说话挺给力,都不住地点头。刘艳就说:"申总,我就是刚才气得血压高,没什么事,让派出所调调得了。"

那个戴近视眼镜的应该是刘艳的大嫂,见小姑子既然这么说了,自己再张狂就显得不好了,监控录像里明显小姑子也没受多少委屈,龇牙笑了一下,对钟克明说:"行呀,兄弟,你给费心调调,我们也不是冲钱而来,就为了出口气和争脸上面子。"

钟克明到留置室,齐楠楠正和一个协警东拉西扯地聊着什么。钟克明用手捆了协警脑袋瓜一下。协警一缩脖子,脸上一红。

钟克明坐下对齐楠楠说:"楠楠,这事儿你想怎么办呀?"

齐楠楠现在是一点压力也没有,张嘴就说:"不怎么办,你们不行就拘留。"

钟克明脸上没有变化,说:"楠楠,你比我儿子大不了几岁,听我的吗?"

"叔,我听你的。"

"我给你两条路选择:一,就是像你刚才说的我们拘了你小子;二,是和人家调解。"

"不行。"齐楠楠坐在留置室的长椅上,好大的不服气,说:"叔,我没打她,是她打了我。我是反映问题,他们联通公司迟迟不给我解决和答复。叔，你说有这样的吗？我的宽带到期了，到期了你就给我停呀！昨还一个月按照80块钱收取服务费，一共8个月600多块钱，怎么我联通手机欠了钱他们就给停了，这个宽带他们咋就想怎么样就怎么样呢？"

钟克明锁着眉瞅了瞅齐楠楠，说："小子，你说的这个我懂，你这不才600吗，我有次忘了到期日，一样也被收了700，我到哪里说理去？人家联通就是这么个规定，又不是单独对你。"

旁边协警冒了一句："钟叔，你也这么倒霉呀？"

钟克明瞥了协警一眼，心说这个猪脑子。又对齐楠楠说："楠楠，我看你人不错，我也是想给你解决事儿。我看了监控了，你作为一个小伙子上来就打人家一下子，你想想，如果你姐姐你妹子上着班好好的让人打了，你干不干？你刚才听到外边那阵势了，对方来了好多人，现在你在留置室待着是好事，我要放了你，没准出去真出什么事儿。"

齐楠楠脸色发红，不大会儿汗就下来了，但嘴巴子上没松劲儿："没事，叔，让他们进来打死我，脑袋掉了也就碗大的疤。"

"有种，爷儿们！你自己考虑考虑。"钟克明为了给齐楠楠更多的思考空间，把话先放到这里，好结局总是需要个漫长的过程。

钟克明还没上楼，守着报警电话和电脑的薛正说："有个消防报表需要报一下，政治处发文说咱们所这个月信息数量没有达到要求，吕所让你整理几篇。"

钟克明跑值班室里看看电脑上的通知，说："薛正，消防你还搞不定吗？给你的文职表妹打个电话，让她在那边给直接办了。过几天组织个饭局，请请消防大队的。总是挤对咱们，全把责任往派出所推。政治处那个过两天再说。今天是没空了。"

薛正说："是呢，五起了，还有四个就应该没情况了。"

钟克明不自禁也笑了，想起申东峰说的话，不如去做买卖得了。

申东峰在办公室和刘艳的家人们在一块待着也着急，抽个空子下楼小声问钟克明："怎么样，对方同意调吗？"

"现在还差点。申总，人家说的也是有道理的呀。宽带到期你们给人停呀！手机欠费联通就自动停机，宽带用不用你们都往下延续收费，有点不合理。"

申总辩解说："克明，你不懂吧，当初签订光纤入户的时候，合同单子上都写着呢，人们都不仔细看。"

"谁看？我也没看过。"钟克明说："申总，咱这样，你们公司怎么个运作我清楚，只要你们保证给人家把宽带的事情解决了，少收对方些费用，咱这个事情就好处理。"

申东峰连个结巴都没打："行，你怎么说怎么办，给他（齐楠楠）免400块钱的费用。"

钟克明心里就有底了。

钟克明先去了询问室，推了一下门，小石和李伟正在问王璇笔录。王璇见钟克明进来就自己在约束椅上老老实实地打了个敬礼。

钟克明抽身又进了留置室，看到齐楠楠坐也不是立也不是的样子。钟克明问："楠楠，怎么样？"

楠楠说："叔，我道个歉行不？"

钟克明摇了摇头："不行。不是我不行，是对方肯定不行。怎么也得出个钱。"

"多少？"

"你口袋里有多少钱？"

齐楠楠翻了翻牛仔裤的口袋，掏出300块钱，说："叔，我就带着这些。"

钟克明说："这样，楠楠，我管事给你们管到底、到位。你打了人家补偿人家的钱，多少是意思，让人家心里痛快。你这宽带的事儿，我一起给你解决了。不是600块钱吗，一会儿，市里联通公司经理过来，人家也是宽宏大量，你和人家说点客气话儿，可能你这宽带费人家就给你优惠优惠。懂不懂？"

齐楠楠一听挺高兴，忙应着："懂，懂。谢了叔，完了事儿我好好请你。"

钟克明说："请什么请，以后见面喊个叔就行。现在你跟我上楼，我看看你小子会来事儿不？"

齐楠楠说:"你瞧好吧。"

俩人一前一后地进了屋。钟克明说:"小伙子你站在屋中间,向刘艳姐姐道歉。"

齐楠楠过去就给刘艳深鞠了一个躬:"姐,你别生我气了,都怪我脾气不好,你现在打我出出气。"

刘艳"扑哧"一下笑了。她大嫂凑过来想说几句,钟克明拿眼直瞅她,她也没好意思说什么。

钟克明也没有给双方写调解书,该简化的手续钟克明一般都给简化了,有把握的事情没必要复杂化,时间耽误不起。等刘艳和家人拿着300块钱走了后,钟克明把齐楠楠留下来和申东峰谈怎么把他的宽带问题解决了。

临来之前申东峰还担心这事情一天半天处理不完,没想到两个小时摆平了,心里痛快,也得给钟克明面子,就把手机号留给了齐楠楠,让明天他单独找自己,好给他办理减免手续。

钟克明再送走这俩人的时候,已经是快5点了。还没下楼手机就响了,是吕所长打来的。吕所问:"刚才文化街有个打架的是不是?"钟克明说是。吕所又说:"是这样,有一方是东北的是吧?那是环保局谢局长的外甥。一会儿谢局长带着他妹妹过去,你看着酌情处理一下,见到谢局长就说我打过电话来了。"钟克明听完后说,明白了。

钟克明下楼后,小石和李伟已经问完了材料。王璇这个小子还真是个敢作敢当的汉子,材料说得很客观真实,自己怎么打的对方,对方怎么打的自己,妈妈怎么用瓶子打的人,自己拿菜刀怎么追的怎么砍的都讲得非常清楚。

钟克明看完材料后,电话又丁零地响起来,是巡警队冯队的,钟克明问:"有什么指示,冯队?"

那边冯队笑了:"九哥,你讽刺我!听说一会儿要公布新提的副所长名单,政治处小缴偷着告诉我的,你注意一下。"

钟克明早就听说要公布正股级干部了,前一个月吕所说所里将自己报了上去,这次看吧,虽然钟克明对当官的兴趣越来越淡,但要是上级能给个说法，自然也是值得舒心的事儿，起码到家让妻子和孩子知道知道，自己不再是窝囊没用的老钟了。

冯队电话里又说："九哥，是这么回事，刚才你们出了个文化街打架的警吧？"

钟克明说是，没等冯队说一句，他就跟了一句："你就直接说你是哪头的吧？"

"我是挨揍的那头的。"

"噢，活该，揍不过人家还托你这个大队长，丢人不？"

冯队叹了口气："哥呀，那边是你弟妹的表侄儿，怎么也得给倾斜一下吧，裤兜子亲戚得要面。"

钟克明说："冲着弟妹那我就照顾照顾，听你上午那口气，你让吕所给你处理来。"

冯队嘿嘿笑着："这表侄刚在医院检查了，没什么事儿，两边干买卖挨着挺近的，调调算了。"

钟克明放下电话筒，在办公室给手机充上电，为自己沏了杯水，等另一方郭东到所。询问室里，王璇眉飞色舞地正给民警小石讲自己在东北让警察怎么收拾的桥段，小石听得入迷，王璇说："你们那个头儿还挺利索，警校毕业吧？"

小石摇了摇头："这所里就我一个正牌警校的。"

王璇说："你哪里？"

"中国刑事警察学院侦查系。"

王璇没想到小地方里出这么大牌的学生，戴着手铐在约束椅上发出惊叹："哥，你牛呀！"

"牛什么呀！"小石装谦虚，"刚才钟哥那动作没做到位，要换我，你现在就得直不起腰来，我也是从东北那边打过来的。我们警校同事老四论个头体重，比你孔武十倍，散打课让我几下给整那里了，他趴在垫子上窝了十几分钟。"

"哥，牛逼！"王璇在约束椅上直了下身子，又捧了小石一句。

没想到刚才还和颜悦色的小石，小脸一绷，啪地拍了下桌子："你小子别张口脏话闭口脏话，你现在是涉案当事人，知道吗？"

王璇闹不清个北,缩了下脖子:"哥,我没说什么,我佩服你。"

薛正和李伟正从厕所里出来,隔着门偷着听了会儿,笑得抿嘴走开了。

郭东一方和谢素敏、谢素华一方前脚后脚,进了派出所,郭东斜瞅了一眼谢素敏。谢素敏久在生意场,清楚现在的处境,赔着笑脸,说:"小老弟,你没事吧?"

郭东头肿了两个包,身上基本都是摩擦伤,在医院里做了个头部CT,胳膊上和身上也检查了一下,没有什么大碍。郭东心里也有个小九九,早听说谢素敏家的小儿子在东北就混社会,担心两家结下仇,以后有什么好歹。他见谢素敏这么一说,也赶紧顺着找好:"大姨,我没事。"

环保局局长谢素华开始背着手想给对方立个威,见对方表现得不错,自己再装人鼻子象也没劲儿,说:"你说这事闹的,都是邻里的,有啥事不好说呀。"

双方都早就把话传过来了,自然在派出所有些底气,进了办公室后,问钟克明:"哪位是钟所长?"

钟克明给赵青打了个电话,还是关机状态,又发了个信息:"赵青,咱们互相冷静冷静好不好,明天早晨我们在家好好谈谈。"

发完信息他看到电脑内网公文通知灯闪烁,他点击一看,果然是舒城市公安局关于周闯等54人的任免通知:

舒城市公安局任命周闯同志为正股级治安大队长
任命刘景泰同志为法制大队正股级教导员
任命许东华同志为工业园区派出所正股级副所长
……

钟克明就一个个往下仔细看,看到最下面也还是没有自己的名字。

钟克明的脸发烧,心里真是堵,45岁了,在基层滚了20年,连个新参加工作5年不到的人都提了正股级,自己……

钟克明喝了杯水，压了压心火，长出了一口气，看着名单愈发可笑，这一想还他娘的想通了，什么职务级，都这个两下子，就是提了正股，就自己这个年龄了还能怎样？随缘吧！

他关掉了网页，眼不见心不烦，不理你个正股副科。钟克明今天太累了，趴在桌子上想静静。

手机又叫唤了起来。

钟克明调整了一下情绪，把手机放到耳边："吕所，怎么着？"

"钟哥，你看了那个局通告了吗？"

"没有，什么通告？"钟克明故意装糊涂。

吕所说："钟哥，咳，我刚听说这批正股级又没有你，就急了，给政治处张主任打了个电话，我说：'为嘛没有钟克明呀？人家在这个所里干了十多年了，准是指望着当个官吗？不就是图个安慰，让人家面子上过得去嘛！再者也利于所里开展工作呀！'张主任解释说是政法委这次给的编制少了些，关于你这个他早有打算，不行过几天我再找找上头，给你特批。"

钟克明心说："特批，别忽悠鬼了。"他嘴上干呵呵了一声："这个事呀，没提就没提吧，这些年了没提还在乎早晚吗？行了，不说了，打架的双方都过来了。"钟克明挂了电话，暗骂了一句街。

谢素华、郭东进屋后，谢素华问钟克明："你是钟所长吗？"

钟克明堵心劲儿还没过去："不是，我不是钟所长，我就是钟大头兵。"随后他觉得也不太合适，呵呵一笑："您是？"

"我是环保局的，姓谢。"

"谢局长，请坐，请坐，来来大家都坐。"

双方分开坐了下来。钟克明就问郭东和谢素敏："你们的伤都看了吗？有没有问题？如果有问题别耽误着，该治疗治疗，没有问题都说一下，我也不隐瞒，你们双方都找了关系，还都给我打了电话，舒城就这么屁股点大的地方，大家抬头不见低头见，而且你们还是邻居，没有必要在这个事情上把矛盾结深了。"

郭东扬了下手说："我没事，钟叔，你看着办，怎么办怎么好。"郭东的妈和媳妇也跟着唠叨几句，都说得挺实在。

钟克明让郭东一方先下楼到值班室等着。他对谢素华、谢素敏兄妹俩说："吕所也和我说了你们的关系，这件事我认为调解为上，要是依法处理，对方一个人，你这一方两个人，采取拘留的话，你这边也不占便宜。如果拖拉下去，你这边有点伤住院，他那边也住院，你们把钱都扔到了医院，问题还是解决不了，看样子手机店这一方还挺通情达理，也不想给以后落下隐患，也期望调，我建议你们调解，谢局，你什么意见？"

谢素华来之前妹子就和自己告诉清楚了，要是按依法处理妹子这方肯定要占责任大一些。谢素华对钟克明说："钟所长，咱们也不是外人，你就看着处理。"

钟克明说："我处理也就是去找对方协调赔偿事宜了？"

谢素华说："没事，你还能让哥吃了亏吗？钟所，你说了算。"

钟克明下楼去会议室找另一方，谢素华追了出来，在下楼梯的地方小声对钟克明说："钟所，多少钱你别当着我妹子说了，回来和我单说。"

钟克明对谢局这表现挺有好感："行，对方要是狮子大开口不合理了，我也不会同意。对了，谢局，我就是一大头兵，喊我钟所，我烧得慌。"

谢局忙说："哦，哦，钟老弟，钟老弟。"

刚下楼，值班室薛正就喊："钟哥，第六个警，农贸市场北侧有人报警说自己坐三轮车被司机敲诈勒索，多收费。"

钟克明心里生气，对薛正说："三轮车能宰多少钱？这个警不出，让报案人找综合执法局，或者物价局。"

薛正伸伸懒腰说："联系对方了，对方说咱们不出警他就投诉。"

"现在人什么都不会，就懂投诉、投诉、投诉，爱投就投吧，告诉他，欢迎投诉。"钟克明没好气。

薛正对旁边的李伟一挤眼，李伟拿起车钥匙就往外走，薛正让另一个协警守电话，俩人去出警。

李伟在车上点了根烟，对薛正说："5点了，还有三起。"

薛正接过李伟的烟也吸上："九哥这指标没有一次完不成的，

服了。"

李伟说："局里刚发的公告，九哥副所长又没弄上，我看名单上连新参加工作叫什么志强的那个，平常连个笔录都不会问这回都提了，什么事儿呀，要让我早撂挑子了。"

薛正吸了一大口烟："到你头上你也不见得会撂挑子，谁让咱干的就是这个买卖呀。"

"你怎么样？"

"我一个半民半警的合同制，牺牲了都不会给个荣誉称号，我稀罕那个？"

俩人互相闲扯着就到了农贸市场北门，就见大门口东面一辆三轮车停在那儿，两个人站在车旁。俩人刚下车，三轮车师傅就喊："过来，过来，钟所来没？"

李伟一看，这不是皇都花园保安队长老金吗？

"是你报的警呀，老金？"

老金戴着棉帽子，手里套着皮手套，对李伟说："是我，我下班跑三轮，这不刚从新车站拉那个人到这农贸市场，说好5块钱的，他非只给我3块钱，你们也知道咱们市的价格，起步5块。"

对方是个干瘦的男人，灰色西装，灰色围巾，穿着像个资深知识分子，等老金和李伟说完，他才开口："你们当地人都互相认识是不是，是不是？你们就想听一面之词是不是，是不是？"

薛正一听这外地人说话真让人上火："我们互相认识怎么了？我们才刚下车了解一下情况还没处理，怎么就是听一面之词了？"

"干吗，干吗，你想吓唬人吗？"

"谁吓唬你了？"李伟说："这不正跟你了解情况，你这个是纠纷，我们派出所能给你们调解一下就调，不同意调，你们去哪里都行。"

"你们什么态度，什么素质？有警必接、有难必帮是你们警察的责任，和大城市的警察真的没法比。"

薛正说话本来就不好听："你们大城市素质多高？大城市就会因为2块钱报警，不出警还投诉吗？你们这是在浪费公众警力资源懂不懂？

还素质,我们这儿,没人拿这2块钱当回事。"说完,薛正从口袋里掏出2块钱:"老金,别和外地人一般见识,人家是大城市人,支持咱们舒城的经济建设,来,我给你2块钱。"薛正把钱递给老金。

老金也真没出息,直接过去放在口袋了。

薛正瞥了外地男人一眼:"师傅,行吗?事情处理完了,钱警察替你给了,我们走人,如果还不满意,欢迎投诉。"薛正和李伟抬脚上了车,那个外地人站在市场那儿,兀自仰着脖子,一副清高无惧的样子。

所里钟克明在会议室和郭东谈了会儿,郭东嘴里说得好听,可要的赔偿款不少,6000块钱。

钟克明问:"你这6000都包括了些什么,总得有个理由,让我和对方说,对方人家得认可。"

郭东和媳妇一项项算,CT、CR、挂号费、检查费、七匹狼上衣、手机外壳受损、店里装饰门,共计2000,还有一个月的误工费、营养费、陪床费。这一细算都6000多了。

钟克明对郭东说:"我和冯队私人关系不错,他再三嘱咐我给你能调调了,治安案件比不了刑事案件,你要被对方打成轻伤好了,你要个十万八万的对方都有可能同意,但你本身也有过错,也打了对方了,你们双方即使验伤,最多是轻微伤,双方都拘留了,真要赔偿,双方还得打民事官司,到时候手续多复杂?法院判决赔偿多少就更不清楚了,现在对方主动赔偿你,说明也是希望能够把矛盾化解了。"

郭东脸上一红:"叔,我要6000对方肯定也得往下错价,再说,完事我还得感谢你和表姑夫啊。"

钟克明说:"郭东,你还真有心,快算了吧,别这么周到了,你该要多少就要多少,我们没这么腐败。"

郭东的媳妇儿说:"叔,请你和这个没关系,你就看着调呗,多少都行。"

钟克明说:"侄媳妇儿,我调过的案子不计其数,你这个多少我有谱,你也有错,对方也有伤,折中一下,2000块钱怎么样?"

郭东和她媳妇见钟克明话说硬气也熨帖,在钱上就没看重了。"好好,就2000。"

钟克明这边有了谱,就上楼喊了谢局:"谢哥,对方开始要得多,多少我也不说了,我最后拍了两千,这两千我也没经过你同意,就替你决定了。"

谢局拍了钟克明一下肩膀:"老弟,两千不多,认识你这个爽快兄弟比什么都强。"说完谢局从口袋里掏出一整封钱来,哗啦哗啦点出两千递给钟克明,钟克明接过来说:"咱这个得写个协议,别以后给你们双方留麻烦。"钟克明让小石打了三份调解协议书,双方各持一份,派出所留存一份。

郭东和王璇俩人在钟克明的指挥下互相拥抱了一下,双方又在办公室聊了十几分钟,钟克明一看时间说:"行了,我也不留你们吃晚饭了,都回吧,以后两家有机会还是多走动走动。"

谢局握了握钟克明的手:"老弟有水平,前途无量。"

钟克明没说话,心说:"自己的前途哪来的无量,已经能看到尽头了。"

王璇走到门口到值班室问薛正:"哥,那个刑警学院的哥,手机号多少?"

薛正冷冷地问:"干吗,想报复呀?"

"不是,哥,想和那个哥学几招。"

薛正哭笑不得:"你快走吧,过几天你再过来找他,单独拜师学艺。"

三

晚上八点来钟,钟克明坐在办公室给几个未带身份证的群众开了两份临时居住证明。窗外渐渐起了北风,钟克明打开电暖气放到左腿旁炙着,连日来气温有些低,今年的冬天和春天交接得有些反复不定,眼看要回暖了,今儿又折回到零下三度了,和人的心情一样忽冷忽热。

吕所长喝得脸红红的上了楼，探头把钟克明叫到了所长室。吕所给钟克明倒了杯茶水，唠着闲话："今天事儿不少吧？"

"还行，不过全招呼过去了。"

"刚才那个谢局还约我叫你吃饭，今天你值班，过两天吧！"

"咳，值得吗，谢局这个人看样子也不错。"钟克明说。

吕所说："钟哥，你肯定有情绪了。"

钟克明喝着茶水："有，没有不是猪了吗？但有管什么用，老了，没必要争这个那个了。"

吕所也觉得这次对不住钟克明，但自己也左右不了，钟克明干事情没得说，就是一到某些问题上就不灵活了，现在这个社会形势不走点旁门左道，真让人吃亏。

吕所说："过几天，你和我找找政法委高书记，看能有什么补救措施不，要是没有，下一次提前告诉下，咱们提前运作运作，需要请客什么的由所里出。"

钟克明心里挺理解吕所的，这么说也是对自己够义气，提不提也不是人家所长说了算。

"别费劲了，咱都快到离岗年龄了，还花钱，让人笑话呀，不就是个面子嘛，我能在所里干着舒心就行。"

吕所说："钟哥，累了该歇会儿就歇会儿，在这里所长这个位子是我的，其实这个所长的位子和你的一样。"

钟克明说："对了，我还是快点把枪给你吧，我别掖着了，今天东北那小子翻腾，我差点开了枪，我这脾气没准头，别因为这个东西惹了麻烦。"说着钟克明就把六四手枪从腰里摘下来给所长。

钟克明的持枪证没有通过，原因就是级别不够。昨天因为要抓吸毒团伙，考虑到安全问题，所长就把手枪给了带队的钟克明，案子结了后，枪还由钟克明一直带着，今天钟克明挺烦躁的，哪儿哪儿都不顺，别再脑子一不清楚，因为枪出了事儿。

钟克明等所长走了后回了趟家，儿子晚上10点放学，钟克明看到家里倒是收拾得很整洁，他看到茶几上放着一张纸，钟克明走过去一看，脑袋嗡了一下。

钟克明从楼里出来，走路有点晃荡，李伟开车陪他一起来的，在车上问钟克明怎么了。

钟克明没说话，面色很难看，李伟说："要不要上个医院？"

钟克明说到医院量个血压去。警车拐进了市中医院院内，李伟陪钟克明进了急诊室，值班大夫、护士和派出所的人都非常熟悉，见派出所的人来了，以为有什么事情。钟克明脱掉警服让大夫给测测血压。大夫问钟克明："钟哥，你脸色可不好看。"钟克明说："有点头晕。"李大夫给钟克明测了测血压，说："血压高，96/160，不行，要吃点降压药。"一个护士说："别开了，我这有几片，钟哥你先服了，回所里卧床休息。"

钟克明吃了几片降压药，出了急诊室，李伟说："你今天别在所里值夜班了，有事再给你打电话吧。"

钟克明闭着眼睛考虑了一下，说："明天我有事儿得歇班，今天晚上再待一宿吧。"李伟开车拉着钟克明回所。

到所里时间已经是晚上9点30分了。钟克明在宿舍里躺着，拿出手机就给赵青打电话，还是关机状态，钟克明恨不得把手机摔了，他忍了又忍，单位上的什么事自己都能处理，都能化解过去，家庭上却一点法子没有。钟克明心里万分痛苦，四十好几的人了，鬓角的白头发都好多了，这活到40岁工作干了个明白，日子却算是混了个糊涂。人家郑板桥有四个字叫"难得糊涂"，自己这几十年白活了。

正翻来覆去思忖着，楼道有人小跑的声音，小石敲了敲他宿舍的门，说："钟哥，有个红警。"

红警是发现网上逃犯的预警信息。

钟克明精神立马上来了，起来穿好皮鞋，下楼到了值班室，所里几个人都到齐了，薛正说："是个叫任中博的逃犯，在红蜘蛛网吧52号机子上上网。"

钟克明让薛正调出了任中博的在逃信息，然后打印出来，让每个人都看了一遍后放在裤子口袋，对小石、薛正、李伟、小徐几个人说:"今天咱们五个人就得把他给拿了,在逃信息显示涉嫌抢劫伤害,估计是个穷凶极恶的小子,咱们都要加点小心,既要把人抓获,还不能被对方伤着自己。"小石摩拳擦掌:"戴上执法仪不?得记录第一线资料。"

钟克明否了:"都换掉警服,不录像。李伟和薛正一组,我和小石一组,小徐你负责开车,我们进入网吧五分钟后,你就开车顶到大门口。"

小石问:"不行就开枪?"

"枪我给吕所了,那个东西这时候不如烧火棍。咱们四个人两副铐子,两个催泪罐,分组进去,选好位置,我和小石先上。"

警车在离网吧五十米的暗处停下。四个人分开向网吧方向走,钟克明走在最前面,冷风一吹头有些凉,胸口有些发闷,他和小石一前一后进了网吧,小石去吧台那里跟网管一打手势,小声喊他过来:"哪里是52号机子?"

网管耳朵塞着耳机,手里端着手机看电影,小石问他的话没有听清,反问小石:"什么?"

小石向他摆了下手,意思是说:"你小点声音。"

网管更不明白了,在那边没动地方,嗓子拔高一度:"你说什么?"

小石走到对方跟前,压低声音说:"52号机子在哪个位置?"

这小子不懂个眉眼高低:"52号,就在那儿。"网管站起来用手一指:"52号,有人找。"

他这一喊,钟克明就知道坏了。西南面角落里噌地蹿起个人来,拔腿就朝着门口方向窜。

小石气得骂了网管一句"混蛋",斜插过去就去堵对方,逃犯身体灵活得很,见小石迎在前面,一脚就踢了过来,正踢到小石的左胸上,小石被踹出好几米,倒在了地上。薛正抄起一把凳子上去,一下就砸在了对方身上,逃犯被砸个趔趄,就窜到了门口,李伟的催泪瓦斯喷了过去,喷到了对方后脑袋上,顿时屋里满屋子辛辣气味。

逃犯夺门而出，向前狂奔，钟克明喊追。小徐的警车也开过来，拉着警报也在后面撵。

晚上街上人迹寥寥，就是有人，谁也不晓得怎么个状况，也没人帮。几个人追过了两条街，逃犯跑昏了头，到了新风桥那儿，抬腿就想跳。

钟克明在后面喊了一句："你想死呀！"

这小子不敢跳了，转身对着钟克明几个人从腰里抽出一把一尺来长的匕首："来，你们过来，过来都捅死你们。"

钟克明止住步子喘了口气，四个人将任中博围在了中间，任中博贴着桥栏杆想顽抗到底。

"我反正活不了了，多弄死一个我就赚一个。"

钟克明说："任中博，你傻不傻，你他妈的犯的伤害罪也不是杀人罪，你值得拼命吗？"

"我没爹没妈，活在这里也是现世，死了也无所谓，你们放了我就放，不放我我就和你们拼了。"

薛正小声对钟克明说："咱们叫支援吧？"

钟克明清楚现在就得赶紧下手，他向前走了一步："任中博，你是不要命了是不是，我干这个也干得不顺心，来，你冲着叔这儿捅。"

"叔？你认识我？"

"我怎么不认识你，你不就在任前庄子后街住着，你爹那年赶牲口被牲口给踢了一下吗？我是你钟叔。"

"钟叔？我爹什么时候让牲口踢的呀？"

任中博这脑子一走神的时候，钟克明就扑了过来，任中博号叫一声，知道上当了，对准上前的钟克明捅了两刀，钟克明一下把他给压倒在地上了。后面几个人冲过来给这小子上了背铐。旁边看热闹的人有喊好的，有给鼓掌的。

逃犯关进了留置室，铐在了约束椅上，哭爹喊妈，好大会儿后，任中博老实多了，抓捕时候李伟把半罐催泪瓦斯都用上了，薛正被抽了一顿耳光，受了不少的罪。

钟克明的毛衣被匕首划拉散架了，好在防刺背心起了决定性保护作用，否则钟克明的肠子早出来了。小石的右手背被刀子划破了道口子，在中医院急诊那上了药包扎一下，医生护士都对小石钦佩得五体投地，让小石非常不好意思，一位实习的女护士非得亲自要给小石包扎，并说自己小时候就羡慕警察，没想到来医院的第一天就看到了这么帅气勇敢的警察。小石还很不好意思，说："钟哥才是最厉害，老当益壮。"

钟克明向局指挥中心汇报："人已经拿了，让办案单位过来带人吧。"他又亲自给吕所打了个电话，说："抓了个抢劫杀人的，小石负伤了。"

吕所开始吓了一跳，听说人没大碍才踏实下来，说："明天给你们请功。"钟克明说："真请就给小石吧！"

小石看着默不作声的同事，鼻了发酸，眼泪掉出来了，擦了一把对大家说："干吗给我呀，大家一起做的。"

钟克明拍了拍小石的肩膀重重地说："别人没个蛋用，只有你有希望。"钟克明说完后，在场所有人都没有说话。

逃犯被兄弟单位解走后，所里的灯熄灭了，门口的派出所灯箱仍旧亮得耀眼，像是个卫兵在街道上静静地伫立着。

钟克明睡得很香，他做梦梦到了赵青背对着自己，他追过去，可是赵青却愈来愈远，钟克明转身看到儿子在向他微笑，说："爸，我进实验班了，高考你就等我考上重点学校吧。"钟克明欣慰地笑了，这一笑把自己笑醒了，钟克明才发现自己衣服还没有脱。

正想脱的时候，薛正敲门喊他，钟克明清楚又来警了。薛正说来了个女士非得举报卖淫嫖娼。钟克明很纳闷，这个点还亲自到所里举报？准有什么问题。

钟克明和薛正下了楼，一位妇女在值班室里和小徐喋喋不休数落着。钟克明问："怎么回事？"

女人五十岁左右，穿的戴的挺潮，就是这模样和身材不过关，多好的衣服套在她身上都得弄个臃肿不堪。

女人站起来："我和你们说，卖淫嫖娼你们管不管？"

钟克明说："管，当然管呀，你这是举报哪里呀？"

"你先别问哪里，问清了怕你们公安里面也有给他们通风报信的。"女人说。

钟克明说："大姐，你亲自来我们这里举报，就是相信我们，你要不信我们，那么你别和我们说了，你找别的单位我们也不干涉。"

女人也觉得自己说话不好听，赶忙说："我开车带你们去，你们准一抓一个现行。"

钟克明说："行。"让薛正把李伟和小石从被窝里又喊起来。几个人上了车，那个女的开着红色本田飞度在前面带路，车子穿了几条街后到了市中心如家宾馆。

钟克明说："大姐，你在这里等着我们，或者你留个联系方式，过会儿我们再和你联系。"

女人脸色一变："不行，我也就跟着你们，我要监督你们执法。"

薛正说："不是我们怕你监督，是为了你的安全和隐私考虑，让对方知道你是谁以后报复你怎么办？"

薛正以为可以唬住这个娘们儿，可这个女的一听劲头来了："我敢向你们举报就不在乎他们这对狗男女，8506房间，一起去。"

钟克明一听就明白个八九不离十了。进了大厅，钟克明对值班经理说："你把五楼房间房卡拿着，跟我们上楼。"

人都上了五楼后，到了8506房间门口，钟克明让值班经理敲门，敲了几下里面有人问了一句："谁呀？"

"我值班经理，你开一下门。"

"几点了，开什么门。不知道我是谁呀。"

值班经理脸露难色，钟克明示意他把房卡交出来，经理把房卡递给了钟克明，钟克明拿磁卡一刷，门就打开了，民警还没进屋，那个举报的女的首先蹿了进去，张嘴就骂："大家看呀，堂堂市委办主任，在宾馆和小三开房通奸呀！"

钟克明打开房间里的灯，只见市委戴主任光着身子和一个女的躺在床上。

钟克明故意装作和戴主任不认识，劝那个报案人说："这是怎么回事？"

女人说："这是我老头子，这一年了连碰都不碰我，原来把那玩意儿全给这个骚娘儿们了，你们看看，你们派出所得录像，我以后打官司得需要。"说完她向床上的男女骂了几句，钟克明急忙让薛正和李伟把戴主任的爱人劝出去。这女人果真就是个"坐地炮"，在楼道里又闹了半天，弄得宾馆住宿的人都纷纷出来看热闹，折腾了会儿，这娘儿们认为达到了效果，起身扭着肥臀，得胜似的走了。

钟克明到房间里对戴主任说："起来吧，她走了。"戴主任又扬了扬手，示意钟克明他们都出去。

所里人都退了出来，穿上衣服后，戴主任把门打开，让钟克明几个人进来，他拿出烟给大家散，李伟拿着一根瞅了瞅，不认得什么牌子的。

钟克明扫了坐在角落的女的一眼，有点面熟，想不起来了。

戴主任笑了笑："你大嫂这个人脑子有问题，别介意呀。"

钟克明心说："去你妈的吧，我们介意什么，该介意的是你孙子。"

"戴主任，你看我们也不知道，也不认识大嫂，这事儿闹的。"钟克明说。

"没事，没事，我理解，我理解。兄弟，怎么说呢，我这个家也挺难的。"戴主任面露难色，装得还挺像那么回事儿。

钟克明和弟兄们对视了一下，暗说："你大爷的，现在不是你上午耀武扬威，耍这帮人的猴的时候了呀。"

"这样呀，小钟是不是？"

钟克明说："我都多大了，还小钟，嗯，嗯，对，我叫钟克明。"

"你把这个孙姐送回家，有事呢，明天你到办公室找我。"

钟克明想这个事情本来就不归公安管，自己插进来一杠子，算不上得罪戴克明。但得罪了他又怎样，已经是最底层了，还在乎什么呀？

"好，我先回去，我也跟哥几个说说，你放心吧，戴主任。"钟克明也得给对方个台阶下。

所里人带着那个戴主任的姘头往楼下走。李伟拉了钟克明一把:"钟叔,看出这个女的是谁了吗?"

钟克明说:"我看着也是眼熟呢。"

"就是今早女生报失踪的她妈妈。"

"对对。"李伟一提醒钟克明也想起来了,"和照片上的人一样。"

钟克明上了车对女的说:"你住盛世嘉园小区五号楼三单元501吧?"

女的低着头,听到钟克明这么了解自己的情况愣住了:"你认识我?"

"我不认识你,妹子,你别见怪,我比你年龄大个一两岁,你家丫头早晨去派出所报案了,说她妈妈失踪了。没想到我们在这里碰到你了。"

女的哭出声来:"真是给孩子丢人了,我也不是什么好女人了。"

"妹子,按说现在这个社会呢,你和戴主任这个不叫什么事儿,可你得顾家呀,不考虑男人,你还得为孩子着想是不是?"

"谁说不是呢?唉,要没孩子我早就离了,都是为了孩子。"

"你家先生在哪里高就呀?"薛正问。

"高就?要是和你们一样好好上个班就好了。我们两口子开始都在商业部门,后来改制都被下岗了,前两年这不给他想办法给弄去了国土局。"

"国土局不错呀。"李伟说。

"是不错,可天天猜忌我这个,猜忌我那个。我是打扮好一点了,也不行。我是和别人吃个饭了也不行,我一个女人也该有自由是不是?我也该有精神需要是不是?"

钟克明耐着性子,可越听这女人说这些话,心里的火头就越直冒,他猛然吼了一嗓子:"别解释了,打扮好就为了陪这姓戴的腐败分子吗?为了自由就光着身子和丈夫以外的男人上床吗?你有没有廉耻?男人在单位上一心上班,你就嫌弃他窝囊?没让你花天酒地,没让你吃喝玩乐,这样的男人你们就不想跟着过?把家扔了,把孩子扔了，跑这里和男人鬼混？"

女人让钟克明的反应吓呆了，车上的人都被钟克明搞得莫名其妙，钟克明冲着女人嚷了好大会儿，才住了嘴。

"你好好想想吧，姓戴的能为你离婚？给你家？早晚当垃圾把你丢了。现在回家哪里都别去，守着孩子，给你男人道歉，求他的原谅。老实男人怎么了？他们起码不会去勾引别人的女人，爱你、爱孩子、爱家。你都多大了，还鬼迷心窍，糊涂蛋！"

车子开到小区门口，李伟和薛正送女人进了小区，一直送到女人楼上，敲了几下门，女孩儿看到妈妈回来，高兴地喊了一声："妈！"母女俩随后拥在一起，泣不成声。

李伟和薛正注视着这一幕，黯然泪下。

现在的时间是凌晨三点，第八个警情处理完毕，还有第九个呢？车上的人都没有去想。

警车缓缓地停在了派出所前，李伟、薛正、小石跳下车来，整理了下警服，他们等钟克明下车，可几个人走到了门口，还没听到钟克明下车关车门的声音，李伟走回去，看到钟克明依旧倚在副驾驶位置上。

李伟敲了敲门窗："钟叔，钟叔。"

钟克明闭着眼睛没有回答。李伟一拉车门，钟克明从座位上滚了下来。

李伟抱着钟克明："钟叔，钟叔！"喊了几句："快来人，快点。"薛正和小石赶紧就往车跟前跑。

"怎么了，怎么了？"薛正说赶紧送医院，几个人把钟克明抬上车了，薛正用手抱着钟克明后腰，小石哆哆嗦嗦地给钟克明的爱人打电话。

"嫂子手机关机了。"

"给所长打。"

警车开进了中医院，急诊室的医生、护士都赶忙跑出来。钟克明被推进了抢救室，楼道内医生护士忙碌起来，院子里一辆辆警车开了进来，又出去，出去又进来。

第九起警情怎么还不来呀？警情来了，钟克明也许就醒了。

我爱警察这个职业，它让我崇高和引以为傲。我恨警察这个职业，让我受罪受累，还一万分地对不住家人。可我没有什么办法脱掉身上这身警服，离开这个岗位，就像我舍不得离开我的妻子、孩子那样。这个职业就是我的生命。

抄录于钟克明民警日记